grafit

Chemnitzer Str. 31, 44139 Dortmund
Internet: http://www.grafit.de
E-Mail: info@grafit.de

Dieses Werk wurde vermittelt durch die Agentur Literatur.
Umschlaggestaltung: Nele Schütz Design
Druck und Bindearbeiten: CPI – Clausen & Bosse, Leck
ISBN 978-3-89425-459-9
2. 3. 4. / 2018 17 16

Dirk Schmidt

Task Force Hamm – erträNkt, erhängt, erschossen

Kriminalroman

grafit

DER AUTOR

Dirk Schmidt, geboren 1964, studierte Theater-, Film- und Fernsehwissenschaften an der Ruhr-Universität Bochum. Er arbeitet als Werber, Autor und Schriftsteller, verfasste zahlreiche Kriminalhörspiele und schrieb mehrere Drehbücher. Seit 2011 verantwortet Dirk Schmidt mit seiner *Task Force Hamm* die Beiträge des WDR für den *ARD-Radio-Tatort*.

KRAMSKI

»Rien ne va plus.«

Scholz' Blick scheint bereits die endlose Leere seiner Zukunftsaussichten zu ermessen, als die Kugel losschnellt. Drei Stunden und eintausendneunhundert Euro ist es her, dass er am Roulettetisch Platz genommen hat. Alles, was Vorfreude, Hoffnung und Zuversicht war, ist Müdigkeit gewichen, mehr noch, einer so tief empfundenen Ermattung, dass Scholz zum ersten Mal in seinem Leben versteht, warum manche Menschen sich nach einem Spielbankbesuch das Leben nehmen. Das immerhin wäre ein Leichtes. Im Handschuhfach seines geleasten Mittelklassefahrzeugs in der Metallicsonderlackierung *Polaris White,* das gerade mal achtzehntausend Kilometer auf dem Tacho hat, befindet sich eine Pistole, Modell SIG Sauer P6. Er hätte acht Schüsse. Die Wahrscheinlichkeit auf Erfolg liegt, ganz im Gegensatz zu allem, was Scholz heute Abend in der Spielbank versucht hat, bei hundert Prozent.

»Siebzehn.«

Die Siebzehn ist seine Glückszahl. Scholz hebt den müden Blick und erwidert das freundliche Nicken des Croupiers mit einem gequälten Lächeln. Er hat gewonnen. Fast vierhundert Euro. Etwa ein Viertel der Summe, die er heute Abend verspielt hat. Schön, aber zu spät, viel zu spät.

Ein einsamer Barmann poliert seinen Tresen, der Pianist spielt zum dritten Mal *Back for good* und im *Salon Bella Vista* brummt ein Staubsaugerroboter. Scholz lockert mit einer Hand seine geliehene Krawatte und schiebt mit der anderen dem Croupier einen Jeton über den Tisch. Er darf nicht vergessen, die Pistole aus dem Handschuhfach zu nehmen, bevor er den Wagen morgen früh zurück zum Autohändler bringt und versucht, sich irgendwie aus dem Leasingvertrag zu lügen. Aus dem Augenwinkel bemerkt er, dass sich jemand neben ihn setzt. Die nächste arme Sau, die blöd genug ist, ihr Leben auf das Klack-Klack einer Elfenbeinkugel zu setzen. Und dann hört er noch ein Klack-Klack.

Eine leicht schwankende, etwas zu blonde, etwas zu dünne, etwas zu blasse Frau stöckelt durch das gekachelte Foyer, dann dämpft der Teppich das Geräusch ihrer Pumps. Scholz' Blick folgt ihr. Wäre es nicht viel günstiger, den Frauen und nicht dem Glück im Spiel nachzujagen? Aber am Ende des Tages bringt Sex es irgendwie nicht. Beim Sex ist man – im Idealfall – in Gesellschaft und Scholz zockt vielleicht auch deshalb, weil er im Moment der Momente ganz mit sich allein sein möchte.

Die Frau stöckelt weiter, bleibt für einen Augenblick stehen und schüttelt kurz, aber heftig den Kopf. Ihre Lider hängen auf halbmast, aber ihr Gang ist jetzt wieder gerade, die Schritte sicherer. Der Pianist zwinkert ihr zu. Scholz kann aus seiner Position nicht erkennen, ob sie die Geste erwidert oder vielleicht sogar angefangen hat mit der Zwinkerei.

Der Mann am Klavier trägt einen Ohrstecker. Aus Gold, mit Brilli drin. Und eine dazu passende Krawattennadel. Mit noch einem Brilli drin. Zwischenfazit: Für einen Typen, der hier und heute die Werktagsspätschicht abreißt (und jetzt auch noch die Unverfrorenheit besitzt, *And that's why they call it the Blues* anzuspielen), hat der Pianist entschieden zu viel Geld.

Die Frau setzt sich umstandslos auf einen relativ hohen Barhocker. Sie rührt mit dem kleinen Finger in ihrem Drink – nicht im Mindesten betrunken. Scholz hatte sie nicht weiter beachtet, als sie zu den Toiletten ging, weil sie sich ganz normal bewegte. Erst ihr Schwanken hat seine Aufmerksamkeit geweckt.

Stellt sich die Frage, ob der Pianist hier der Haus- und Hofdealer oder ihr Zuhälter ist. Sie braucht den Stoff bestimmt, weil sie sonst nicht durch die Nacht kommt. Hundert Euro darauf, dass der Pianist für mindestens fünfhundert Ocken Koks in der Tasche hat. And that's why they call it deutscher Kriminalbeamter. Warum funktioniert Scholz' Instinkt nicht so prima, wenn es um Rot oder Schwarz und Ich-mach-für-heute-mal-Schluss geht?

»Und … welche Zahl bringt heute Glück?«

Das war dieser Mensch neben ihm. Wurde bereits erwähnt, dass Scholz allein und ungestört sein möchte? Scholz dreht sich mit allen Anzeichen großer Qual zur Seite und schaut sich den Mann in Ruhe an. Irgendetwas stimmt nicht, irgendetwas ist nicht in Ordnung. Man kann darüber hinwegsehen, dass der Typ unter fünf freien Tischen jenen wählt, an dem Scholz sitzt, und von acht leeren Stühlen den neben ihm. Man kann sogar dieses komische Gefühl ignorieren. Dieses Gefühl, das einem sagt, dass der Typ nicht zum Spielen hier ist. Was Scholz nicht ignorieren kann, ist die zutiefst bedrohliche Tatsache, dass er dem Mann schon einmal begegnet ist.

»Zahlen bringen kein Glück. Entweder hat man Glück oder nicht. Und wenn man Glück hat, fällt die richtige Zahl.«

Der Mann sieht an Scholz vorbei, während er spricht. »Na, dann danke für die Aufklärung. Welche ist denn Ihre Glückszahl?«

»Das ist eine zu persönliche Frage. Außerdem möchte ich gern allein sein, wenn Sie nichts dagegen haben.«

Sagt's und nimmt zwei Fünfzigeurojetons, die er auf der Siebzehn und der Vierunddreißig platziert. Der Croupier nickt Scholz zu, setzt den Kessel in Bewegung, wirft die Kugel und sagt seinen Spruch. Der Mann auf dem anderen Stuhl wartet gar nicht erst, bis die Kugel fällt. »Lust auf ein Bier?«

»Passt gerade gar nicht … Glückssträhne.«

»Ich bestell schon mal.«

Der Typ erhebt sich mit dem halblautleisen Stöhnen, mit dem Männer über Fünfzig sich erheben, und geht in Richtung Bar. Scholz steckt seine Zigaretten, den Autoschlüssel und die restlichen Jetons ein, schaut noch zu, wie die Kugel ins Fach mit der Neun fällt, und folgt ihm. Es dauert genau zwei Schritte, bis Scholz' Erinnerungsvermögen einsetzt. Kramski. Der Mann heißt Kramski, Vorname vergessen oder nie gewusst. Kramski, der sich, in einer schwer zu bestimmenden, zwischen LKA und den Kreispolizeibehörden angesiedelten Position, um alles kümmert, was durch den Rost fällt, schiefgeht und repariert werden muss. Kramski ist ein Feuerlöscher und Fehlerausbügler, ein Wogenglätter und Ungeschehenmacher mit – was man so hört – glänzenden Kontakten zur Presse und in die Politik. Und Kramski hatte offensichtlich einen langen Tag. Sein Anzug wirft Falten, wo keine sein sollten, zwei seiner drei Ringe trägt er unter den Augen und als Scholz jetzt zu ihm tritt, bemerkt er den leicht muffigen Geruch, der von Kramskis Achseln ausgeht.

»Kramski?«

»Der bin ich.« Kramski nimmt einen tiefen Schluck aus dem Bierglas und wischt sich den Schaum von der Oberlippe, bevor er weiterspricht. »Sie haben also von mir gehört.«

»Wir sind uns sogar schon mal über den Weg gelaufen. Vor zwei Jahren in Köln. Sie hatten mit dem Hyseminfall und den Vorwürfen der türkischen Gemeinde zu tun. Es gab eine Pressekonferenz im Präsidium und danach stand ich mit einigen Kollegen zusammen auf dem Flur und Sie kamen aus dem Saal. Sie haben ihre Hand auf meine Schulter gelegt, während Sie sich von der Runde verabschiedeten.« Wenn Kramski von Scholz' Erinnerungsvermögen beeindruckt ist, lässt er sich das nicht anmerken. Er leert sein Glas und bestellt nach. Scholz' Pils ist unberührt. »Niemand konnte mir damals sagen, was Sie eigentlich genau machen«, fügt Scholz hinzu.

»Sie meinen beruflich? Ich bin bei der Polizei, wie Sie. Ich bin allerdings kein Polizist, wenn Sie das meinen. Deshalb war es für mich auch gar nicht so leicht, Sie zu finden.«

»Sie hätten morgen früh in mein Büro kommen können.«

»Morgen habe ich einen Termin im Justizministerium.«

»Schön für Sie.«

Doof. Was für eine alberne Kleinmädchenreplik: Schön für Sie. Scholz ist nervös und wenn er nervös ist, ist das gar nicht gut.

Kramski hat sich – oh Wunder – nicht im Geringsten aus der Ruhe bringen lassen. Er hebt sein Glas, trinkt und setzt ab. »›Krisenmanager‹. Ich glaube, dieses Wort müsste es treffen. Immer wenn was schiefgeht bei der Polizei, komme ich und biege es wieder gerade.«

Und dann schwingt die Stimmung plötzlich um. Kramski hat fürs Erste genug getrunken, seine Augen werden schmal und seine Stimme bekommt etwas Schneidendes, das eine mögliche Entgegnung von Scholz von vornherein unterbindet. »Sagen Sie jetzt lieber nichts mehr – bevor Sie etwas Falsches sagen. Ich bin wegen Ihnen hier ... Es sieht sehr schlecht aus. Sie haben seit elf Monaten keine Alimente an Ihre Exfrau bezahlt und laut Ihrer letzten Bankauskunft fünfundvierzigtausend Euro Schulden.«

»Haben Sie mir nachspioniert?«, hakt Scholz ein.

»Großartig spionieren war nicht nötig. In Ihrem Fall fliegen einem die Fakten nur so zu.«

Nicht so schnell, Freundchen, denkt Scholz. Einen deutschen Beamten kann man nicht so einfach verdächtigen. Selbst wenn man ihn in einem Spielkasino abpasst. »Trotzdem haben Sie ohne eine formelle Dienstaufsichtsbeschwerde keine legale Handhabe, sich in mein Privatleben einzumischen. Das wird Konsequenzen haben.«

Jetzt mischt sich Mitleid in Kramskis Stimme. »Scholz … Es dauert noch ein paar Tage und dann explodiert Ihnen Ihr Leben in der Fresse. Aber wenn Sie unbedingt eine …«, Kramski macht eine kleine und durchaus schön gesetzte Pause, »… formelle Dienstaufsichtsbeschwerde wollen … Kostet mich einen Anruf. Führe ich die Beschwerde eben selbst. Habe ich halt eine Beschwerde.«

Und in diesem Moment ist der Zeitpunkt gekommen, an dem Scholz den Ernst der Lage begreift. Es ist nicht so, dass er den Gedanken, sich um Hab, Gut und Leben zu zocken, nicht schon einmal zugelassen hat, aber demgegenüber stand immer die feste Überzeugung, dass die Bank auch mal verliert. Er hat es selbst erlebt. Es gibt Tage, da ist die Bank am Arsch, da ist Bankenkrise und man verlässt das Kasino mit Bargeld im Wert einer mittleren Eigentumswohnung in der Tasche. ›Tage‹ ist übertrieben, *einen* solchen Tag gab es, aber der war es wert. Scholz würde alles geben, um dieses Gefühl noch einmal zu erleben: die fingernagelbeißende Anspannung, die herzrasende Angst und dann die alles befreiende Euphorie, als die letzte Kugel so fällt, wie sie fallen sollte. Nichts, gar nichts, lässt sich mit diesem Gefühl vergleichen. Das kann man nur am Spieltisch erleben und vielleicht in abgemilderter Form im Job. Natürlich ist eine Mordermittlung im Vergleich zu drei, vier, fünf, sechs sauber nacheinander fallenden Kugeln wie ein handgemachter Abgang gegenüber einem überwältigenden Orgasmus und doch gibt es Gemeinsamkeiten. Scholz hat im Lauf seiner Karriere Mordfälle erlebt, die ihn in emotionale Abgründe und Erkenntnistiefen führten, die er zuvor nicht kannte. Menschen können anderen Menschen Dinge antun, die jenseits des Fassbaren liegen, und Scholz hat sich mehr als einmal in Situationen befunden, in denen Mitleid, Ekel und das pure Erschrecken sich explosiv vermischten. Als könne man sich anstecken an dem Hass, der einem begegnet. Dort zu stehen, vielleicht in einem abgefuckten Hotelzimmer, auf einer Lichtung unweit einer Autobahn oder in einem Schuppen am Rand einer Wohnsiedlung, oft so früh am Morgen, dass die Zeit für Worte noch lange nicht gekommen ist, was aber nichts macht, da es eh keine gäbe. Dort zu stehen, der Spurensicherung bei der Arbeit zuzusehen und sich aus dem Morast wieder hochzukämpfen, kann einem helfen, sein eigenes Scheißleben eine Weile in der Spur zu halten. Aber solche Fälle sind selten. Fälle, wie der der Frau, die kürzlich ihre achtjährige Tochter und sich selbst absichtlich vergiftet hat.

Tatsächlich fehlen einem dafür nicht mal die Worte, es sind nur immer dieselben. Es war ein Satz aus tausend schlechten Filmen, der Scholz durch den Kopf schoss, als er in der Wohnung stand, in dieser aufgeräumten, frisch geputzten Wohnung, und auf das Kind starrte. Ein Kleidchen aus blauem Samt, eine weiße Bluse, ein Teddybär im Arm und alles roch gut. Die beiden hatten nicht lange gelegen, die Nachbarin hatte schon so was geahnt – »Die war schon immer komisch.« –, und dann der Moment, in dem er begriff, dass die Wohnung für die Nachwelt geputzt und aufgeräumt worden war. Das Mädchen war gezielt so angezogen worden, um später in dieser Aufmachung gefunden zu werden. Der weiße Schaum vor ihrem Mund. Ansonsten nichts Auffälliges. Und so kam Scholz zu dem Satz: »Sie sieht aus, als ob sie schläft.« Was für eine Scheiße! Gab es keine besseren, ehrlicheren Worte? Sie hatte völlig unverschuldet das unfassbare Pech gehabt, jemandem vertrauen zu müssen, der dieses Vertrauen nicht verdient hatte.

So in etwa las es sich dann in Scholz' Fallnotizen. Pech. In einem solchen Fall kann man den Bericht des Gerichtsmediziners fast unverändert zu den Akten geben und ansonsten sehen, dass man früh Feierabend macht. Pech. Unglück. Darauf läuft wohl alles hinaus.

Und hier und jetzt, während die Erinnerungen durch seinen Kopf rasen, bekommt Scholz Angst. Scheißangst. Wenn Kramski ihn feuert, ist alles aus. Dann wartet das sogenannte wahre, das sogenannte richtige Leben. Das Um-acht-im-Büro-um-fünf-den-Bleistift-fallen-lassen-am-Wochenende-im-Garten-grillen-Leben. Das Papa-Mama-Kleinkredit-Familienkutsche-Dauerkarte-zwei-Wochen-türkische-Riviera-all-inclusive-Leben. Das würde Scholz keine zwei Monate durchhalten. Während seine Gedanken in Richtung Handschuhfach schweifen, fällt ihm immerhin ein Wort ein, das seine Situation exakt umreißt: »Kacke.«

Kramski nickt. »Also: Selbstanzeige, vorläufige Suspendierung, Attest auf Spielsucht. Ein paar Wochen Krankenschein. Sperrung für alle bundesdeutschen und angrenzenden Kasinos.«

»Und dann?«

»Dann sehen wir weiter. Ich will erst mal wissen, wie Sie sich führen.«

Kramski scheint zu bemerken, wie tief getroffen Scholz ist. Seine Stimme bekommt ein jovial-kumpelhaftes Knuffeltimbre: »Jetzt trinken Sie erst mal Ihr Bier aus, Scholz. Und dann gehen wir Ihre Dienstwaffe suchen.«

SUSANNE

Es gibt nicht viel, was man über Scholz wissen muss. Man mag ihn im Kölner Kriminalkommissariat Eins. Er kommt gut klar, ist umgänglich, hinreichend eloquent, lässt den lieben Gott einen guten Mann und Fünfe gerade sein, ist ein Mensch wie du und ich und was man sonst noch so sagt, wenn man keine Ahnung hat, was man sagen soll, weil der Mensch, über den man redet, sich nie und niemals in die Karten gucken lässt. Mit ein bisschen Glück hätte alles immer so weitergehen können, wäre nicht irgendwann ein Anruf der Bank eingegangen, der jenen langsamen, aber stetigen, mäandernden, aber letztlich unaufhaltsamen Informationsfluss in Gang setzte, der eine halbwegs funktionierende Bürokratie ausmacht.

Irgendwann erreicht der Fluss auch Kramski, der den Anruf zum Anlass nimmt, um eines Tages im Büro des Banksachberaters zu sitzen und sich die Zahlen zeigen zu lassen.

Sein nächster Weg führt zu Scholz' Exfrau. Susanne, Mitte dreißig, also in Scholz' Alter, hübsch, nett, freundlich, Lehrerin, nicht dumm. Susanne Lennart, geschiedene Scholz, gelingt es, ihren Verflossenen mit fünf Worten zu charakterisieren: »Es muss was los sein.«

Kramski nickt, nippt am Tee und lässt sie reden.

»Wir sind nicht im Streit auseinandergegangen, die Scheidung war ein Klacks. Er ist ein guter Mann. In jeder Hinsicht. Ich habe ihn ziemlich geliebt.«

Kramski überlegt, ob er die Frage wirklich stellen muss oder ob sie selbst darauf kommt. Sie kommt drauf: »Sie wollen wissen, warum unsere Ehe gescheitert ist.«

Kramski will.

»Eines Abends lerne ich diesen Typen kennen – lassen Sie mich ausreden, es ist nicht so, wie Sie jetzt denken. Einen Typen, irgendeinen Typen. Ich weiß nicht mehr, wie er hieß oder ob ich ihn auf der Straße erkennen würde, aber an dem Abend war er der Richtige. Er bringt mich nach Hause, ich nehme ihn mit rein, zünde Kerzen an und lege *Kind of Blue* auf. Und der Typ wird ein bisschen nervös, weil er die Fotos an der Wand und am Kühlschrank gesehen hat, und meinen Ehering hat er auch bemerkt. Also fragt er mich, ob es nicht möglich wäre, dass mein Mann irgendwann nach Hause käme. Und ich muss lachen. Ich habe laut gelacht und der Typ hat doof geguckt. Geheult habe ich erst, als ich später unter der Dusche stand.«

Als Nächstes kramt Kramski in seinem Textbausteinarchiv und spult die Version zum Thema Job, Überstunden, emotionale Beanspruchung, harte Tage, lange Nächte und die daraus resultierenden Gefahren, die jeder Polizistenehe drohen, ab. Er ist noch nicht mal bis zu den Überstunden gekommen, als Susanne ihn unterbricht: »Nee, das hatte mit seinem Beruf nichts zu tun. Ich kann ganz gut alleine und sein Job war nie ein Problem. Er ist einfach ruhelos. Er kann nicht anders. Das hat man besonders gemerkt, wenn wir für ein paar Tage weggefahren sind. Wohin war ihm egal, aber es musste was los sein. Egal was. Zwölf Minuten hat er für den Petersdom gebraucht. ›Toll, echt schön, und was machen wir jetzt?‹ Irgendwann kam er gar nicht mehr nach Hause. Und irgendwann hat es mir nichts mehr ausgemacht. Und das war es dann.«

Kramski verabschiedet sich von Susanne und macht sich an den Formalkram. Wie tief steckt Scholz drin? Hat er nur Schulden bei seiner Bank oder noch woanders? Hat er Mittel und Wege gefunden, an Bares zu kommen? Gibt es Unregelmäßigkeiten, Auffälligkeiten? Vielleicht Angehörige von Mordopfern, die Geld vermissen? Manche behaupten, Kramski sei kein richtiger Bulle, ihm fehle der Stallgeruch. Aber Kramski ist Bulle genug, um in so einem Fall keinen Stein auf dem anderen zu lassen.

Es dauert noch zwei Wochen, bis er mit Scholz fertig ist. Und dann ist Kramski sicher, dass der Kriminalbeamte sauber geblieben ist. Scholz hat Scheiße gebaut und sich um Kopf und Kragen gezockt, aber er hat die entscheidende Grenze nicht überschritten. Dafür hat er einen Stein im Brett bei Kramski, dafür gibt es Punkte und es kann nicht schaden, bei Kramski zu punkten.

Fahl glänzt die Metallicsonderlackierung *Polaris White* im trüben Schein der Parkplatzbeleuchtung. Ein Druck auf den elektronischen Autoschlüssel und die Karre leuchtet auf wie ein Weihnachtsbaum. Scholz und Kramski erreichen den Wagen und Scholz macht eine hilflose Geste. »Und jetzt?«

»Ab nach Hause – Sie fahren.«

Sie steigen ein und Scholz lässt den Wagen an. Bevor er den Gang einlegt, deutet er auf das Handschuhfach. Kramski öffnet es, steckt die Dienstwaffe ein und lehnt sich zurück, als wolle er ein Nickerchen machen. »Wie spät ist es?«

Scholz sieht auf die Uhr. »Schon halb zwölf.«

»Aber nicht zu spät. Es ist nie zu spät.«

Scholz begreift. »Was wird das? Eine Abschiedsrede?«

Kramski reagiert nicht. Er hat schon ganz andere in den Pausen zwischen zwei Sätzen verhungern lassen. Es dauert bis zur Autobahn, ehe Kramski wieder das Wort ergreift. »Köln.«

Scholz fährt auf der rechten Spur. Er fühlt sich seltsam erleichtert. Das ist normal, vielen Mördern geht es ebenso. Wenn die Handschellen einschnappen, hat man endlich Ruhe. Eigentlich ist Kramski das Schlimmste, was Scholz passieren konnte, und trotzdem fühlt er sich gut.

»Mögen Sie Köln?«, hakt Kramski nach.

Scholz mag Köln sogar sehr. Er hat sich vom ersten Moment an wohlgefühlt in der Stadt. Eigentlich kommt Scholz aus dem Süddeutschen und ist zum Studium in Köln gelandet. Die Stadt gefiel ihm sofort. Die Leute haben die Ruhe weg und es ist nicht so piefig wie in Stuttgart oder Hannover. Hamburg ist zu kühl und München abseits des legendären Nachtlebens zu langweilig. Frankfurt ist zu leer und Berlin zu voll, aber Köln ist genau richtig. Es gibt schönere Städte. So viele, dass man sie kaum zählen kann. In Köln ist es eng und viele Häuser stehen einfach da wie hingeschissen, aber jeder lässt jeden sein und was will man mehr? Aber was interessiert es Kramski, ob Scholz Köln mag? Vielleicht will er nur reden? »Köln ist okay.«

»Was heißt okay?«

»Okay heißt okay. In Ordnung. Man kann es da aushalten. Der Dialekt ist scheiße, aber man gewöhnt sich dran.«

Kramski ist nicht zufrieden. »Man gewöhnt sich dran. Und an was muss man sich noch gewöhnen?«

Scholz muss kurz nachdenken. Selbstverständlich kommen ihm aus dem Stegreif eine Vielzahl von gewöhnungsbedürftigen kölnischen Eigenheiten in den Sinn, aber er braucht eine Weile, um die für ihn wichtigste in die richtigen Worte zu fassen. »Die in Köln finden alles, was aus Köln kommt, großartig. Die Musik kann noch so schlecht sein, die Idee noch so banal, kommt es aus Köln, ist es kölsch und damit automatisch geadelt.«

Kramski weiß offensichtlich nicht so recht, was er entgegnen soll. Er zuckt mit den Schultern. »Wie heißt es, ›man gewöhnt sich an alles‹?«

»Es ist ein bisschen wie mit einer chronischen, aber nicht sofort tödlichen Krankheit: Trotz Einschränkung kann man sein Leben weiterhin in Ruhe leben.«

»So wie bei Zucker?«

Scholz nickt. »Wenn man so will. Köln ist ein bisschen wie Diabetes.«

Kramski brummt etwas Unverständliches, sammelt sich einen Moment und setzt dann neu an. »Ich frag noch mal: Würden Sie Köln vermissen oder nicht?«

Scholz denkt eine Weile nach. Kramski kann ihn achtkantig aus der Polizei herausschmeißen, aber nicht aus Köln. Was soll das also?

Sie wollen ihn versetzen! Das muss es sein. Warum sollte Kramski sonst fragen? Scholz wägt seine Worte gründlich ab. Wenn es darauf ankommt, ist er rhetorisch ganz gut unterwegs. »Ich würde Köln vermissen. Aber ich glaube, ich werde in nächster Zeit einiges vermissen. Ich denke, dass es so nicht weitergeht. Es muss sich was ändern. Ich muss mich ändern. Ich bin dazu bereit. Und wenn sich auch meine Adresse ändern muss, dann ist das eben so.«

»Sie wollen unbedingt Bulle bleiben, was?«

Scholz lässt sich Zeit mit der Antwort. Und dann: »Ja, will ich. Unbedingt.«

»Dann beantworten Sie meine Frage.«

»Ja, im Fall des Falles würde ich Köln vermissen. Aber nicht so sehr, dass ich es nicht aushalten könnte.«

»Wenn Sie meinen.«

Scholz muss kurz zu Kramski hinüberschauen, weil er den letzten Satz nicht richtig einordnen kann. Aber Kramskis Gesicht gibt keine Geheimnisse preis. »Ich verstehe nicht, was Sie meinen.«

Kramski lässt Scholz noch eine Weile zappeln. Zwei Männer nachts auf einer Autobahn. Mittelstreifen, Begrenzungslinien, gelblich fahle Scheinwerfer und immer mal wieder in der Ferne die Lichter einer Groß-, Mittelgroß- oder Kleinstadt, dazwischen Dunkelheit. Der Wagen surrt mit Tempo hundertsechzig durch die Nacht und Scholz wünscht, dass er morgen noch ihm gehören würde. Und dann doch – Kramski kratzt sich an der Nase, während er das eine Wort sagt, das Scholz' Leben für immer verändern wird: »Hamm.«

»Was ist Hamm?«

MARIO

Was Hamm ist? Hamm ist, wenn zwei Bullen am späten Abend auf einer Landstraße neben einer Leiche stehen und sich anbrüllen. Bei der Leiche handelt es sich um einen toten Mann, offensichtlich ein Fußgänger, der von einem Auto erfasst wurde und an den Folgen starb. So weit nicht ungewöhnlich, aber der Mann liegt falsch. Wenn man von Herringen in Richtung Wiescherhöfen schaut, liegt er auf der rechten der beiden Fahrbahnen und das ist eigentlich nicht möglich. Angenommen, er ist am Rand der linken Fahrbahn entlanggelaufen, wie man es normalerweise tut, dann hätte ihn der aus Wiescherhöfen entgegenkommende Wagen nach links in die Böschung befördern müssen. Oder, zweite Möglichkeit, der Mann ist am rechten Fahrbahnrand entlanggelaufen, wie man es eigentlich nicht machen sollte. Dann hätte ihn der aus Herringen in Richtung Wiescherhöfen fahrende Wagen nach rechts in die Böschung befördern müssen. Dort, wo er liegt, kann er eigentlich nur liegen, wenn er in der Mitte der Straße gelaufen ist. Erschwerend kommt hinzu, dass vor ungefähr zehn Minuten ein Anruf in der Notrufzentrale eingegangen ist:

Freiton.
Ansage: »Polizeinotruf, bitte legen Sie nicht auf.«
Freiton.
Zentrale: »Polizeinotruf.«
Anrufer: »Ja, tach, es geht um den Unfall bei Wiescherhöfen.«
Zentrale: »Wie ist denn Ihr Name bitte?«
Anrufer: »Das spielt keine Rolle.«
Zentrale: »Die Nulleinsneunsiebenfünfzehnneunzehnelf, ist das Ihre Nummer?«
Anrufer: »Ich ruf von einem Kollegen aus an, ich bin ja nicht ganz doof.«
Zentrale: »Kollege?«
Anrufer: »Was ist jetzt? Wollen Sie was wissen oder nicht?«
Zentrale: »Sie sprachen von dem Unfall bei Wiescherhöfen?«
Anrufer: »Ich sag nur eins: Der muss schon tot gewesen sein. Außerdem hatte ich es eilig.«
Zentrale: »Jetzt fangen Sie mal von vorne an, sonst kommen wir hier nicht weiter.«
Anrufer: »Also, ich hatte eine Ladung Schweine zu Westfalenfleisch *gefahren und war mit dem Traktor auf dem Rück-*

weg. Ohne Last läuft der gute sechzig Kilometer die Stunde und ich wollte Fußball gucken und es wurde schon dunkel. Da muss ich den Mann übersehen haben.«

Zentrale: »Sie haben einen Mann überfahren.«

Anrufer: »Der lag da aber schon. Das hat nur ganz kurz Buck-Buck gemacht, dann war ich drüber.«

Zentrale: »Über einen Mann.«

Anrufer: »So isses.«

Zentrale: »Der auf der Fahrbahn lag.«

Anrufer: »Ich dachte erst, das ist ein Teppich, den einer verloren hat, oder ein totes Reh. Außerdem bin ich nur über die Beine gefahren, wenn ich den, sagen wir mal, am Oberkörper erwischt hätte, da komme ich mit dem Fendt gar nicht drüber, da bleibt der mir vorne am Häcksler hängen.«

Zentrale: »Wo sind Sie jetzt?«

Anrufer: »Wer will das wissen?«

Zentrale: »Ich schicke einen Wagen vorbei.«

Anrufer: »Der war schon tot. Gucken Sie sich den mal an.«

Zentrale: »Sie bleiben, wo Sie sind, der Streifenwagen ist in zehn Minuten da.«

Anrufer: »Arschloch.«

Verbindung unterbrochen.

Die beiden Bullen, die auf der Landstraße stehen und sich anbrüllen, müssen im Moment noch von einer doppelten Fahrerflucht ausgehen. Ansonsten scheinen die Angaben des anonymen Anrufers so weit den Tatsachen zu entsprechen. Aller Wahrscheinlichkeit nach wurde der Mann, der das Pech hatte, angefahren zu werden, noch ein weiteres Mal überrollt.

Bei den beiden Bullen handelt es sich um Ditters und Latotzke. Georg Latotzke ist Anfang dreißig und von gedrungener Statur. Er trägt die Haare halblang und Klamotten, die man einem fünf bis acht Jahre jüngeren und acht bis zehn

Kilo schlankeren Mann so gerade eben durchgehen lassen würde. Peter Ditters ist etwas älter als Latotzke, gleicht diesen Umstand allerdings durch sein gepflegtes Äußeres und den tadellosen Sitz seines Freizeitanzugs aus der Kollektion eines großen schwedischen Oberbekleidungshandelsunternehmens wieder aus. Ditters brüllt und Latotzke brüllt zurück. Die Tatsache, dass sie sich nicht leiden können und sich heute ganz besonders wenig zugetan sind, hat mit ihrer Lautstärke aber nicht viel zu tun. Hamm ist, wenn der zum Einsatz gerufene Rettungswagen ungefähr achtzig Meter vom Fundort der Leiche entfernt an einem geschlossenen Bahndamm steht und warten muss, bis der ICE aus Köln durch ist. Hamm ist, wenn der Fahrer des Rettungswagens trotz der Unausweichlichkeit der Situation keinen Sinn darin sieht, seine Sirene abzustellen. Also müssen die beiden Männer brüllen, so laut es geht. Hamm ist, wenn die Spurensicherung aus Dortmund anreist.

»Komm, ist kalt«, brüllt Latotzke.

»Dann zieh dir doch was an«, gibt Ditters zurück.

»Ich setze mich jetzt in den Wagen.«

»Nicht solange der Unfallort nicht gesichert ist.«

Latotzke schweigt und geht ein paar Schritte, um sich aufzuwärmen. Natürlich hat Ditters recht. Ditters hat viel zu oft recht. Sie können ihre Unterhaltung eh nicht fortsetzen, weil jetzt der Zug an ihnen vorbeirast. Also bleiben sie eine Weile stumm und lauschen dem Dröhnen. Sie stehen da wie vergessene Spielfiguren und warten darauf, dass das Leben weitergeht. Dann verebbt der Lärm des Zugs und kurz darauf öffnet sich die Schranke. Der Krankenwagen beschleunigt und kommt mit quietschenden Reifen wieder zum Stehen. Endlich schweigt auch die Sirene. Der Fahrer steigt aus und kratzt sich am Ohr. Ein Notarzt folgt ihm und wirft einen kurzen Blick auf den Toten, ohne Ditters und Latotzke zu beachten. »Dann mach ich mal die Papiere fertig.«

Ditters Stimme nimmt sofort die hohe Tonlage an, in die er immer verfällt, wenn er sich aufregt. Und Ditters regt sich leicht auf. »Moment mal, wollen Sie den Mann nicht erst mal untersuchen?«

»Der ist tot.«

»Das weiß ich auch.«

»Was gibt's da also zu untersuchen?«

Ditters Stimme schafft es, nicht ohne Mühe, eine halbe Oktave tiefer. »Was weiß ich? Sie sind der Arzt.«

»Eben.«

Und schon geht's wieder eine halbe Oktave nach oben. »Was heißt ›eben‹? Sie können doch keinen Totenschein ausstellen, ohne eine Untersuchung durchzuführen.«

Der Arzt blickt Ditters irritiert an und sieht dann zu Latotzke hinüber, der die Szene stumm und stoisch beobachtet. Da hier keine Hilfe zu erwarten ist, hebt er ebenfalls die Stimme und erwidert: »Doch, ich kann. Warum? Weil ich Arzt bin. Warum genau? Weil es mehrere sichere, untrügliche, totenscheinreife Zeichen dafür gibt, ob jemand tot ist oder nicht. Manche ergeben sich bei einer Untersuchung, andere auf den ersten Blick. Bei diesem Toten hier reicht der erste Blick. Niemand sieht so aus und lebt noch. Niemand. Habe ich mich klar ausgedrückt?«

Ditters schweigt. Bockig wie immer, findet Latotzke. Wenn man ihn fragen würde, dann ist Ditters sowieso ein bisschen zu rechthaberisch. Aber ihn fragt niemand.

Der Arzt scheint hier fertig zu sein: »Sie wissen ja sicher, dass wir ihn nicht im Krankenwagen mitnehmen können. Der ist nur für Lebende. Ich muss weiter. Die Unterlagen schicke ich Ihnen dann zu.«

Arzt und Sanitäter steigen in den Krankenwagen und Ditters murmelt ihnen ein »Arschloch« hinterher. »Schwuffe«, murmelt der Arzt zurück und schlägt die Tür zu. Und zack – Ditters ist wieder auf hundertachtzig. »Habe ich richtig gehört? Hast du mich Schwuffe genannt? Hab ich das wirklich gehört?«

Wenn es eine Antwort gab, geht sie unter im ohrenbetäubenden Lärm der Sirene. Ditters brüllt den sich entfernenden Rücklichtern noch ein »Wichser« nach und braucht dann eine kurze Auszeit, bevor er sich entrüstet an Latotzke wenden kann: »Hast du das gehört?«

»Was?«

»Er hat mich Schwuffe genannt.«

»Und?«

»Das ist eine Beleidigung.«

»Nicht, wenn man zuvor jemanden Arschloch nennt. Das habe ich nämlich gehört. Außerdem stimmt das doch.«

Und wieder klingt Ditters wie ein Sopransänger im Knabenchor. »Was soll das denn bitte heißen?«

»Du bist doch schwul.«

»Deshalb muss ich mich doch nicht Schwuffe nennen lassen.«

»Du hast aber angefangen.«

»Das ist mal wieder so typisch, dass du das nicht verstehst!«

»Erklär es mir.«

»›Schwuffe‹ bezieht sich ausschließlich auf meine vermutete sexuelle Präferenz. Ich sage ›vermutet‹, weil der Typ nicht wissen kann, ob ich homosexuell bin. Schließlich habe ich ihm ja nicht den Schwanz gelutscht. Ein ›Arschloch‹ ist etwas anderes. Ein Arschloch kann jeder sein. Männer, Frauen, Alte, Junge – Arschloch sagt etwas über den Charakter eines Menschen aus.«

Ditters entdeckt eine Veränderung in der Mimik des Kollegen. Offenbar ist ein Gedanke in Latotzkes Hirn eingedrungen und sucht verzweifelt einen Ort zum Andocken. Er saust rechts und links und oben und unten durchs Latotzkegehirn und findet nicht mehr raus. Ditters kennt diesen Gesichtsausdruck. Er ist nicht selten. Wahrscheinlich ist

Latotzke schon bei ›Präferenz‹ ausgestiegen. Es bringt nichts, weitere Worte zu machen. Man muss jetzt Geduld haben.

»Jeder kann ein Arschloch sein?«, vergewissert sich Latotzke.

»Genau.«

»Aber nicht jeder ist schwul.«

»Da denkt aber jemand mit.«

»Sagen wir mal, du wärst ein Arschloch. Nur mal so.«

»Ein hypothetisches Arschloch?«

»Genau«, bestätigt Latotzke.

»Gut. Sagen wir, ich wäre ein Arschloch.«

»Dann wärst du ein schwules Arschloch, oder?«

Ditters ist sich nicht sicher: Ist das jetzt grenzdebil oder bauernschlau? Macht sich Latotzke über ihn lustig oder meint er es ernst? Leider gibt es selbst für einen brauchbaren Kriminalisten wie Ditters keine Anhaltspunkte. Latotzkes Gesicht ist nichtssagend, sein Blick so leer wie die Landstraße.

»Stimmt. Und wenn du ein Arschloch wärst, wärst du ein notgeiles Singlearschloch mit einer Pornosammlung.«

Latotzke nickt. Nichts weist darauf hin, dass er sich getroffen fühlt. »Ich hau jetzt ab. Um die Ecke ist eine S-Bahn-Station. Du kannst hier weiter warten und dann den Wagen nehmen.«

»Hör zu, Georg ...«

»Lass mich in Ruhe. Ich tu dir nicht den Gefallen und nenne dich Arschloch.« Latotzke stapft los. »Du bist nämlich keins, du benimmst dich nur wie eins.«

Ditters bleibt allein zurück. Am Horizont sind die Blaulichter mehrerer Polizeifahrzeuge auszumachen. »Sie kommen, Georg.«

Keine Antwort.

Ditters Ton wird weich. »Georg, es tut mir leid.«

Stille.

Ditters weiß nicht mehr weiter. »Du müsstest mal einen Tag in meiner Haut stecken.«

»Nee danke.«

Immerhin reden sie wieder.

»Jetzt komm zurück. Was machen wir denn mit dem Fall?«

»Das, was wir immer machen. Ruf Dortmund an oder das LKA.«

Latotzke hat den Bahndamm erreicht und biegt auf einen Weg ab, der zur S-Bahn-Station führt.

Ditters gibt auf. »Nur eins noch: Wie heißt der Typ überhaupt? Du hast mir seine Brieftasche noch gar nicht gezeigt!«

Keine Antwort. Vielleicht kann Latotzke ihn nicht mehr hören.

Ditters lässt nicht locker: »Georg!«

Nichts. Doch dann, von ziemlich weit weg: »Mario.«

Ditters brüllt so laut er kann: »Und weiter?«

Natürlich fährt genau in diesem Moment die S-Bahn ein und Ditters ist allein. Er muss aufpassen, dass sein Selbstmitleid ihn nicht überwältigt. Um sich zu beruhigen, geht Ditters ein paar Schritte. Woanders würde man Fragen stellen. Zum Beispiel die, warum ein Kriminalbeamter einen Tatort verlässt. Oder die, was ein Fußgänger überhaupt auf einer Landstraße verloren hat. In Hamm stellt niemand Fragen.

Ditters ist ein paar Schritte gegangen, als sein Blick auf einen umgeknickten Begrenzungspfahl fällt. Er geht weiter und entdeckt zu seinem nicht geringen Erstaunen in einem Siel neben der Landstraße einen völlig vermatschten 7er-BMW. Der Wagen hat sich tief in den Schlamm gebohrt. Er muss von der Fahrbahn abgekommen und ungebremst in das Siel gerutscht sein.

Ditters dreht sich um, kneift die Augen zusammen und kann plötzlich sehen, wie der Mann namens Mario am Rand der linken Fahrbahn entlangläuft. Ditters kann sehen, wie der BMW kurz vor ihm von der Straße abkommt und ihn, bereits auf dem Weg ins Siel, erfasst. Er sieht, wie Mario, der bereits durch den Aufprall gestorben sein müsste, auf die rechte Spur geschleudert wird.

Ditters rennt zum Einsatzwagen und findet eine Taschenlampe. Er rennt wieder zurück und sieht blutiges Blech, blutiges Glas. Blut tropft auch unter der Tür hervor. Dann entdeckt Ditters den Fahrer. Er ist eingeklemmt. Er scheint nicht zu atmen. Aber vielleicht lebt er doch noch? Man bräuchte … einen Arzt. Ditters greift zu seinem Handy. Er wählt und hat etwas Zeit, um Latotzke und den Notarzt zu verfluchen.

DR. SCHNEIDER

Dr. Stefan Schneider ist der Chefjurist der nordrhein-westfälischen Polizei. Seine Freunde bezeichnen ihn als fair, seine Feinde als gnadenlos. Beides ist richtig. Aber Aussagen anderer macht Dr. Schneider nur zu seinem Problem, wenn sie unter Eid geleistet werden. Und normalerweise hat Dr. Schneider keine Probleme. Die Polizei von NRW aber hat eins. Wie in jeder Behörde, öffentlichen Institution oder größeren Firma gibt es ein Budget. Und der Großteil davon geht für Personalkosten drauf. Auch das ist nicht Dr. Schneiders Problem. Selbst wenn ein Bulle hackedicht, sämtliche Verkehrsregeln missachtend und ohne Blaulicht oder Sirene in seinem Streifenwagen durch die Stadt rast und einen Gemüselaster rammt, hat Dr. Schneider kein Problem. Der Bulle hat eins. Mit Dr. Schneider. Eines Tages ergab es sich aber leider, dass einer von Kramskis Kunden, ein Polizeidirektor, der mit dem Personalwesen zu tun hat, folgende Aussage tätigte: »Der Schneider hat auch schon mal mehr gerissen. Meinen Sie, wir müssen da mal tätig werden,

Kramski? Von wegen neuer Besen und so? Fühlen Sie dem mal auf den Zahn.«

Kramski versprach, sich der Sache anzunehmen. Und genau als Kramski diese vier Worte sagte – »Ich kümmere mich drum.« –, in diesem Moment fingen Dr. Schneiders Probleme an.

Auf Dr. Schneiders Wunsch hin trafen sie sich in einem Café außerhalb der Behörde. Dr. Schneider bestellte Earl Grey. »Was soll ich tun? Die Gesellschaft wird immer subtiler.«

»Subtiler?«

»Subtiler. Wir kriegen ja die Kriminellen kaum dazu, die Konsequenzen ihres Handelns zu tragen. Und wenn es hart auf hart kommt, greifen auch unsere Männer zu genau den Tricks, die sie aus dem Gerichtssaal kennen. Den Weltmeister, der besoffen in den Gemüselaster gerauscht ist, den kriege ich dran. Sobald er aus dem Knast kommt, kürze ich ihm die Pension gegen null. Aber ansonsten ... Solange wir die Leute nicht mit den Fingern in der Bonbondose erwischen, sind disziplinarische Maßnahmen kaum noch durchzusetzen.«

Kramski hatte genickt. Ihm war klar geworden, dass das Problem nicht bei Dr. Schneider lag. Er würde zurückberichten müssen, dass Schneider sein Bestes gab und andere Wege zur Steigerung von Disziplin und Produktivität zu finden sein würden, auch wenn ihm das gar nicht schmeckte. Er war kurz davor, die Rechnung kommen und Dr. Schneider vom Haken zu lassen. Aber plötzlich fielen ihm zwei Dinge auf. Zwei kleine Details, die anderen wahrscheinlich entgangen wären, die nichts miteinander zu tun hatten und die sich vielleicht nur für einen instinktiv intelligenten Menschen wie Kramski nützlich in Verbindung bringen ließen.

Das erste Detail war Dr. Schneiders Parteiabzeichen. Ganz klein, fast unsichtbar, steckte es in seinem Revers und doch konnte es keinen Zweifel daran geben, dass der gute Doktor es hier und heute als Schutzschild gegen den Unbill der Welt und eventuelle Zumutungen seitens Kramskis einzusetzen gedachte. Kramski war beeindruckt. Wahrscheinlich hatte der Fuchs auch deshalb einen neutralen Ort gewählt, damit er es tragen konnte, schließlich waren nicht amtliche Abzeichen im Dienst verboten. Das zweite Detail war die Tatsache, dass Dr. Schneider zitterte, als er sich eine zweite Tasse Tee eingoss. Der gute Doktor war offensichtlich nervös und fürchtete um seinen Job. Für Kramski, der gerade hatte erleben müssen, wie sich eine Tür schloss, öffnete sich plötzlich eine neue. Ein kleines Lächeln huschte über sein Gesicht, als er sich ausmalte, was man mit so einem wachsweichen Opportunisten alles würde anstellen können. Kramski hatte eine Idee. Um es genau zu sagen, Kramski hatte die Idee schon vor einiger Zeit gehabt und jetzt hatte er auch noch Dr. Schneider. Mein Gott, der Typ kam wie gerufen.

Kramski begann sein Manöver: »Gut und schön, Dr. Schneider, alles gut und schön. Aber so kommen wir nicht weiter. Polizeiarbeit ist Teamarbeit. Den einsamen Wolf gibt's nur im Fernsehen. Und für alle Teams gilt: Eine Kette ist nur so stark wie das schwächste Glied.«

Dr. Schneider zeigte sich unbeeindruckt. »Ja, das weiß ich selbst. Eine Pfeife zieht alle mit runter auf ihr Niveau.«

»Deshalb hat der liebe Gott die Versetzung erfunden.«

Dr. Schneider wischte sich ein Teeblatt vom Mundwinkel. »Das ist auch sicher eine ganz tolle Erfindung, aber als disziplinarische Maßnahme inzwischen vollkommen ungeeignet. Wir leben in einer mobilen Gesellschaft. Ich habe mehr freiwillige Anträge auf Versetzung, als alles andere. Die Leute haben Frauen, die einen neuen Job bekommen, wünschen sich Tapetenwechsel oder wollen aufs Land, weil ihnen die Stadt zu teuer wird, oder in die Stadt, weil es auf dem Land zu langweilig ist.«

»Vielleicht ist unsere Versetzungspraxis ja falsch.«

»Das sag ich doch gerade.« Es war Dr. Schneider nicht gelungen, seine Nervosität abzulegen.

Das konnte aber auch an Kramski liegen. Kramski kannte das. Manche Menschen wussten mit seiner Eigenart, langsam, sehr langsam und in aller Ruhe auf den entscheidenden Punkt zu kommen, nicht so recht umzugehen. »Das ist aber alles behördlich geregelt und drum herumzukommen, ist schwer. Der Dienstweg halt.«

»Wozu sagen Sie mir das?«

Kramski bestellte sich ein Bier und noch einen Tee zur Beruhigung für Dr. Schneider. Der Mann war ja nicht auszuhalten. »Allerdings bin ich der Mann, der weiß, wie man bestimmte Formalitäten umgehen kann. Wie wäre es ... Stellen Sie sich vor, wir versetzen nicht mehr von A nach B und von C nach D mit dem Ergebnis, dass in A und C die Probleme aufhören, um in B und D gleich wieder neu aufzutauchen, sondern wir ändern unsere Versetzungspraxis. Stellen Sie sich vor, wir versetzen alle Probleme an denselben Ort. Dann haben wir nicht mehr X Orte mit Problemen, sondern nur noch einen. Und mit einem Problemort können wir leben. Nicht nur leben – es wäre eine ganz außerordentliche Verbesserung unserer Situation. Ganz außerordentlich.«

Dr. Schneiders Hand zitterte. So sehr, dass er die Teetasse wieder absetzen musste. »Also A und B und ...«

Kramski half ihm weiter auf die Sprünge. »... und C und D – alle nach X.«

Eine Idee wie diese konnte schwache Existenzen so in Aufregung versetzen, dass ihnen, jedenfalls kurzzeitig, die Fähigkeit zum Denken im Allgemeinen abhandenkam. Ganz zu schweigen von der Fähigkeit, sie zu verarbeiten. Kramski, der einen Teil seines Selbstverständnisses daraus zog, dass er Ideen hatte, kannte den Effekt. Das hatte nichts mit Komplexität oder Intelligenz zu tun, sondern einzig und allein mit der Tatsache, dass neue Ideen neu sind. Das Neue und Unbekannte stieß die Menschen zunächst mal ab. Und den Geringeren unter ihnen machte es Angst. Und den Dr. Schneiders dieser Welt konnte das Neue so einen Schrecken einjagen, dass ihnen der Angstschweiß bis in ihre Feinrippunterhosen – klassisch mit Eingriff – rann.

»Das ist verrückt! Das ist unerhört. Schon die Idee ist … ist …«

Kramski ließ Dr. Schneiders Satz eine Weile in der Luft hängen. Dann beendete er: »Ungewöhnlich?«

»Verrückt. Sag ich doch. Wie soll das denn gehen? Wie wollen Sie denn eine neue Regelung für die disziplinarische Versetzung auf den Weg bringen?«

Es war Zeit, Dr. Schneider einzufangen, bevor er noch kollabierte. Kramski beugte sich vor, winkte Dr. Schneider gleichzeitig näher zu sich heran und verlegte sich auf eine fast geflüsterte Stimmlage. »Ich schreibe einfach ›Pilotprojekt‹ drüber. ›Pilotprojekt‹ klingt immer gut.«

»Und wenn …« Dr. Schneiders Stimme war deutlich zu laut. Er hatte sich kurz vergessen. Zwei Sahnetortenomis drehten sich zu den beiden Männern um. Dr. Schneider verlegte sich aufs Flüstern: »Und wenn das Pilotprojekt scheitert?«

»Dann sitzen wir hier nächstes Jahr wieder gemütlich beisammen und denken uns was Neues aus.«

Kramski ließ Zeit für eine dramatische Pause. Kramski ließ sacken. Und sich einen ordentlichen Schluck Pils durch die Kehle rinnen. »Aaaah, lecker. Wissen Sie, was mir noch fehlt zu meinem Glück?«

Dr. Schneider klang wie ein Mann, dem gerade eine tödliche Krankheit diagnostiziert worden war. »Nein, weiß ich nicht.«

»Ich bräuchte jemanden, der mögliche Wogen in der Politik glättet. Jemanden, der gute Kontakte hat, in der richtigen Partei ist und mir den Rücken freihält …«

So, Kramski war angekommen. Es hatte etwas gedauert, aber dafür war er jetzt auch millimetergenau dort, wo er hingewollt hatte. Dr. Schneider schwieg. Kramski hatte nichts mehr hinzuzufügen. Stattdessen prostete er Dr. Schneider zu. Wenn man genau hinsah, prostete er allerdings nicht Dr. Schneider zu, sondern seinem Parteiabzeichen.

»Und an …«

»Und an … was?«

Dr. Schneider schaffte es, sich zu konzentrieren, und sprach den Satz Wort für Wort. »An welchen Ort haben Sie gedacht? Wo wollen Sie Ihre Strafkolonie eröffnen?«

Kramski trank aus. »Da fällt mir schon was ein. Lassen Sie das nur meine Sorge sein.«

SCHOLZ

»Was Hamm ist? Für Sie, Scholz, ist Hamm die letzte Ausfahrt vor der Wand. Ansonsten handelt es sich um eine KFPB.«

»KF … was?« Scholz verreißt beinahe das Lenkrad.

Kramski ist die Geduld selbst. »K … F … P … B. Kreisfreie Polizeibehörde.«

»Kreisfrei.«

»Genau, Sie sind nur Gott und dem Land NRW Rechenschaft schuldig.«

»Kreisfreie Polizeibehörde. Nie gehört.«

»Kein Wunder. So was gibt es auch noch nicht so lange.«

Scholz atmet durch und lässt den frischen Sauerstoff in seinem Hirn arbeiten. »War das Ihre Idee, Kramski?«

»Kann schon sein. Aber was Sie betrifft, Scholz, Sie können da ganz neu anfangen. Ganz von vorne. Unbelastet. Was nicht heißt, dass Sie nicht irgendwie von Ihren Schulden runterkommen müssen. Aber der Chef da geht bald in Pension, wenn Sie wissen, was ich meine.«

»Hören Sie, Kramski …«, Scholz wird lauter. »Ich hatte gedacht, ich werde degradiert, falle ein paar Stufen die Leiter runter und weiter geht's. Was soll *ich* in Hamm?«

Kramski greift Scholz vorsichtig ins Lenkrad. »Wie wäre es mit: wieder auf die Beine kommen. Und endlich mal wieder gute Polizeiarbeit machen.«

»Ich weiß nicht …«

»Mensch, Scholz, Sie sind doch ein Großer. Sie haben die Killerlesben von Ehrenfeld geschnappt und den Stecher von Zollstock. Immerhin ein Serienkiller.«

Chapeau, Kramski hat wirklich seine Hausaufgaben gemacht. Den Stecher von Zollstock hatte Scholz gar nicht mehr im Portfolio gehabt. Er starrt auf die weißen Linien in der Mitte der Autobahn. »Der hat eine Oma abgestochen. Eine einzige.«

Kramski lässt sich nicht beirren: »Das Gutachten sagt ganz deutlich, dass er weitergemacht hätte. Klassischer Serienkiller.«

Ein leicht penetrantes Piepen, verbunden mit einer Leuchte neben der Tankanzeige, warnt den Fahrer, dass seine Treibstoffvorräte zu Neige gehen. In diesem Fall sorgt es auch dafür, dass der Fahrer sich daran erinnert, dass seine Barmittel gerade noch ausreichen, um das Fahrzeug zu betanken, die Hälfte der Miete zu überweisen und noch ein letztes warmes Mittag zu essen. Scholz steuert unaufhaltsam auf eine kalte, leere, nackte Verzweiflung zu. »Hören Sie, ich kann mich ändern. Das mit dem Spielen krieg ich in den Griff und von den Schulden komm ich auch wieder runter. Die Scheidung hat mich aus der Bahn geworfen, aber ich hab nichts verlernt. Ich fang gerne wieder unten an. Geben Sie mir noch eine Chance.«

Kramski stellt den Sitz nach hinten und macht es sich gemütlich. »Das tue ich doch gerade.«

»In Hamm?«

»In Hamm.«

»Scheiße, Kramski. Warum ausgerechnet dieses Hamm? Es muss doch einen Grund geben, warum Sie in Ihrer Weisheit entschieden haben, dass ausgerechnet ich ausgerechnet dahin soll.«

»Vielleicht habe ich es so ausgerechnet.«

Kramski hat tatsächlich einen Witz versucht.

»Kramski!«

»Also gut – aber das bleibt unter uns! Wie bereits angedeutet: Hamm ist keine Polizeibehörde wie jede andere. Die ist speziell für Leute wie Sie.«

»Kommen da alle Zocker hin?«

»So ähnlich.«

»Was heißt ›so ähnlich‹?«

Kramskis Stimme wird leiser. So als fürchte er, belauscht zu werden. »Das muss jetzt unter uns bleiben. Den Einwohnern da … wäre das nicht leicht zu erklären. Ich denke, die meisten, die mit der Polizei zu tun haben, ahnen etwas, aber richtig sicher sind sich wohl nur die wenigsten.«

Scholz Stimme wird lauter. So, als würde er sich aufregen. »Sie ahnen was? Was ahnen die?«

»Dass da alle hinkommen, bei denen wir auf disziplinarischem Weg nicht weiterkommen.«

»Die mit Dreck am Stecken?«

Kramski zählt demonstrativ unter Zuhilfenahme der Finger auf: »Die mit Dreck am Stecken, die Faulen, die Unmotivierten, die Gestörten, die notorischen Scheißebauer. Dazu die, die schwer von Begriff sind, und die reineweg Blöden und dann noch die, die sich blöd stellen, um der Arbeit aus dem Weg zu gehen. Es handelt sich um ein Pilotprojekt. War gar nicht so leicht, das durchzuboxen. Hartes Stück Arbeit. Ich musste eine Menge Strippen ziehen.«

Scholz platzt endgültig der Kragen. »Soll mir das jetzt leidtun? Dass es so schwer war, die da oben von dieser

Schwachsinnsidee zu überzeugen? Soll ich Mitleid haben? Das ist mein Leben, um das es hier geht. Ich sollte Ihnen was auf die Fresse hauen.«

Kramski wartet eine Weile, bis Scholz wieder aufnahmebereit ist. Seine Stimme ist ruhig. »Und dann natürlich noch diejenigen, die man ohne Probleme rausschmeißen könnte, die aber noch eine letzte Chance kriegen, weil ich so ein Menschenfreund bin. Am besten, Sie beruhigen sich wieder. Es ist, wie es ist. Die Zeiten, in denen wir für jeden, der versagt, den passenden Schreibtischjob finden, sind vorbei. Darum ein Experiment.«

Scholz will sich nicht beruhigen. »Und die Leute da sind die Versuchskaninchen.«

Kramski dreht sich zum Fenster. »Eher Kaninchen, die den Versuch schon hinter sich haben. Seien Sie so nett und wecken mich, wenn wir in Köln sind.«

Sagt's und lässt Scholz allein mit seinen Gedanken. Immerhin vertraut Kramski der Situation. Immerhin hat er keine Angst. Angst, Scholz könne mit seiner neuen Lebenssituation nicht klarkommen und den leichten Ausstieg wählen. Wenn man mit 44,44 Metern pro Sekunde über eine leere Autobahn rast, ist es wahrlich ein Leichtes, sich aus dem Leben zu verabschieden. Und Kramski wäre mit von der Partie. Ist das jetzt Ignoranz, dass der sich einfach umdreht und fertig? Weil er glaubt, dass Scholz nicht die Eier hat, die Notbremse zu ziehen? Oder ist es Vertrauen? Vertrauen, das Scholz zusteht, weil jeder mal vom geraden Weg abkommen kann und jeder eine zweite Chance verdient und es gar keinen Grund gibt, über die finale Lösung eines temporären Problems nachzudenken? Vielleicht sollte man Kramski das mal fragen. Aber Kramski ist eingeschlafen.

VORDERBÄUMEN

»So, jetzt sind es nur noch ein paar Schritte.«

Sie verlassen den Altbau des Polizeipräsidiums und da sind sie wieder: die Achtziger. Scholz folgt Vorderbäumen durch den Verbindungsgang, lauscht dem asynchronen Quietschen von Schuhsohlen auf Linoleum und atmet ihn ganz tief ein, den Muff eines typischen Fünfzigerjahreanbaus, der mal frisch roch, zu einer Zeit, als die Kasse voll und die Personaldecke mollig war und es immer aufwärtsging. Anfang der Achtziger war dann noch mal renoviert worden, aber zum Ende des Jahrzehnts hin hatte Hamm große Teile seiner Kompetenzen abgeben müssen und der Anbau wurde zur Rumpelkammer.

Scholz ist erst seit zwei Tagen in der Stadt. Davor war er drei Monate in einer Therapie und hat so viel über sich geredet, dass er in nächster Zeit nicht über sich reden möchte. Wenn er Alkoholiker wäre, würde man ihm konstatieren, er sei trocken. Aber Scholz ist Zocker und deshalb weiß er selbst nicht, was er ist.

Vorderbäumen ist ein schlanker, man kann fast sagen hagerer, Mann unbestimmbaren Alters, aber alt ist er auf jeden Fall. Sein haarloser Kopf sitzt etwas zu groß auf den schmalen Schultern, seine Augen stehen ein wenig schief und er hinkt leicht beim Sprechen.

Sie treten in ein Büro, das aufgrund fehlender Möbel recht großzügig wirkt. Auf den ersten Blick scheint alles da zu sein, was man zum Arbeiten braucht, auf den zweiten vermisst Scholz einen PC. Vorderbäumen öffnet ein Fenster, um ein bisschen verbrauchte Luft rauszulassen.

»So, schauen Sie mal. Von hier aus können Sie über die halbe Stadt gucken. Sehen Sie dahinten, den kleinen braunen

Zacken da, neben der Autobahnausfahrt? Das ist die neue Möbelstadt.«

Scholz hat andere Sorgen. »Wo ist der PC?« Nach einer Pause hakt er nach: »Der Computer?«

»Ach so, drüben sind, glaube ich, sogar zwei. Da können Sie sicher einen von haben. Fragen Sie Latotzke, der hat so was im Griff.«

Scholz notiert sich den Namen.

»Mit *t* ... *z* ... Soll ich buchstabieren?«

»Nee danke. Geht schon.«

»Übrigens ...« Vorderbäumen tippt Scholz mit dem Finger auf die Schulter. »Wenn Sie mal Möbel brauchen ...«

»Möbel?«

»Genau. Ich kenne einen, der einen kennt.«

»Also *L* ... *a* ... *t* ... *o* ... *z* ... *k* ... *e*. So richtig?«

»Nee, *L* ... *a* ... *t* ... *o* ... *t* ... *z* ... *k* ... *e*.«

»Na dann.«

Vorderbäumen hebt zwei sehr alte Finger. »Sie haben jetzt direkt unter sich zwei Leute, Ditters und Latotzke. Ditters ist, sagen wir mal, ein bisschen komisch. Und Latotzke, na ja, der ...«

»... ist auch ein bisschen komisch?«

»Na ja, erfahren werden Sie es früher oder später sowieso ... Latotzke hat Vitamin B.«

»Beziehungen?«

Vorderbäumen nickt. »Ein Onkel im Stadtrat oder so. Mir persönlich ist das ja scheißegal, so lange die Leute ihre Arbeit vernünftig machen, genau da fangen bei Latotzke die Probleme allerdings auch schon an. Aber Sie werden die beiden ja kennenlernen. Wenn es irgendwelche Probleme gibt, sagen Sie mir Bescheid. Ich steh voll hinter Ihnen.«

»Ich glaube, ich komm schon allein klar.«

»Denk ich auch. Das sind nette Burschen.«

Super. ›Burschen‹. Da sind sie – die Fünfziger.

Immerhin wird Vorderbäumen es wohl nicht mehr lange machen. Vielleicht hat die Versetzung also doch ihr Gutes. Scholz wird es ruhig angehen lassen und irgendwann Vorderbäumens Position übernehmen, welche immer das auch ist. So wird er ohne allzu deutlichen Karriereknick wieder aus Hamm herauskommen. Da gibt es nur zwei Probleme: Scholz hat es in seinem Leben noch nie ruhig angehen lassen und über die Möglichkeit, Hamm wieder zu verlassen, hat Kramski kein Wort verloren. Vorderbäumen steht immer noch am Fenster. Er steht ganz still. Vielleicht ist er eingeschlafen. Oder tot.

»Was machen wir eigentlich, wenn mal was passiert? Zum Beispiel ein Mord?«

Vorderbäumen erwacht wieder. »Das, was man so macht: Tatort sichern. Spuren sichern. Zeugenaussagen sichern. Und im Fall der Fälle das Landeskriminalamt anrufen. Die schicken dann Leute.« Vorderbäumen greift nach seiner Jacke. »Ich muss mal kurz was erledigen.« Er zieht sein Handy, Baujahr 1997, aus der Tasche. »Wenn irgendwas ist: Klingelingeling.«

Scholz sieht ihm nach, wie er das Büro verlässt. An der Tür bleibt Vorderbäumen noch einmal stehen. »Möbel hatten wir drüber gesprochen? Ich hab glänzende Verbindungen und wenn sie klamm sind, gibt es äußerst günstige Finanzierungsoptionen.«

»Ich denk drüber nach.«

»Na dann. Frohes Schaffen.«

Es gibt viele Formen von Einsamkeit. Allein auf einem Berggipfel, in einer Strandhütte oder zu zweit am Restauranttisch mit einer Frau, die einen nicht mehr liebt. Scholz ist sich sicher: Die Einsamkeit in diesem leeren Büro mit der Aussicht auf Hamm und eine Zukunft aus Langeweile und Verzweiflung toppt alles. Er muss Kramski anrufen. Er muss noch einmal versuchen, mit ihm zu reden. Sein Smartphone samt Kramskis Nummer ist bei *eBay*. Er muss sich irgendwie verbinden lassen. Scholz greift zum Telefon und wählt die Null.

»Zentrale.«

»Scholz, guten Morgen. Ich brauche mal eine Telefonnummer. Oder noch besser – Sie verbinden mich direkt.«

»Wer ist da?«

»Scholz. Ich ...«

»Wie schreibt sich das?«

Die Stimme klingt alt. Aber das ist nicht der Grund, warum der Mann schwer zu verstehen ist.

»Wie sich das schreibt? Wie Scholz.«

»Wo sind Sie?«

»Ich bin hier im Büro.«

»Was für ein Büro?«

»Ein Büro eben. Das Büro vom Kollegen Vorderbäumen.«

»Vorderbäumen ist nicht da. Der ist außer Haus.«

»Hören Sie, ich brauche eine Telefonnummer.«

»Aber doch nicht von mir!«

Aufgelegt. Einfach aufgelegt. Scholz glüht vor Zorn, als Latotzke das Büro betritt. Scholz bemerkt ihn nicht, weil er hektisch die Null drückt und es kaum abwarten kann, wieder zum Alten durchzukommen.

»Zentrale.«

»Ich will Ihren Namen. Sofort.«

»Wer ist denn da?«

»Sie wissen ganz genau, wer da ist. Und jetzt werden wir beide uns kennenlernen. Den Namen!«

»Haben Sie was zu Schreiben?«

Scholz blickt sich um und greift einen Kugelschreiber. »Hab ich.«

»Ich buchstabiere: *K ... a ... t ... c ... z ... m ... i ...r ...* Haben Sie es bis hierhin?«

Scholz hat genug und legt auf. Er schaut zu Latotzke und sieht in ein freundliches Gesicht

»Ja, ja, der Willi. Das macht der immer, wenn er jemanden nicht leiden kann.«

»Ich bin erst seit zehn Minuten hier«, entgegnet Scholz.

»Kann schnell gehen.«

»Das hat der Willi zum letzten Mal gemacht. Das garantiere ich Ihnen.«

Latotzke winkt ab. »Keine Chance. Der Willi gehört hier zum Inventar. Dem kann keiner was.«

Scholz muss erst mal durchatmen. »Und Sie sind?«

»Latotzke, Georg Latotzke. Sie müssen Scholz sein.«

»Genau.«

Latotzke streckt die Hand aus. »Georg.«

Scholz greift zu. »Scholz.«

»Na gut. Und was führt Sie nach Hamm ... Scholz?«

Nichts in diesem freundlich-doofen Gesicht weist darauf hin, dass Georg Latotzke irgendeine Kenntnis über die näheren Umstände von Scholz' Versetzung besitzt.

»Luftveränderung.«

»Na dann. Wissen Sie was, ich kümmere mich mal um Ihr kleines Problem.«

»Nicht nötig.«

»Nee, ich mach das schon. Ich war mal Pfadfinder. Jeden Tag eine gute Tat.«

Latotzke greift zum Telefon und wählt die Null. Was dann folgt sind drei Worte, die sich Scholz nicht erschließen. »Willi, alten Wemser.« Dann folgt eine Pause, in der Latotzke nickend neben dem Telefon steht, und irgendwann geht es einigermaßen verständlich weiter. »Ja klar hab ich das mitgekriegt von deinem Enkel. Stand ja ganz groß im Anzeiger. Zwei Netze gegen Wickede. Das wird mal einer, sag ich dir.«

Willi scheint das gern zu hören und möchte wohl auch ausführlich drüber reden. Latotzke nutzt die Gelegenheit, um Scholz zuzuzwinkern.

»Was ich sagen wollte: Mein neuer Kollege hier, Scholz, der braucht eine Telefonnummer. – Natürlich ist das dienstlich. – Genau, sonst würden wir ja wohl die Auskunft anrufen. Der Name?«

Scholz fühlt sich schon wieder sehr einsam. Oder ist das Hoffnungslosigkeit? »Scheiß drauf.«

»Und der Vorname?«

»Sehr witzig. Geben Sie mal her.«

Scholz nimmt den Hörer und es zeigt sich, dass die Sache einigermaßen schnell zu klären ist, weil sich Willi jetzt verhältnismäßig kooperativ gibt. Während Scholz noch einige »Nichts für ungut.« und »Ja, Ihnen auch.« loswird, erscheint ein Mann im Türrahmen.

»Guten Morgen.«

Scholz legt auf. Latotzkes Miene hat sich in Sekundenschnelle verdüstert. »Du bist zu spät.«

»Leck mich.«

»Immer nur das Eine im Kopf.«

»Nicht heute Morgen, Georg.

»Schlecht geschlafen, was? Unten gelegen?« Bevor Ditters etwas sagen kann, lenkt Latotzke ein. »Ist gut, ist gut. Das hier … ist übrigens unser neuer Chef. Und das hier ist Ditters.«

Scholz streckt die Hand aus. »Hab ich mir schon gedacht.«

Ditters wird sofort laut. Und seine Stimme unangenehm hoch. »Na super. Hat man Sie schon vorgewarnt? Oder hab ich ein Schild um den Hals?«

Scholz versteht nicht und sagt das auch: »Ich verstehe nicht.«

»Was hat Vorderbäumen gesagt?«, herrscht Ditters ihn an. »Ditters, hä, hä, warmer Bruder. Immer auf die Deckung achten. So was ungefähr?«

Scholz versteht endlich. Und laut kann er auch: »Sagen Sie mal, ticken Sie noch richtig? Wie reden Sie überhaupt mit mir?«

Ditters kann noch lauter. »Sie sagten gerade eben, Sie hätten sich schon gedacht, dass ich es bin.«

Scholz brüllt: »Man hat mir zwei Mitarbeiter avisiert. Einer war hier und ich erwartete den zweiten, als Sie den Raum betraten. Da dachte ich mir, dass Sie es sind.«

Jetzt wirft sich Latotzke dazwischen. Besser ist das.

»Nicht ärgern. Die Sache mit … schwul ist noch Ditters kleinstes Problem. Den Rest erzählt er ihnen lieber selbst.«

Ditters schnaubt ein entrüstetes »Du!« und will gerade auf Latotzke losgehen, als Scholz unter Zuhilfenahme größtmöglicher Lautstärke für Ruhe sorgt. »Schnauze jetzt! Ditters, Sie sind erst mal ruhig. Und Latotzke, Sie hören mir jetzt gut zu. Ich hatte die Gelegenheit, Ihre Akte zu lesen. Sie haben eine Aufklärungsquote, dass es einer Sau graust.«

Latotzke versucht eine schwache Entgegnung: »Ja hören Sie mal …«

»Nichts höre ich. Woanders würden Sie es nicht mal zum Schülerlotsen bringen. Aber Sie haben ja Verwandtschaft hier. Ich sage Ihnen eins: Wenn Sie sich nicht am Riemen reißen, können Sie so viele Onkel im Stadtrat haben, wie Sie wollen, ich schmeiß Sie raus oder Sie arbeiten mit Willi in der Telefonzentrale. Und jetzt gehen Sie mir aus den Augen.«

Latotzke versucht es mit Körperspannung und Aggressivität. Aber er hat weder den Körper noch die Aggressivität für solche Manöver. »Das muss ich mir nicht …«

»Raus!«, brüllt Scholz und es wirkt. Latotzke trollt sich. Und weil Scholz gerade so schön dabei ist und die Wut nicht ungenutzt verrauchen lassen will, knöpft er sich Ditters vor: »Und jetzt zu Ihnen, Ditters. Ihre Arbeit ist fast noch schlechter als die von Latotzke.«

»Ich möchte etwas sagen.« Ditters spricht leise und seine Stimme zittert leicht.

Scholz bleibt hart. »Wenn ich fertig bin. Aus Ihrer Akte geht hervor, dass Sie mal auf einem ziemlich guten Weg waren, seit fast zwei Jahren aber gnadenlos versagen. Woran liegt das? Schwul waren Sie doch schon immer, das kann es doch nicht sein, oder?«

»Meine Sexualität hat Sie nicht zu interessieren.«

»Interessiert mich auch nicht besonders. Ich interessiere mich nur für Ihre miserablen Ergebnisse. Woran arbeiten Sie zurzeit?«

»Können wir uns setzen?«

»Klar. Wo setzt man sich denn hier?«

»Nebenan ist ein Gemeinschaftsraum. Ich brauch erst mal einen Kaffee.«

Gemeinschaftsraum. So was gibt's noch in Pflegeheimen, psychiatrischen Anstalten und in Hamm. Scholz folgt Ditters über den halbdunklen Flur. Ihre Sohlen quietschen im Takt. Im Gemeinschaftsraum gibt es eine Kanne und einen Filteraufsatz mit passenden Filtern. Es gibt Kaffee, Tee, Würfelzucker, Glücksklee, das Vaillant VEK 5 S Kochendwassergerät, wandhängend, in braunbeige, und eine Spüle. Ditters lässt Wasser einlaufen, drückt den Knopf und wirft einen Euro in eine Motivblechbüchse, in die das Wort *Kaffeekasse* geritzt wurde. Einige Minuten später sitzen Scholz und Ditters sich gegenüber. Jeder auf einem kotfarbenen, mit Cord bespannten und viel zu weichen Sofa.

Ditters druckst noch eine Weile herum und legt dann los. »Ich habe nicht gut geschlafen. Wahrscheinlich wegen meines schlechten Gewissens.«

»Ich bin ganz Ohr.«

»Latotzke und ich hatten gestern einen Einsatz. Ein überfahrener Spaziergänger. Wir mussten eine Weile warten und dann bin ich mit dem Notarzt aneinandergeraten. Ein Wort gab das andere.«

»Und dann?«

»Dann gab es einen Streit. Aber das tut jetzt nichts zur Sache. Und Latotzke ist abgehauen.«

»Abgehauen? Was heißt abgehauen?«

Ditters atmet tief durch. »Ich bin mit Latotzke ebenfalls in Streit geraten. Aber das tut auch nichts zur Sache. Auf jeden Fall war ich allein, als ich plötzlich einen Wagen entdeckte. Im Straßengraben. Das wird der dritte Unfallbeteiligte gewesen sein.«

»Und?«

»Der Fahrer lebte noch. Er ist auf der Fahrt ins Krankenhaus verstorben.«

»Und?«

»Ich fühle mich schuldig. Ich hätte die Situation schneller begreifen müssen. Genauer hinsehen. Aber ich war nur mit dieser blöden Auseinandersetzung mit dem Notarzt beschäftigt.«

Scholz gießt sich ebenfalls einen Kaffee ein. »Meinen Sie, da kommt noch was nach?«

»Wieso?«

»Wegen dem Notarzt. Der wird doch sicher zwei Einsätze abrechnen. Beide am selben Ort. Da stellt sich die Frage ...«

»Ach so.« Ditters verzieht das Gesicht. »Nee, so weit denken die hier nicht. Das wäre ein ziemlicher Zufall. Außerdem war der Notarzt beim zweiten Mal total okay. So richtig engagiert. Der hatte vorher keinen Bock auf den Spaziergänger, weil der so ...« Ditters muss kurz nachdenken. »Der war schon toter als tot«.

Scholz schaut tief in seinen Kaffee. Wieder diese Einsamkeit. Woanders würde der Typ jetzt nackt durchs Präsidium gepeitscht werden. »Das war aber ziemlich viel Streit für einen Abend.«

»Das tut mir auch sehr leid.«

»Gut, was war jetzt Ihre Frage?«

»Ich hatte überhaupt keine Frage. Sie sind mein neuer Vorgesetzter und ich dachte, ich spiele mit offenen Karten. Ich habe Scheiße gebaut.«

»Sie und Latotzke. Latotzke war doch am Anfang ebenfalls am Tatort. Der ist auch nicht blind.«

Ditters rollt mit den Augen. »Latotzke, wenn ich den Namen schon höre. Das ist ja kein Name, das ist eine ansteckende Krankheit. Klingt wie ›La Kotze‹, wenn Sie mich fragen. So was Schweres wie« – Ditters setzt mit zwei Fingern Anführungszeichen in die Luft – »›Aufpassen‹ und ›Beobachten‹ können Sie von dem gar nicht erwarten.«

»Das mag ja sein«, wirft Scholz ein, »aber trotzdem – wenn es eine Schuld gibt, trägt Latotzke sie mit.«

Ditters macht eine Pause bevor er seine Frage stellt. »Und … gibt es eine Schuld?«

»Keine Ahnung, das müssen Sie mit sich selbst ausmachen. Ob der Mann so oder so gestorben wäre, wissen wir nicht. Wir sind Polizisten, keine Hellseher. Und wenn jemand einen ehrlichen Fehler macht, halten wir zusammen. Das machen übrigens alle Polizisten so.«

Ditters atmet erleichtert auf. »Das ist sehr nett, dass Sie das sagen. Ich dachte schon …«

Scholz unterbricht Ditters mit einem fast unhörbaren Fingerschnippen. »Ich war noch nicht fertig mit der Schuldfrage. Es gibt nämlich noch eine Bringschuld.«

Ditters begreift. »Sie wollen wissen, wie es genau passiert ist.«

»Ich will noch mehr. Ich will nicht nur das *wie*, sondern auch das *warum*. Zwei Menschen sind gestorben und ich will keine offenen Fragen. Finden Sie raus, ob die beiden sich kannten – der Spaziergänger und der Fahrer. Wenn nicht, finden Sie raus, was die da zu suchen hatten.«

»Das war ein Zufall.«

»Unterbrechen Sie mich nicht. Wenn es ein Zufall war, dann nur, weil Sie mir Beweise dafür liefern. Ich will Daten, Fakten, Aussagen. Wenn der Spaziergänger einen Hund hatte, dann will ich eine Aussage von dem Hund.«

Topmotiviert sieht Ditters nicht gerade aus. »Vorderbäumen sagt ...«

»Vorderbäumen ist unser Vorgesetzter. Aber jetzt bin ich da. Ich kümmere mich um Vorderbäumen und Sie und Latotzke kümmern sich um mich. Dann können wir alle gut schlafen. Fangen Sie bei der Familie an, wie Sie das mal gelernt haben. Und nicht nachlassen. Sie müssen die Leute auspressen. Hart bleiben.«

Ditters kriegt schon wieder diesen leicht beleidigten Tonfall. »Das trauen Sie mir wohl nicht zu?«

»Geht das jetzt von vorne los?«

»Schon gut, Sie haben ja recht«, lenkt Ditters ein. »Mal was anderes. Was macht ein Mann wie Sie in Hamm?«

Damit ist für Scholz das Gespräch so weit beendet. Er steht auf und gießt den Kaffee in die Spüle. »Das erzähle ich Ihnen, wenn Sie durch Ihr tadelloses Auftreten und Ihre vorbildliche Pflichterfüllung mein Vertrauen gewonnen haben.«

BON JOVI

Was ist Hamm? »Hier kann man es aushalten«, sagt Scholz, der Selbstgenügsame, und hat natürlich recht. Es gibt weitaus schlimmere Orte. Orte, in denen Bürgerkrieg herrscht, wo Leid und Entbehrung zum Alltag gehören. Scholz hat das Gefühl, er ist so zynisch, wie er nie sein wollte. Das ist wahrscheinlich das unaufhaltsam auf ihn zurasende Alter. »Hier ist es nicht auszuhalten«, sagt Scholz, der ehemalige Metropolenbewohner, und kann nicht wissen, dass sich die Leute im Kernruhrgebiet damit trösten, dass man die Gegend zwischen Duisburg und Dortmund auch als eine zusammenhängende Stadt sehen und begreifen kann. Aber selbst dann liegt Hamm noch am äußersten Rand und im gefühlten Nirgendwo. Nein, der Trost, es gäbe weitaus schlimmere Orte, ist keiner. Gemeint sind Orte, an denen gar nichts los ist, das letzte Kino einen Supermarkt beherbergt und der kulturelle Jahreshöhepunkt das Schützenfest ist. Scholz hat das Gefühl, er kommt nicht weiter. In solchen Orten gibt es auch keine Kriminalpolizei und damit wäre seine Existenzgrundlage nicht gegeben und er müsste etwas anderes machen. Da er sich nicht vorstellen kann, etwas anderes zu machen, kann er sich auch nicht vorstellen, auf dem platten Land zu wohnen und fertig.

Hamm ist eine Stadt, ohne eine zu sein, nicht Fisch, nicht Fleisch, man kann einen langen Abend damit verbringen, sich zu überlegen, was Hamm alles nicht ist, und wieder kommt Scholz nicht weiter. Immerhin hat er es geschafft, einen echten Anfängerfehler zu begehen, als käme er frisch von einer Hallig oder aus einer Berghütte.

Der Anfängerfehler? Gleich die billigste Wohnung zu nehmen, die sich im Internet finden lässt. Das macht man besser nirgendwo. Vielleicht ist Scholz davon ausgegangen, dass es in Hamm eher ruhig sein würde. Aber auch hier gibt es Schnellstraßen, Eisenbahntrassen – sogar ziemlich viele – und es gibt RTL2 und Gegenden, in denen Menschen RTL2 bei offenem Fenster und voller Lautstärke die halbe Nacht laufen lassen. Entweder weil sie bedröhnt eingeschlafen sind, oder weil sie – »Ruf mich an und wichs sofort!« – gerade keine Hand frei haben, um leiser zu machen. So eine Gegend hat Scholz erwischt und schon jetzt empfindet er seine Einzimmerwohnung ebenso als Strafe wie den Rest seines erzwungenen Aufenthalts.

Eigentlich hat er die erste Woche ganz gut herumgekriegt. Das Neue ist immer spannend, selbst wenn es sich um die ostwestfälische Provinz nahe Münster mit deutlichem Ruhrgebietseinschlag handelt. Trotzdem vermisst Scholz Köln jetzt schon. Er könnte in zwei Stunden da sein, aber er hat im Moment kein Auto und auch wenn die Eisenbahn nah ist, liegt der dazugehörige Bahnhof doch ein ganzes Stück entfernt. Scholz wird sich einen ruhigen Abend machen. Der sechste ruhige Abend in Folge.

Er fragt sich, ob er Susanne anrufen sollte, aber wahrscheinlich will sie gar nicht mit ihm reden. Ihm würde es reichen, wenn er ihr zuhören könnte. Normalerweise ist Scholz kein besonders guter Zuhörer, aber was ist schon normal in letzter Zeit. Jetzt hat er das Gefühl, er könnte ihr stundenlang zuhören. Immerhin hat er sie mal geliebt. Und das nicht zu knapp.

Er wird sich vom ersten Geld eine Playstation kaufen – dann könnte es gehen. Immerhin hat er die erste Woche ganz gut herumgekriegt. Bis auf heute. Heute hat er ganz schlecht herumgekriegt. Und der Tag ist immer noch nicht vorbei.

Heute Morgen war Scholz, nichts Böses ahnend, gerade im Gemeinschaftsraum dabei, seinen Kaffee wegzuschütten, als Ditters zu ihm kam. Und Ditters kam mit einem echten Klassiker. Ditters hatte eine gute und eine schlechte Nachricht. »Bei dem Autounfall ist was faul. Der Fahrer des BMW lebte von seiner Frau getrennt und sie haben gemeinsames Vermögen. Wenn meine Informationen stimmen, hat die Frau ein Verhältnis mit einem Typen, der zufälligerweise in Gebrauchtwagen macht. Die Karre ist ohne ersichtlichen Grund von der Straße abgekommen und von den sechs Airbags ist keiner aufgegangen. Da hat jemand rumgefummelt.«

Wenn man mit einem Fingerschnippen Anerkennung ausdrücken konnte, dann hatte Scholz das gerade getan. »Nicht schlecht, Ditters. War das jetzt die gute oder die schlechte Nachricht?«

»Die gute.«

»Okay. Jetzt also die andere.«

Ditters war kleinlaut geworden. »Wegen dem Wagen und der technischen Analyse habe ich beim LKA angerufen.«

»Was ... ich hatte gesagt ... ich hatte mehrfach gesagt ...«

Scholz hatte bei mehreren Gelegenheiten laut und deutlich gesagt, dass er, wenn irgend möglich, das LKA aus Hamm heraushalten wolle. Aber gut, wenn man von Menschen umgeben war, deren Auffassungsgabe an Schnelligkeit zu wünschen übrig ließ, dann musste man Dinge eben mehrfach erläutern. »Latotzke!«

Es dauerte eine Weile, aber dann beehrte Georg Latotzke den Gemeinschaftsraum mit seiner Anwesenheit. »Sie haben gerufen?«

Lag da so etwas Ähnliches wie Sarkasmus in Latotzkes Stimme? Selbst wenn, egal. »Hab ich. Ich wollte etwas sagen. Ich habe es zwar bereits mehrfach gesagt, aber ich sage es gern noch mal. Kein LKA. Ob wir in Düsseldorf anrufen oder nicht, entscheide ich. Ab sofort lösen wir unsere Fälle selbst.«

Latotzke, der die Düsseldorfer Nummer wahrscheinlich auswendig konnte, versuchte, zu widersprechen. »Das mit dem LKA ist sowieso übertrieben. Das stimmt so nicht.«

»In den Akten liest sich das anders.«

»Scheiß auf die Akten. Außerdem sind wir hier für echte Schwerkriminalität gar nicht ausgerüstet.«

Scholz hatte laut werden müssen. In einem Ton, der keinen weiteren Widerspruch zuließ. »Den nächsten Fall übernehme ich persönlich. Dann werden wir sehen, wofür wir ausgerüstet sind. Wir werden sehen, was wir können, was wir nicht können, wozu wir das LKA brauchen und wozu wir bis heute zu faul waren. Alles klar?«

Nichts war klar. Sie waren beleidigt abgezogen. Und ein paar Stunden später hatte sich Vorderbäumen eingemischt. Dieser schlurfende Gang, das Schnarren in der Stimme, das ging einem schon nach einer Woche auf den Senkel. »Sie müssen den Männern auch mal ein bisschen Leine geben«, hatte der Alte angemerkt.

»Leine geben. Die sind gar nicht an der Leine. Die machen, was sie wollen, und das ist meistens nichts.«

Und wieder stellte sich die Frage, ob Vorderbäumen verstorben oder bloß weggetreten war. Wieder eine schier endlose Pause, die jeden verrückt machen konnte, aber für einen Zocker mit zu viel Energie einer Folter gleichkam.

Aber dann, irgendwann, kam doch die Erwiderung: »Mir ist lieber, die Burschen machen wenig, als wenn sie viel Scheiße bauen.«

Scholz hatte wütend geschwiegen, aber offensichtlich war Vorderbäumen keiner, der schnell lockerließ. »Ich kann mir vorstellen, warum Sie hier sind. Nach dem Rechten sehen, die Truppe auf Vordermann bringen und weiter geht's. Ich muss aber hierbleiben. Und den Rest meines Berufslebens mit den beiden Spezialisten verbringen.«

Kramski hatte Vorderbäumen also nichts gesagt. Kein Wort über den Grund, warum es Scholz nach Hamm verschlagen hatte, und wie lange er bleiben würde. Nun gut, wenn Kramski Gründe hatte, Vorderbäumen nicht ins Vertrauen zu ziehen, würde Scholz es dabei bewenden lassen. »Wir werden sehen. Wir machen es jetzt erst mal so, wie ich mir das vorstelle, und dann schauen wir, was dabei herauskommt. Nichts tun und bei jeder Kleinigkeit das LKA anrufen können wir später immer noch.«

»Wenn Sie meinen.«

»Ich meine.«

Als Scholz den Weg nach Hause antrat, hatte er sich einigermaßen beruhigt. Er hatte seine Wohnung aufgeräumt, das Fernsehprogramm gecheckt, sich eine Lasagne bestellt und war so weit guter Dinge. Aber dann kam die Lasagne. Und die Lasagne brachte das Fass zum Überlaufen.

Kramski nahm erst nach dem achten oder neunten Schellen ab. »Kramski.«

Scholz hatte sich nicht mit langen Vorreden aufgehalten: »Okay, ich hab Scheiße gebaut. Aber das hier ist unverhältnismäßig. Das ist Sibirien.«

»Scholz? Sind Sie das?«

»Ja, ich bin es. Und ab sofort stehen Sie ganz oben auf meiner Liste. Ganz oben.«

»Was wollen Sie?«

»Man sieht sich immer zweimal im Leben, Kramski. Und wir beide sehen uns noch.«

»Was ist denn los?«

»Ich sag Ihnen, was los ist. Ich sitz hier in einer Bruchbude am Ende der Welt und raten Sie mal, was vor mir auf dem Tisch liegt ...«

»Scholz, machen Sie keinen Quatsch.«

»Raten Sie!«

»Jetzt beruhigen Sie sich erst mal.«

»Sie sollen raten!«

»Wie soll ich das erraten? Sagen Sie mir nur, dass da keine Waffe liegt.«

»Da liegt ein Teller. Und auf dem Teller ist eine Lasagne.«

Die Erleichterung war aus Kramskis Stimme herauszuhören. »Lasagne.«

»Eine Lasagne!«, brüllte Scholz.

»Und?«

»Und? Das werde ich Ihnen sagen. Wissen Sie, was da drin ist, in der Lasagne?«

»Nein.«

»Erbsen und Möhren!«, hatte Scholz gebrüllt. Und im gleichen Moment gewusst, dass Erbsen und Möhren kein Ventil waren. Dennoch hatte er weitergebrüllt. »Die nennen das westfälische Lasagne. Und ich bin drauf reingefallen. Mit Erbsen und Möhren! Fehlt nur noch eine Pizza mit Kasseler und Sauerkraut. Ich bin in der Hölle.«

»Hören Sie, Scholz ...«

Keine Chance. Scholz konnte jetzt nicht einfach aufhören. Es musste raus. »Aber das kriegen Sie wieder, Kramski. Kann sein, dass ich warten muss, aber ich kann warten. Ich kann warten! Ich kann warten, bis mir der Arsch abfällt! Aber irgendwann … Kramski?«

Kramski hatte längst aufgelegt.

Jetzt liegt Scholz auf dem Bett und starrt an die Decke. Heute hat er schlecht rumgekriegt, aber die positive Nachricht ist, dass jeder Tag, so oder so, mal zu Ende geht. Scholz steht auf, greift zu seinem Schlüssel und verlässt die Wohnung, um die Lasagne in die Mülltonne zu werfen. Eine halbe Stunde später wird er sich darüber wundern, dass er wieder ruhig genug ist, um müde zu sein, und als das Telefon klingelt, schläft er tief und fest.

Oh, we're half way there. Latotzke hatte es irgendwie geschafft, das *Uah Uah Uah Uh Uh* am Anfang von *Livin' on a Prayer* zu loopen. Zur Not konnte er die Zeit bis zum Gesangseinsatz ausdehnen, bis der Laden zumachte, und umso öfter selbst zum Mikro greifen. »Leude, Leude … Ja genau, wir sind schon halb da.«

Bisschen pegeln – hoch, runter, rechts, links und die Masse zum Kochen bringen. Latotzke hatte keinen Blick für die Handvoll eher müder Tänzer und den vollkommen besoffenen Vierzigjährigen am Rand der Tanzfläche, der allerhöchstens noch in der Lage war, breitbeinig zu stehen und den Kopf zum *Uah Uah Uah Uh Uh* hin- und herzuschwenken.

»Leude, Leude …« Das war sein Standardspruch, sein Erkennungssignal, seit er auflegte, sein Markenzeichen. Latotzke hatte sogar schon mal versucht, sich das »Leude, Leude« gemeinsam mit seinem Künstlernamen schützen zu lassen. Ging aber nicht.

»Schwingt die Hufe, der Schmied kommt!« Latotzke hatte keinen Blick dafür, dass das *Santa Monica* seine beste Zeit ungefähr zu dem Zeitpunkt gehabt hatte, als *Livin' on a Prayer* rauskam. Er hatte keinen Blick für die Poster längst vergangener Rockgrößen an den Wänden und auch nicht für die Frau, die im hinteren Teil des Raums auf einer der Bänke in ihrer Kotze lag. »Leude, Leude, DJ Latte is in the House.«

Es war Zeit. Er ließ den Gesang einsetzen. *Once upon a time not so long ago …* Und dann schloss Latotzke die Augen und sah die Vestlandhalle oder den Dom, sah eine schwitzende, brodelnde, aufgepeitschte Masse – *Uah Uah Uah Uh Uh … Uah Uah Uah Uh Uh* – und ein vieltausendstimmiges »Leude Leude« hallte in seinen Ohren. Das war der Moment, für den er lebte, und eines Tages würde es so weit sein. Als er die Augen wieder öffnete, sah er das Display seines Handys aufleuchten.

Scheiße. Leon, der unfassbar gut aussehende und viel zu junge Typ, mit dem Ditters gerade geknutscht hat, war offensichtlich inzwischen mit einem anderen verschwunden. Vielleicht hätte er ihm nicht erzählen sollen, dass er es ernst meint. Nicht so bald, nicht sofort. Diese jungen Hüpfer heute. Aber er meint es ernst und jeder soll es wissen.

Das waren die Momente, die Ditters hasste. Wenn das Richtige falsch war und umgekehrt. Immerhin hatte Scholz das Falsche wieder richtig gemacht, als er ihn nicht wegen des übersehenen Autos gekreuzigt hatte.

Ditters nahm noch einen Schluck Gin Tonic. Viel war nicht mehr los im *La Salle*. Aber lieber nicht zu laut klagen. Ein einigermaßen vernünftiger Klub in einer so dermaßen katholischen Stadt wie Münster war, um im christlichen Kontext zu bleiben, bereits ein kleines Wunder. Und die Musik war gut. Manche Tracks krochen einem langsam, ganz langsam, ganz tief ins Hirn, vermischten sich mit den dort bereits anwesenden Stimulanzien und plötzlich war man in einer anderen Welt. Einer Welt weit weg von Münster, Recklinghausen und vor allem Hamm. An irgendeinem Strand oder draußen im All und jeder mittelalte Familienvater, der im *La Salle* sein großes Geheimnis in einer kleinen

Affäre auslebte, sah plötzlich aus wie direkt aus der *GQ*. Weiter weg konnte man innerhalb der engen Grenzen des Betäubungsmittelgesetzes nicht kommen. Ditters nahm noch einen Schluck.

Ansonsten benahm sich Scholz wie ein Arschloch. Er schien mächtig unter Druck zu stehen.

»Hey.«

Ditters konnte es nicht glauben. Leon stand vor ihm und legte ihm die Hand auf die Schulter.

»Tut mir leid, ich wollte dich nicht stehen lassen. Ich schreibe morgen eine Klausur und muss früh raus. Aber dann bin ich noch mal zurückgekommen, damit du nicht denkst ...«

Bitte ... Lieber Gott in der katholischsten aller Städte, hab Mitleid. Bitte lass das nicht wahr sein. Bitte lass ihn volljährig sein. Immerhin war noch nichts passiert.

»Klausur? Äh, Schule?«

»Nein, wo denkst du hin? Uni.«

»Ja, klar ...« Falsches, total aufgesetztes Lachen. »Was studierst du denn so?«

»Informatik.«

Süß. Ein süßer und noch ein ganz klein wenig minderjährig aussehender Informatiker. Es war nicht so, dass Ditters plötzlich die Hochzeitsglocken in voller Lautstärke läuten hörte, aber ein kleines Klingeling ließ sich ausmachen.

»Und was machst du so?«

»Ich? So dies und das ...«

»Was soll das denn jetzt heißen?«

»Weißt du, ich habe schon erlebt, dass Leute ein Problem haben, wenn sie hören, was ich beruflich mache.«

Leon machte dieses Gesicht. Dieses Gesicht zum Küssen, dieses Na-da-bin-ich-aber-mal-so-was-von-gespannt-Gesicht mit einem Schuss Ironie drin. Dieses Gesicht zum Sterben. Und dann wollte er es wissen: »Bist du Rattenjäger in der Kanalisation, oder was?«

Ditters nahm einen großen Schluck aus seinem Glas. Was sein muss, muss sein. »Ich bin Bulle.«

Leon ließ sich nichts anmerken. »Bulle.«

»Polizist. Ich arbeite bei der Kriminalpolizei.«

»Du siehst nicht gerade aus, als wärst du im Einsatz.«

»Bin ich auch nicht.«

Es war noch eine kleine Pfütze Gin Tonic übrig. Leon nahm Ditters das Glas aus der Hand und trank es leer. »Bulle. Ich hoffe, das stimmt auch. Ich wollte schon immer mal einen … Bullen … kennenlernen. Vielleicht treffen wir uns mal und du zeigst mir, ob du wirklich ein … Bulle … bist.«

»Schieb ab. Und schlaf dich aus, du Student.«

Ein Kuss und das war es. Jedenfalls fürs Erste. Ditters hatte ein Kribbeln im Bauch und wollte gerade noch einen Gin Tonic bestellen, als das *Non, je ne regrette rien* aus seinem Handy trällerte.

Das enervierende Geräusch des Handys und das schnelle, viel zu schnelle Aufwachen. Der Geruch von westfälischer Lasagne, der immer noch im Raum hängt, und dazu dieser unfassbar blöde Name auf dem Display. Scholz ist von einem auf den anderen Moment hellwach.

»Scholz.«

»Latotzke hier. Eins vorweg. Das LKA hat sich noch einmal gemeldet. Es ist definitiv an der Motorelektronik gefummelt worden. Und der Lover der Frau hat Schulden. Jede Menge. Ich habe Überstunden gemacht.«

»Latotzke, wissen Sie, wie spät es ist?«

»Weiß ich. Aber es gibt was für Sie. Sieht nach einem Fall aus.«

Scholz steigt aus dem Bett und versucht, mit der freien Hand den Lichtschalter zu finden. »Ok. Hoffentlich ist es was. Wissen Sie trotzdem ungefähr, wie spät es ist?«

Nichts, aber auch gar nichts, scheint diesem Latotzke die

Laune vermiesen zu können. Er hört sich immer gleich an. »Halb fünf. Ich bin allerdings schon seit zwei Stunden auf den Beinen. Ehrlich gesagt, habe ich noch gar nicht geschlafen. Dafür war ich schon mal am Tatort. Und ich habe eine Spur, während Herr Ditters behauptet, er sei unterwegs und könne nicht so bald zurück sein.«

Wie kann man nur um diese Uhrzeit so viel reden? Scholz hat seine Zahnbürste gefunden.

»Gut. Dann hoffen wir mal, dass Ihre Spur … Sagen Sie, wenn Sie sowieso schon die ganze Nacht unterwegs sind, können Sie mich doch abholen?«

»Was hat denn das eine mit dem anderen zu tun?«

Scholz drückt auf die Tube. »Nichts. Aber können Sie?«

»Klar, mache ich gern.«

»Dann sagen wir in zehn Minuten vor meiner Wohnung.«

»Wird gemacht. Ich bin quasi schon auf dem Weg.«

Ein Mann, ein Wort. Eine knappe Viertelstunde später steigt Scholz in Latotzkes metallicgrünen Opel Calibra, dreht *Ein Stern, der deinen Namen trägt* auf die halbe Lautstärke runter und los geht's. Latotzke zieht den Wagen im zweiten Gang bis in die Achtziger, schaltet die Musik ganz aus und beginnt, zu referieren.

»Terjung, Horst, vierundvierzig Jahre, verheiratet, Metzger. Hängt tot im Schlachtraum.«

»Ein toter Metzger. Dafür steh ich auf.«

»Terjung steht nie mehr auf.«

DOC RIEMERS

Scholz kann sich die Straßen nicht merken. Bei Nacht ist alles grau in Hamm. Und an den meisten Tagen auch. Aber Latotzke kennt den Weg.

»Sie kennen sich gut aus.«

»In Hamm geboren und aufgewachsen. Ich kenn hier jeden Stein und jeden Strauch.«

So genau wollte Scholz das gar nicht wissen. Aber was soll's? Man muss sich auch mal für die Leute interessieren. *Emotional Bonding*. Lernt man in jedem Seminar für Führungskräfte. Die so entstehenden Bindungen kann man zu einem späteren Zeitpunkt wieder beruflich einsetzen. »Nie weg gewesen?«

»Nie. Einmal Hamm, immer Hamm.«

Das reicht dann auch. Scheiß auf Bonding. Scholz' Interesse an Latotzke ist schlagartig wieder erloschen. Und Latotzke – stumpf scheint er ja zu sein, aber vielleicht doch nicht so stumpf – hat das wohl bemerkt. »Wir sind gleich da.«

Die *Metzgerei Terjung* befindet sich in einem für diese Region typischen Haus aus den Zwanzigerjahren, das selbst in den Zwanzigerjahren schon geschmacklos und hässlich gewesen ist. Die wenigen Exemplare, die von den britischen Bombern übersehen und von den Abrissbirnen des Wirtschaftswunders unbehelligt blieben, werden heute nahezu zwanghaft für schön, weil alt, gehalten. Und das aus dem einfachen und einzigen Grund, weil die meisten Menschen hier und anderswo in der Region in den faschistischen Nachkriegsbauten leben müssen, die an ihre Stelle getreten sind. Hinter dem Terjung'schen Stuckalptraum befindet sich ein stuck- und schmuckloser, innen wie außen durchgekachelter Anbau. Die Tür ist offen. Scholz tritt nach Latotzke ein und macht Bekanntschaft mit Horst Terjung.

Auch nach vielen Jahren ist die erste Begegnung mit einem Mordopfer für Scholz immer noch von schwer zu fassender Erhabenheit. Auch wenn neun von zehn Fundorten eine freudlose Banalität umweht, meint man, die Gegenwart des Todes spüren zu können. Scholz erwischt sich oft dabei, wie er die Augen schließt und versucht, den Moment zu visualisieren, in dem der Tod kam. Das mag man esoterisch nennen oder sogar unprofessionell, aber Scholz ist der festen Überzeugung, über einige zusätzliche Antennen zu verfügen, die Leuten wie Latotzke total abgehen.

»Da hängt er, Chef.«

Horst Terjung hängt an einem der Haken, die eigentlich für das Schlachtvieh gedacht sind, und lebt nicht mehr. Er war kein schöner Mann. Feist und unrasiert, angeklatschte Haare und ein Gesicht, das zu rot gesprenkelt ist für einen gesunden Menschen. Scholz steht eine Weile vor ihm und schaut Doc Riemers, dem Gerichtsmediziner, zu, wie er die Leiche einer Voruntersuchung unterzieht. Man muss kein Superbulle oder feiner Beobachter sein, um zu bemerken, dass Horst Terjung und Doc Riemers die gleiche Gesichtsfarbe haben.

»Schwer zu entscheiden. Er ist möglicherweise ertrunken«, murmelt der Doc vor sich hin.

Jetzt ist Scholz doch erstaunt. Er hatte mit vielem gerechnet, aber ... »Ertrunken?«

»Da ist jede Menge Wasser. Andererseits ...«

»Ist da auch jede Menge Blut?«

Doc Riemers fährt ungerührt fort. Und das in einem ermüdenden Singsang, der Scholz schon jetzt, schon nach ein paar Minuten, ziemlich auf die Nüsse geht. »Wenn es sein Blut ist. Aber gut, wahrscheinlich ist es schon, immerhin hat er einen Bolzen in der Brust.« Doc Riemers deutet auf ein Bolzenschussgerät, das an einem Haken neben zwei großen Spülbecken aus Edelstahl hängt. »Terjung hat noch selbst geschlachtet. Und dafür braucht man das Ding hier. Man drückt es dem Schlachtvieh auf den Schädel und *kawuschke*. Andererseits ...«

Scholz hält es kaum noch aus. »Das sind aber eine Menge ›andererseits‹.«

Doc Riemers tut, als sei er nie unterbrochen worden. »... wurde er nun mal auch aufgehängt. Das hat ihm sicher ebenfalls nicht gutgetan. Ich muss mal sehen, wie es mit seinem Rückgrat aussieht.«

Scholz hat genug gehört. Und nichts erfahren. »Und woran ist er jetzt gestorben?«

Doc Riemers hebt einen Finger, beginnt, glucksend zu lachen, und tippt Scholz an die Schulter. »Jedenfalls nicht an einer Fleischvergiftung.«

Das ist jetzt das, was hier als Humor ausgegeben wird. Bei Latotzke jedenfalls funktioniert es prima. Sein Lachen echot durch den Schlachtraum. »Mensch. Der Doc Riemers. Der ist echt lustig.«

Scholz hat keine Miene verzogen. »Ja, echt lustig. Also, erst mal das Übliche. Angehörige verständigen und befragen. Befragen, nicht verhören. Rauskriegen, ob er irgendwelche Feinde hatte.«

»Feinde?«

Das war Doc Riemers. Die Chance, dass er zufällig etwas weiß, ist klein, aber was soll's?

»Ja, Feinde, Herr Doktor.«

»So ziemlich jedes Schwein hier in der Gegend war sein Feind.«

Latotzke bricht wieder in Gelächter aus. »Der Typ ist so klasse. Ich könnte mich jedes Mal schlapplachen.«

Scholz hat genug. Und wenn er genug hat, kann er schon mal laut werden. »Sie sind jetzt mal leise. Das ist kein Spaß hier.«

Latotzke braucht einen Moment, bis er sich wieder einkriegt und seine Gedanken ordnen kann. »Was wollte ich sagen? Ach ja, der Metzger, ich meine Horst Terjung hier … Der hatte wirklich einen Feind.«

»Und wen?«

»Seinen eigenen Vater. Hier um die Ecke ist eine Pommesbude, die hat offen. Der Besitzer hat es mir erzählt.«

Es gibt noch Zeichen und Wunder.

»Gut, Latotzke. Gute Arbeit.«

»Ich wollte nur einen Kaffee trinken. Der kam von ganz allein darauf zu sprechen.«

»Na, dann wollen wir mal.«

Vielleicht werden ja die faulen Eier jeder Behörde in Hamm gestapelt. Die Amtsärzte saufen, die Feuerwehr besteht aus Psychos und die Jungs vom Gesundheitsamt sind blind. Mag sein, mag nicht sein, aber der Mensch, der für die Hygiene in *Günni's Frittenkrippe* zuständig ist, hat ganz sicher und auf jeden Fall schwer was an den Augen. Scholz öffnet die Tür und wäre beinahe auf dem Fettfilm, der die Bodenfliesen überzieht, ausgerutscht. Günni, patientendürr, gelber Teint, kleine Augen, die langen Haare zu einem Zopf gebunden, steht im winzigen Kabuff und brät Frikadellen.

»Und?«

Die Melange aus Frittenfett, brennendem Hackfleisch und Desinfektionsmittel scheint Latotzkes Appetit anzuregen. »Ich nehme jetzt mal eine Currywurst. Mit Brot.«

»Scharf machen?«

»So ist es. Was für Sie, Scholz?«

»Kaffee.«

»Milch und Zucker?«

»Schwarz.«

Günni holt eine halb durchgebratene Wurstleiche vom seit Jahr und Tag nicht mehr gereinigten Grill, schnetzelt sie in mundgerechte Stücke, betoniert sie in einer bräunlich roten Soße und kann gar nicht mehr aufhören, das Ganze mit einer Industriegewürzmischung zu bestreuen. Dazu gibt's eine Scheibe pappigweißen Toast. Latotzke ist glücklich. »Und jetzt erzählen Sie mal meinem Kollegen, was Sie mir gerade erzählt haben. Stichwort Terjung.«

Günni kratzt sich an einer Stelle am Kopf, an der er sich erkennbar oft kratzt. Die Sorte Stelle, die man mal nachgucken lassen sollte, auf die man mal was draufschmieren könnte, was mit Kortison drin. Und wenn einem zu alldem offensichtlich Lust und Gelegenheit fehlen, könnte man sich mal die Hände waschen, nachdem man dran rumgekratzt hat. Günni beginnt: »Da gibt es nicht viel zu erzählen. Ich kann nur sagen, was hier jeder weiß: Der alte Terjung hasst seinen Sohn. Die beiden sind wie Hund und Katze. Warum weiß ich auch nicht.«

Scholz zählt die Fettaugen auf seinem Kaffee durch und nippt vorsichtig. »Sie haben gar keine Ahnung, warum? Überhaupt keine?«

»Echt nicht. Ich weiß nur eins: Der Alte würde den Horst wahrscheinlich mit Vergnügen umbringen.«

»Wahrscheinlich?«

Günni denkt so scharf nach, er muss sich kratzen. »Sogar höchstwahrscheinlich.«

»Sie kennen sich ja gut aus. Kaufen Sie bei denen ein?«

Günni schaut kurz, als habe Scholz einen Witz gemacht, den keiner versteht. »Nee, auf keinen Fall.«

Latotzke spricht mit vollem Mund. »Unmpfd warllum nicht?«

»Zu teuer. Ich kenne billigere Wege, an Fleisch zu kommen.«

Stille. Jedenfalls bis auf das Geräusch der brutzelnden Frikadellen, der leisen Schlagermucke aus dem Transistorradio und Latotzkes Schluckbeschwerden. Immerhin ist jetzt auch bei ihm der Groschen gefallen. Er schiebt seinen Teller beiseite.

Günni wirft erst einen Blick auf die Currymatsche und dann auf Latotzke. »Was ist? Schmeckt Ihnen meine Wurst nicht?«

»Doch, doch. Sehr lecker. Ich hab aber doch nicht so einen Appetit. Wissen Sie was, Chef? Ich glaube, da gerade war Ditters.«

Latotzke hat richtig gesehen. Peter Ditters ist am Tatort eingetroffen. Er ist allein, als Scholz und Latotzke eintreten. Doc Riemers hat sich nach getaner Arbeit auf den Heimweg gemacht.

Kollege Ditters trägt heute Morgen ein, dem Anlass nicht ganz angemessenes, rotes Abendkleid mit einer Paillettenstickerei in Form einer sich öffnenden Blume. Die dazu gewählte Perücke ist von brünetter Tonalität. Außerdem wirkt Ditters etwas nervös. Er fummelt am Schnappverschluss seines tizianroten Handtäschchens herum, während seine Schritte auf dem Kachelboden des Schlachtraums der *Metzgerei Terjung* hallen. Verstärkt durch Stilletopumps, Größe sechsundvierzig.

Den Anblick der für einen Moment sprachlosen Kollegen Scholz und Latotzke nutzt Ditters direkt, um die Initiative zu ergreifen. »Entschuldigung, ich konnte nicht eher kommen. Termine, Termine. Ihr habt schon mal ohne mich angefangen? Schönen Gruß von Doc Riemers soll ich noch bestellen. Das sieht ja nach einer ganz seltsamen Geschichte aus. Ertrunken, erschossen, erhängt. Konkurrierende Todesursachen. Hatten wir noch nie hier in Hamm.«

Scholz und Latotzke bekommen immer noch kein Wort heraus. Also macht Ditters weiter. »Na, unser Herr Scholz wird an so was sicher gewöhnt sein. Sie sind ja rumgekommen, oder, Scholz? In Ihrem letzten Job hatten Sie solche auf den ersten Blick etwas verwirrenden Fälle sicher jeden zweiten Tag. Da ist es vielleicht gar nicht so schlimm, dass Sie eine Riesenwelle gemacht haben. ›Der nächste Fall ist meiner.‹«

Ditters dreht sich zu den beiden um. »Hallo? Hört mich jemand?«

»Ditters … Sie …«

Wieder das Klacken der High Heels auf dem Kachelboden. Ditters schwitzt leicht. »Dann wird das also Ihr Fall.

Den werden Sie wohl zeitnah abschließen müssen, wenn Sie nicht als leere Hose dastehen wollen.« Dann plötzlich: »Was ist? Noch nie einen Mann im Abendkleid gesehen ... Chef?«

Scholz hat keine Antwort. Also versucht er es außen herum. »Latotzke ...«

»Ich wollte es Ihnen erklären«, unterbricht Latotzke. »Aber Sie haben gesagt, ich soll ruhig sein.«

Immerhin – Scholz fängt sich langsam. »Ditters, Sie können doch nicht so bei einem Einsatz rumlaufen.«

Dieses unerträgliche Klacken der High Heels auf dem Kachelboden. »Latotzke sagte, es sei ein Notfall. In den Richtlinien steht nichts darüber, dass ich erst meine Freizeitkleidung wechseln muss, wenn ich zu einem Notfall gerufen werde.«

»Sie wissen ganz genau, dass Sie sich im Dienst angemessen anzuziehen haben.«

»Da haben Sie natürlich recht. Die Pailletten passen wirklich nicht zu diesem traurigen Anlass. Aber mein kleines Schwarzes ist in der Reinigung.«

So geht's nicht weiter. Nicht jetzt und nicht hier. Also – ehrenvoller Rückzug und dann weitersehen. »Okay, Ditters. Sie haben Ihr Statement gemacht. Hauen Sie ab, bevor ich etwas sage, was ich später bereue.«

»Hören Sie ...« Ditters Stimme klingt unsicher und er sucht nach Worten. »Ich wollte nicht ... Sie haben selbst gesagt ...«

»Ich weiß, was ich gesagt habe. Bitte machen Sie sich jetzt vom Acker, bevor hier doch noch irgendwann mal die Spurensicherung eintrifft.«

Ein metallisches Quietschen unterbricht das Gespräch. Es stammt von der Sicherheitstür, die den Schlachtraum von der Metzgerei trennt. Mit der Hand an der Dienstwaffe warten Scholz und Latotzke, während Ditters geistesgegenwärtig die Pumps abstreift und lautlos durch die Hintertür das Weite sucht. Langsam, aber sicher öffnet sich der Weg in die Metzgerei und gibt den Blick auf eine junge Frau frei. Sie ist klein, zart und ihre tiefschwarzen Haare glänzen im Licht. Ihr Lächeln ist schüchtern und ihre Stimme leise. »Hello. Are you Police?«

TJIEN LIU

Die Nacht war lang. Scholz hat Ditters, Latotzke und sich selbst ein paar Stunden Zeit gegeben. Als Scholz am späten Vormittag im Anbau eintrifft, stellt er mit Befriedigung fest, dass Ditters bereits am Schreibtisch sitzt. Scholz lässt ihn noch eine Weile schmoren und schlendert irgendwann mit einer Tasse Kaffee in der Hand in seine Richtung.

Ditters zuckt kurz, als er Scholz bemerkt, und tut erst mal so, als ob nichts sei. Also startet er direkt mit dem Bericht: »Tjien Liu Terjung. Geboren vor neunundzwanzig Jahren in Chiang Mai, Thailand. Horst Terjungs Ehefrau und Haupterbin. Gibt allerdings nix zu erben, weil der Alte noch lebt und ihm alles gehört – Terjung, August. Ich habe mir sagen lassen, dass Vater und Sohn ein sehr schwieriges Verhältnis hatten.«

Scholz nimmt erst mal einen Schluck Kaffee, bevor er antwortet. »Wissen wir.«

»Na, dann bitte ich um Entschuldigung.«

Noch einen Schluck Kaffee. Scholz hat Zeit. »Haben Sie noch mehr zu der Frau?«

»Wenig. Die Ehe besteht erst seit vierzehn Tagen. Sie ist letzten Monat mit einer Maschine aus Bangkok gekommen. Horst hat sie abgeholt und sie sind sofort aufs Standesamt gefahren.«

»Vielleicht eine Scheinehe.«

»Unwahrscheinlich. Ich war gerade noch mal da. Sie spricht

zwar kein Wort Deutsch, aber soweit ich verstanden habe, ist alles über eine Vermittlungsagentur gelaufen. Außerdem wohnt sie richtig bei Terjung. Macht sauber, kauft ein.«

»Sie waren noch mal da?«

»Ich hatte das Gefühl, ich hätte etwas gutzumachen.«

Scholz zeigt mit der Kaffeetasse auf Ditters. »Das Gefühl wird noch lange anhalten, das verspreche ich Ihnen.«

Scholz dreht sich gerade um, als die Tür auffliegt.

»Morgään ...« Latotzke hat es ebenfalls geschafft, seinen Arbeitsplatz zu finden.

»Auch schon da. Na, egal. Sie sehen blass aus.«

»Mir geht's nicht gut, ich hab gebrochen.«

In Ditters Stimme schwingt so etwas wie echtes Interesse mit. »Vielleicht was Falsches gegessen?«

»Kann sein.«

Scholz trinkt aus. Zeit, das Kommando zu übernehmen. »Besorgen Sie sich einen starken Kaffee, dann geht es wieder. Ditters und ich sprachen gerade über die Thailänderin. Es handelt sich um Horst Terjungs Ehefrau. Jedenfalls seit zwei Wochen. Das macht sie nicht gerade zur Hauptverdächtigen. Für einen Mord aus Eifersucht sind vierzehn Tage Ehe ein wenig kurz.«

Latotzke nickt eifrig. »Außerdem – haben Sie gesehen, wie zierlich und klein sie ist? Wie soll die den dicken Horst an einen Haken hängen?«

Jetzt ist es an Scholz zu nicken. »Die Frau führt uns erst mal nicht weiter. Trotzdem: Latotzke geht noch mal vorbei und nimmt eine Aussage auf. Dolmetscher besorgen und alles offiziell machen. Außerdem rausfinden, was das für eine Agentur war, ob es Ärger gegeben hat und so weiter.«

Latotzke schaut ihn an wie ein Kalb den Terjung.

»Na, was ist, Latotzke? Heute noch. Avanti.«

Endlich setzt Latotzke sich in Bewegung. »Okay. Ist ja schon gut.«

Zurück bleiben zwei Männer und ein ausgiebiges Schweigen, das Scholz schließlich bricht: »Und jetzt zu uns beiden.«

Ditters versucht, cool zu klingen. »Ja?«

»Brauchen Sie Hilfe?«

»Wobei?«

»Sie haben mich gut verstanden.«

Ditters Versuch ist gescheitert. »Das geht Sie nichts an.«

»Wenn Sie als Ballkönigin verkleidet an einen Tatort kommen, geht mich das eine Menge an.«

»Vielleicht ist der Schlachtraum gar nicht der Tatort.«

»Erstens weichen Sie aus und zweitens ... sollte es mehrere Tatorte geben, gehört der Schlachtraum ganz sicher dazu. Also ...«

Es klopft. Latotzke. Hatte Scholz ihn nicht gerade eben mit einer Aufgabe betraut, die seine volle Aufmerksamkeit erfordert? »Entschuldigung. Hier will Sie jemand sprechen. Ich konnte ihn nicht abwimmeln. Ich muss los.«

»Latotzke«, ruft Scholz.

»Ja?«, antwortet Latotzke.

»Haben Sie gelauscht?«

Latotzke macht sein ehrlichstes Gesicht. »Ich? Nein, wie komme ich dazu?«

»Das frage ich mich auch gerade. Wie kommen Sie dazu, ein ganz offensichtlich vertrauliches Gespräch zwischen mir und Ditters zu belauschen?«

»Hab ich nicht. Ich musste noch mal Pipi. Und als ich loswollte, stand dieser Kerl auf dem Flur.«

Um seinen Worten Nachdruck zu verleihen, deutet Latotzke auf einen älteren Mann, der sich in seinem Schatten herumgedrückt hat, jetzt aber an Latotzke vorbei ins Zimmer zu drängeln versucht.

»Was ist denn nun? Bin ich bald mal dran?«

Scholz wirft Latotzke noch einen bösen Blick zu, bevor er ihm mit einem Wink signalisiert, aus dem Weg zu gehen.

Der Alte hat freie Bahn. »Terjung mein Name. August Terjung. Mein Sohn ist ermordet worden. Ich will Anzeige erstatten.«

August Terjung. Irgendwas zwischen siebzig und fünfundneunzig Jahre alt. Rüstig nennt man das wohl, aber hinter der Rüstigkeit bröckelt es. Harte Arbeit hat sich in das Gesicht und die Hände dieses Mannes gegraben. Harte Arbeit, kurze Nächte und vielleicht auch der Mord an Tausenden Säugetieren haben seine Augen stumpf gemacht. Scholz urteilt ungern nach dem ersten Eindruck, ohne ein Wort mit jemandem gesprochen zu haben, aber Freund August hier ist ein harter, alter Knochen. »Einen kleinen Moment noch, Herr Terjung. Sie können sich schon mal setzen. Ditters?«

»Ja?«

»Wie wäre es, wenn Sie mal bei der Spurensicherung vorbeischauen? Die werden vielleicht schon was wissen. Ansonsten machen Sie denen ein bisschen Dampf.«

»Wird gemacht.«

Ditters steht auf, nimmt seine Jacke und verlässt den Raum. August Terjung schaut ihm noch eine Weile nach. »Der geht wie 'ne Tunte. Ist der andersrum?«

Scholz ignoriert die letzte Äußerung und greift sich die Klarsichthülle mit den Unterlagen zum Fall Terjung. Sie ist bislang nur zwei Seiten stark, aber Scholz schafft es trotzdem, eine Weile darin zu blättern.

»August Terjung.«

»Der bin ich.«

»Wo waren Sie gestern Abend?«

»Wer will das wissen?«

»Ich.«

In der Stimme des Alten ist keine Spur von Unsicherheit. »Ich hab doch schon gesagt: Ich will Anzeige erstatten.«

»Sie brauchen bei einem Mord keine Anzeige zu erstatten. Das geschieht von selbst.«

Terjung steht auf. »Na dann.«

»Bleiben Sie noch sitzen«, sagt Scholz. »Sie haben meine Frage nicht beantwortet.«

»Was war noch mal die Frage?«

»Gestern Abend.«

»Ach ja. Man wird vergesslich mit dem Alter.«

Bislang hat Terjung Scholz nicht aus den Augen gelassen. Jetzt dreht er sich weg und schaut demonstrativ an die kahle Wand. »Wissen Sie, wie alt ich bin?«

Scholz lässt nicht locker: »Gestern Abend.«

»Was war gestern für ein Tag?«

»Man sagt, Sie und Ihr Sohn hatten Streit.«

»Was die Leute so reden den ganzen Tag.« Terjungs Gesicht wird lang und länger. »Na ja, andererseits, wo Rauch ist, ist auch Feuer. Aber wenn alles wahr wäre, was man so erzählt, wäre die Welt schon dreimal untergegangen. Ich hatte mal einen Kumpel, Sangesbruder, der war auch so ein Angsthase ...«

»Herr Terjung ...«

»Sofort, eins noch: Mein Sohn war jeden Abend auf Achse. Jeden Abend. Immer unterwegs. Aber noch nie im Knast. Ganz im Gegensatz zu anderen, wenn Sie wissen, was ich meine.«

»Und wo war er unterwegs?«

Terjung hebt abwehrend die Hände. »Woher soll ich das wissen? Es gibt Gerüchte.«

»Gerüchte.«

»Genau. Gerüchte.«

Langsam reicht es. Langsam ist es genug. Scholz wurde dazu erzogen, dem Alter gefälligst Respekt entgegenzubringen. Scholz weiß, dass Senioren es schwer haben in einer Gesellschaft, in der nur die Jugend zählt, in einer Welt, die sich immer schneller entwickelt. Aber langsam ...

»Na ja«, leitet Terjung seinen nächsten Sermon ein. »Es

wird sowieso herauskommen Da können Sie es genauso gut auch von mir erfahren. Obwohl man ja über die Toten nichts …«

Es reicht. Scholz wird laut. »Jetzt machen Sie mal voran, Mensch. Das ist ja nicht zum Aushalten.«

Terjung bellt zurück wie ein getretener Hund: »Gezockt hat er. Alles verspielt. Zusammen mit seinem Kumpel. Gerd Möhse, mit H. Das ist ein richtiger Verbrecher, der hat im Gegensatz zum Horst schon gesessen. Das hat er gemacht und deshalb hatten wir Ärger.«

»Wegen was hat der denn gesessen?«

»Weiß ich nicht«, antwortet der Alte. »Spielt das eine Rolle?«

»Sie sagen, dieser Möhse sei ›ein richtiger Verbrecher‹, Ihre Worte.«

»Und?«

»Es gibt einen Unterschied zwischen nur mal sitzen und richtigen Verbrechern … Aber lassen wir das, ich kümmere mich drum. Also weiter: Wo und was haben Ihr Sohn und Möhse denn gespielt?«

»Wenn sie Geld hatten, sind die beiden immer ins *Spielcasino Hohensyburg*. Und wenn sie klamm waren – Spielhölle. *Monis Spieltreff* in der Breiten Straße. Seine letzten Kröten hat der Horst dagelassen. Deshalb musste ich ihn immer kurzhalten. Das war es doch, was Sie wissen wollten. Noch was?«

»Ich wollte wissen, wo Sie zur Tatzeit waren.«

»Wann noch mal?«

»Gestern. Abend.«

»Ach ja. Gestern Abend war ich in meinem Gesangsverein.«

»Gesangsverein.«

»*Harmonia 1912.* Sie brauchen gar nicht so blöd zu grinsen. Wir halten durch. Noch gibt's uns. Wir sagen immer: Singen hält jung und außerdem braucht der Mensch ja auch mal einen Ausgleich. Man muss ja nur den Fernseher anmachen und denkt, gleich geht die Welt unter. Da guck ich mir doch lieber Menschen an, die mit einem Lied auf den Lippen …«

»Wann genau, Herr Terjung? Wann?«

»Also, wir hatten Probe bis neun Uhr. Dann gab es erst mal eine Runde Pils und Korn. Und ab da kann ich mich an nichts mehr erinnern.«

Was für ein Arschloch. Aber es klingt wie die Wahrheit. Oder eine von mehreren.

»Gibt es jemanden, der das bezeugen kann?«

Terjung braucht die Finger zum Zählen. »Der Otto Panz, der Willi Katczmircik, der Siegbert Hövelbecke, der Horst-Hermann Pötter, der Wolfgang Schulte-Ebbinghoff, der Opel Meinhard – also wir nennen den Opel, weil er nur Mercedes fährt, das ist jetzt schwer zu erklären, aber wenn man ihn anguckt, dann versteht man schon –, der Mehtin Serduncu …«

»Serduncu.«

»Der Betreiber. Ich sag immer: Find mal einen Deutschen, der länger als bis sieben arbeiten will. Bei Mehtin ist's in Ordnung, da lass ich nix drauf kommen. Gemütlicher Saalbau, kleine Bühne, wenn wir mal auftreten, zwei Bundeskegelbahnen und er macht 'ne schöne Lahmacun mit Spinat, Hackfleisch und Schafskäse.«

Terjung ist fertig. Und Scholz erst recht.

»Lassen wir es an dieser Stelle mal gut sein. Meine Leute werden das überprüfen. Machen Sie die Tür zu, wenn Sie gehen.«

Terjung steht auf und zieht grußlos ab. Und mit der lautlosen Geschmeidigkeit einer uralten Raubkatze schleicht sich Vorderbäumen in den Raum. Lange Vorreden sind nicht sein Ding. »Und?«

»Und was?«

»Wie läuft es?«

»Prima, ganz prima. Wir haben einen Dreifachmord an ein

und demselben Opfer, aber ansonsten komme ich vor Lachen nicht in den Schlaf.«

»Wenn Sie Unterstützung brauchen …« Vorderbäumen lässt den Rest des Satzes in der Luft hängen.

»Ja?«

»Dann können Sie jederzeit in Düsseldorf anrufen. Die Jungs freuen sich immer, wenn Sie helfen können.«

»Und ich hatte kurz gedacht, Sie würden Ihre Unterstützung anbieten. Die Wucht Ihrer gesammelten Erfahrung in Kombination mit dem brennenden Ehrgeiz, es auch im fortgeschrittenen Alter noch mal allen zu zeigen.«

Vorderbäumen hebt kurz die Augenbraue, bevor er antwortet: »Sabbeln können Sie ja, das muss man Ihnen lassen. Das kommt von der Zeit in Köln, oder?«

»Was ist jetzt? Habe ich Ihre Unterstützung oder nicht?«

»Ja, klar, selbstverständlich«, versichert Vorderbäumen nicht besonders überzeugend, »meine Unterstützung ist Ihnen sicher. Solange Sie nicht vergessen, dass ich hier das letzte Wort habe und Sie nur dann freie Hand bekommen, wenn mir das in den Kram passt.«

»Ja, Chef. Ist gut, Chef.«

Vorderbäumen nickt und lässt sich dann in einen Schreibtischstuhl fallen. »Und?«

»Und was?«

»Nun machen Sie schon.«

»Ich habe keine Lust, das LKA anzurufen. Nicht bei einem Fall, den wir auch sehr gut selbst lösen können. Gewaltverbrecher, Geiselnahmen, wenn uns die Zeit davonläuft – gerne. Aber nicht, weil es schwierig wird. Nicht bei einem toten Metzger.«

»Wo soll der eigentlich ertrunken sein?«

»Im Schlachtraum gibt es zwei große Edelstahlspülen. Der Mörder könnte Horst Terjung unter Wasser gedrückt haben.«

»Dann fällt der Opa, der mir gerade entgegenkam, ja wohl aus.«

»Und die Ehefrau auch.«

»Nicht, wenn sie Komplizen gehabt hat. Ist ja schon mal vorgekommen, dass es mehr als einen Mörder gibt. Oder irgendwas mit K.-o.-Tropfen.«

»Irgendwas mit K.-o.-Tropfen?«

Vorderbäumen scheint von seiner eigenen Theorie nicht so ganz überzeugt zu sein. »Oder auch nicht. Was ist denn mit dem Erhängen?«

»Der Mörder hat ihn gefesselt und aufgehängt.«

»Womit?«

»Mit einem Strick. Da finden sich im Schlachtraum mehrere. Wahrscheinlich für die Tiere.«

»Dann müsste die Todesursache doch klar sein.«

Scholz schüttelt den Kopf. »Oder auch nicht. Vielleicht war er bereits ertrunken. Die Gerichtsmedizin klingt da noch ein bisschen vorläufig. Aber ich habe mich eine Weile umgesehen. Der Haken, an dem der Strick befestigt war, hängt direkt über der Schlachtbank. Ist auch logisch. Da gehört er ja hin.«

»Und?«

»Und was?«

»Gehen Sie mir nicht auf die Eier, Scholz.«

»Der Mörder hat Terjung vielleicht auf die Schlachtbank gesetzt.«

»Und warum?«

»Keine Ahnung.«

Vorderbäumen legt ächzend die Füße hoch und schließt die Augen. In der mittäglichen Stille des abgelegenen Anbaus der KFPB Hamm klingt das Rasseln seines Atems lauter als sonst. Vielleicht braucht er jetzt sein Nickerchen. Scholz macht weiter mit seinen Notizen. Er erschreckt sich ein wenig, als Vorderbäumen urplötzlich wieder spricht. »Ist doch klar.«

»Was jetzt?«

»Terjung weiß was oder hat was und der Mörder will es wissen oder haben. Also foltert er ihn ein bisschen in seinem eigenen Spülbecken. Und nachdem er ihn so weit gefügig gemacht oder ihm mindestens ordentlich Angst eingejagt hat, hängt er ihn am Haken auf und setzt ihn auf die Schlachtbank. Damit man sich in Ruhe unterhalten kann.«

Vorderbäumens Arm beschreibt einen Kreis. »Irgendwann hat der Mörder, was er wollte, und stößt Terjung von der Schlachtbank. Aber irgendwie ist er sich nicht ganz sicher, ob Terjung auch wirklich tot ist. Also greift er zum Bolzenschussgerät.«

Scholz ist beeindruckt. Der Alte ist gut. Scholz fragt sich unwillkürlich, was Vorderbäumen nach Hamm verschlagen hat. »Klingt nicht schlecht. Könnte hinkommen.«

Vorderbäumen erhebt sich mit einem Altmännerstöhnen. »Und, brauchen Sie noch mehr Unterstützung?«

»Den Grund brauche ich noch. Das, was der Mörder unbedingt wissen oder haben wollte.«

»Morgen ist auch noch ein Tag. Ich muss. Ich habe einen Termin.«

»Na dann.«

»Sie können ja auch mal ein bisschen arbeiten.«

»Wird gemacht, Chef.«

Nachdem Vorderbäumen das Büro verlassen hat, nimmt Scholz den Telefonhörer ab und wählt die Null. Nach einer Weile meldet sich Willi Katczmircik.

»Willi, ich bin es, Scholz. – Ja, Scholz, der Neue. Und, hat Ihr Enkel mal wieder ein paar Tore gemacht? – Ach so, spielfrei. Das kann passieren. – Was ich will? – Nein, keine Nummer. Ich will was von Ihnen. Hier war gerade ein August Terjung. – Genau der. Auf jeden Fall hat Terjung angegeben, dass er mit Ihnen gestern Abend den Gesangsverein … warten Sie, ich habe es mir aufgeschrieben, *Harmonia 1912* besucht hat. – Genau. Bis Mitternacht. Sicher? – Ja, natürlich glaube ich Ihnen, ich wollte es nur noch mal ganz genau wissen. – Ob das hinkommt? Gute Frage. Den Todeszeitpunkt haben wir noch nicht. Das Labor ist ein wenig langsam hier. Noch was, Sie sind doch ein alter Hammer: Gerd Möhse, klingelt's da? – Ja, genau, Möhse mit H.«

MONI

Moni war mal eine Hübsche, da ist sich Scholz sicher. Was heißt ›war‹. Moni kann was. Immer noch.

Es ist noch früh, als er die Tür zu *Monis Spieltreff* öffnet und in eine Vergangenheit aus Monaten und Jahren an einem Spielautomaten tritt. Moni blickt ihn mit einem schiefen Lächeln an. Scholz ist irritiert.

Natürlich könnte man zunächst meinen, dass es die Kombination aus akustischen und visuellen Reizen ist, die seinen Adrenalinspiegel nach oben treibt. Es liegt nahe, anzunehmen, dass ein frisch als geheilt entlassener Zocker (und das in Rekordzeit, und das aber auch nur, weil Kramski ein paar Anrufe gemacht hat, weil Kramski ungeduldig wurde, weil Kramski sein Projekt weiterführen wollte), dass also ein Exzocker der hier vorhandenen Armada aus Spielautomaten zum Teil neuster Generation mit einer gewissen Irritation gegenübertritt.

Ebenso nah liegt allerdings die Vermutung, dass Moni nicht ganz unschuldig sein könnte an allem, was mit Scholz' Irritation in Zusammenhang steht. Moni ist blond, trägt die Haare zu einem Zopf gebunden und steckt in einer ganz ganz leicht durchsichtigen Bluse. Der Rest des Outfits besteht aus einem kurzen schwarzen Rock und klassischen, einfarbigen, schön geschnittenen Pumps. Also nicht so welche wie die von Ditters.

Es soll Männer geben, die zwanzig-, dreißig-, hundertmal am Tag an Sex denken. Scholz gehört eigentlich nicht dazu, aber jetzt ist er auch dran. Vielleicht wäre das ja was? Jemanden zu finden, zu dem man abends nach Hause kommen kann. Jemanden, den man kennenlernte, als man ganz unten war. Es gäbe keine Geheimnisse, keine Leichen im Keller, keine falschen Töne. Scholz würde ein für alle Mal die Wahrheit sagen und Ende.

Ich war mal Zocker, aber das Innenministerium hat mir eine Kur im Sauerland bezahlt und ich habe mehr Gesprächskreise hinter mir als mancher Sozialpädagoge. Mein Therapeut war sehr zufrieden mit mir, auch wenn wir den letzten Grund meiner Spielsucht nicht ganz eingrenzen konnten und *chronische Langeweile* kann man irgendwie nicht draufschreiben als finale Diagnose, aber sonst ist so weit alles in Ordnung. Auch das Innenministerium war sehr zufrieden und hat mich zur Belohnung nach Hamm geschickt und du, Moni, bist der erste Mensch, der mir hier begegnet, für den sich das Kommen gelohnt hat.

Ihre Beine. Solche Beine hat Scholz zum letzten Mal auf der Leinwand eines Multiplexkinos gesehen und zwischendurch hat Daniel Craig den Blick darauf versperrt. Scholz überlegt, wie er vorgehen soll. Seiner Erfahrung nach muss man zuerst den Bullenmalus überwinden und sich dann wieder hocharbeiten. Wobei: Ganz selten kann die Dienstmarke auch ein Bonus sein. Susanne ist damals sofort drauf angesprungen. Aber Susanne ist auch Susanne. Zurück zum Thema. Zurück zu Moni. Wie also? ›Lust auf einen Kaffee?‹ Nee. Sie schenkt hier den ganzen Tag Kaffee aus, sie kann keinen Kaffee mehr sehen. Also Abendessen. Nee. Zu schnell, zu direkt, zu verpflichtend. Also ein Glas Wein. Perfekt. ›Hast du Lust, mal ein Glas Wein trinken zu gehen?‹ Immerhin gibt es Wein in Hamm. Nicht leicht aufzutreiben, aber lieferbar.

Ditters hat Scholz an Tag zwei das Martin-Luther-Viertel empfohlen. Ein Kiez, der Köln neidisch machen würde, wenn es in Köln nur zwei Läden gäbe. Im Kiez von Hamm gibt es drei: das *Roxy*, ein umgebautes Kino mit Tapas et cetera, dann das *Café Beethoven*, das um siebzehn Uhr schließt, und *Vinceremos*, ein linksalternativer Weinhändler mit einigen Tischen mit Kerzen drauf und eher unregelmäßigen Öffnungszeiten. Aber die lassen sich herausfinden. Am zweiten Tag war es das *Roxy* geworden und obwohl der Laden immer schon leer war, kam das Essen trotzdem erst nach einer Stunde und war kalt. ›Hast du Lust, mal ein Glas Wein trinken zu gehen? Da gibt's doch diesen kleinen Laden im Martin-Luther-Viertel.‹

Moni kommt zu ihm und lächelt wieder, wie vielleicht nur Moni lächeln kann. Scholz lächelt zurück und dann macht Moni den Mund auf und ein Satz reicht aus. Dieser eine Satz, vorgetragen in diesem betäubend doofen Singsang, ist genug. Alles, was Scholz gedacht, gehofft und geträumt hat, platzt wie eine Wassermelone, die vom Obstlaster fällt.

»Ja hallo, ich bin die Moni. Was kann ich für dich tun?«

Scholz ist zu perplex, um gleich zu antworten. Moni blickt ihn an und alles, was da war oder hätte sein können, ist weg. Hinter ihren Augen scheint sich eine unendliche Leere zu erstrecken.

»Monika Speismeier?«

»Ja, die bin ich. Du kannst Moni zu mir sagen.«

»Schön. Also, Moni, ich bin der Herr Scholz von der Polizei und ich hätte ein paar Fragen.«

»Worum geht es denn? Oder möchtest du erst mal einen Kaffee?«

»Nein danke. Es geht um den Tod von Horst Terjung.«

»Horst ist tot?«

»Das sagte ich gerade.«

»Wie ist das denn passiert?«

Sie hat es nicht geschafft, ihren Tonfall auch nur ein klein wenig zu verändern. Gefühle scheinen keinen Platz zu haben in ihrer Stimme. Im ›Wie ist das denn passiert?‹ schwang so viel Anteilnahme mit, wie bei einem Telefonat mit einem Mitarbeiter eines weißrussischen Callcenters um Mitternacht. Scholz bleibt trotzdem dran.

»Ich bin auf der Suche nach einem Gerd Möhse, mit H. Normalerweise hätte ich zuerst bei Gerd zu Hause vorbeigeschaut, aber man hat mir versichert, dass die Wahrscheinlichkeit, ihn hier anzutreffen, deutlich höher ist.«

Puh, das waren jetzt viele Worte auf einmal. Moni muss nachdenken. Das kann dauern. Scholz stellt sich auf einen langen Nachmittag ein.

»Der Gerd war schon lange nicht mehr hier.«

»Moni – also wenn ich jetzt dienstlich werden muss, kann ich gerne auch wieder Frau Speismeier sagen. Ist vielleicht besser.«

Ihr Gesichtsausdruck spricht Bände. Er erzählt von einer Reise durch unendliche Weiten auf der Suche nach intelligentem Leben. Scholz beschließt trotzdem, höflich zu bleiben und ihr eine Chance zu geben. Schließlich kann sie nichts für seine Tagträume.

»Sie sagen, er war lange nicht mehr da?«

»Schon ziemlich lange, ja.«

»Warum habe ich das Gefühl, dass sie lügen?«

»Das stimmt nicht … ich …«

»Nun kommen Sie, Frau Speismeier … Moni.«

»Ich weiß nicht. Ich glaube, ich werde den Geschäftsführer rufen.«

»Ich dachte, das sei Ihr Laden.«

»Wieso?«

»Wegen dem Namen. *Monis Spieltreff.*«

»Ach so. Nein, das muss Zufall sein.«

»Also gut, dann rufen Sie doch den Geschäftsführer.«

»Ja.«

Monika Speismeier gleitet mit der Anmut einer Königin durch den Raum. Scholz weiß, dass es sexistisch ist, eine Frau allein aufgrund ihrer körperlichen Vorzüge zu beurteilen. In diesem Fall hat es allerdings einiges für sich.

Sie passiert eine Reihe Daddelkästen und Scholz fällt auf, dass der Laden leer ist. Scheint nicht mehr so gut zu laufen, das Geschäft. Vielleicht kriegen alle Zocker jetzt eine Therapie.

Moni öffnet eine Hintertür und spricht ein paar Worte mit einem Mann. Der Typ – Scholz kann nur einen bulligen Glatzkopf erkennen – schaut kurz zu ihm herüber und nickt. Er scheint noch ein paar Sachen packen zu müssen. Jetzt kommt Moni zurück.

»Der Erich kommt gleich.«

»Der Erich. Wie heißt denn der Erich mit Nachnamen?«

Moni scheint nicht zu verstehen. »Na, wie schon? Sie sind wohl nicht von hier.«

»Stimmt. Ich arbeite erst seit Kurzem in Hamm.«

Scholz lässt Moni Zeit, auch diese Vielzahl an Informationen zu verarbeiten. Er schaut auf einen der Spielautomaten, um nicht auf ihre Brüste zu schauen. Leider hat sein ostentatives Wegschauen zur Folge, dass er recht spät bemerkt, dass Erich sich genähert hat.

Zur Glatze gehören noch die amtlich tätowierte Kobra, die sich aus dem schwarzen Muscleshirt heraus in Richtung Hals schlängelt, und das Goldamulett am Kettchen. Dass diese Typen immer gleich aussehen müssen, denkt Scholz, und das ist der letzte klare Gedanke, den er fasst, bevor er die Waffe bemerkt, die Erich hinter dem Rücken versteckt hatte.

»Was willst du?«

»Scholz, Kriminalpolizei. Ich …«

»Halt die Fresse, sonst baller ich dir die Rübe weg!«

Erich ist Scholz jetzt sehr nah und drückt ihm die Mündung seiner Pistole direkt an die Schläfe.

»Umdrehen.«

Scholz wird herumgerissen und Erich findet schnell, was er sucht. Er löst Scholz' Dienstwaffe aus dem Halfter. »So ist es gut.«

Immerhin versucht Moni ihr Bestes. Das bedeutet in diesem Fall, dass sie eine jedem Beteiligten bekannte Tatsache noch einmal wiederholt: »Erich, das ist ein Polizist.«

»Halt die Fresse. Und du gibst mir dein Handy.«

Scholz versucht eine schwache Intervention. »Hören Sie, Erich. Wir können über alles reden.«

Erich ist nicht in der Stimmung zu reden. Er reißt den Akku aus Scholz' Handy und entdeckt jetzt auch die Handschellen. »Komm her.«

Das Gerät heißt *Aztec Temple*. Es überzeugt laut Hersteller durch eine Funapplikation, eine spezielle Kartenrisikofunktion, Freispiele und einen unnachahmlichen Sound. Die Gewinnquoten liegen leicht über denen eines vergleichbaren Kasino-, Online- oder Automatenspielgeräts. Für Erich von Interesse ist der fest verschraubte Getränkehalter an der Außenseite. Er eignet sich ganz prima dazu, ihn mit Handschellen zu verbinden.

Erich stößt Scholz zu Boden und lässt den ersten Bügel einrasten. Dann wendet er sich an Moni: »Komm her.«

»Aber Erich …«

Nachdem sich der zweite Bügel schließt, und zwar um Monis Handgelenk, ist Scholz ihr so nahe, wie er es zu diesem Zeitpunkt ihrer Beziehung nie für möglich gehalten hätte. Erich ist fürs Erste zufrieden. »So. Und jetzt noch mal von vorn. Was willst du?«

Jetzt will der Typ reden? Ein bisschen spät für Scholz' Geschmack. »Wissen Sie eigentlich, in was für eine Scheiße Sie sich gerade manövrieren?«

Die Kobra zuckt leicht, aber der Rest bleibt stoisch. »Kümmere du dich um deine Scheiße, dann kümmere ich mich um meine. Was willst du?«

»Horst Terjung.«

Die Kobra zuckt, beißt aber nicht. »Was ist mit dem?«

»Tot. Wahrscheinlich ertrunken.«

»Und wo?«

»Weiß man nicht.«

Erich fährt das Magazin von Scholz' Pistole aus und lässt es wieder einrasten. Er hat offensichtlich nicht zum ersten Mal eine Waffe in der Hand. »Was weiß man denn?«

»Dass Horst hier Stammkunde war.«

»Da weiß man aber nicht viel«

»Deswegen kommt man mal vorbei und fragt nach.«

Erich überlegt. Es dauert ein wenig, bis er das Gespräch fortsetzt. »›Wahrscheinlich ertrunken.‹«

»Der Bericht steht noch aus. Mal was anderes. Ich bin auf der Suche nach einem Gerd Möhse, mit H. Sagt der Ihnen was, der Name?«

Erich schluckt kurz und dann kommt er Scholz so nah, dass der abwechselnd Erich und der Kobra in die Augen blicken kann. »Du hast hier gar nichts zu fragen. Verstanden?«

Nachdem Erich die Tür der Spielhalle zuschlägt und abschließt, sind Scholz und Moni allein. Allein mit sich und dem unnachahmlichen Sound von *Aztec Temple*.

Scholz findet als Erster die Sprache wieder. »Können Sie was sehen?«

»Von hier aus nicht. Warum?«

»Ich konnte nicht erkennen, ob er meine Waffe mitgenommen hat.«

Immerhin – Moni arbeitet jetzt schön mit. »Bestimmt. Seine ist doch nur eine Gaspistole. Und geladen ist sie auch nicht … Autsch … Vorsicht, mein Arm.«

»Hätten Sie das nicht mal am Rande erwähnen können? So à la ›Keine Angst, das ist nur eine ungeladene Gaspistole‹?«

»Das ging jetzt alles so schnell.«

Scholz lässt den Satz mal ganz in Ruhe im Raum verschwinden. Dann: »Scheiße, ich glaube, mein Bein schläft ein.«

»Wann kommen denn Ihre Kollegen?«

»Wie kommen Sie denn darauf, dass die kommen?«

»Müssen Sie sich nicht melden nach einer gewissen Zeit?«

»Nee. Ich darf auch ganz alleine raus.«

Moni schweigt und bemerkt eine kleine Schürfwunde an ihrem Schienbein. Sie fährt sanft mit zwei Fingern an der Wunde entlang und dann langsam höher in Richtung Knie und Oberschenkel. Scholz glaubt fest, dass er ein elektrisches Knistern hören könnte, wenn der unnachahmliche Sound des Automaten nicht wäre. Moni schaut Scholz kurz an. »Irgendjemand wird Sie doch vermissen.«

Der Tag war lang gewesen für Latotzke. Ganz runter zum *Spielcasino Hohensyburg* und dann, ohne Ergebnis, wieder zurück. Der Tag war lang, aber dafür fiel die Nacht mal wieder ziemlich kurz aus. Er hatte im *Caballeros* aufgelegt. War okay gewesen.

Das *Laa ... Lalalalaa ... Lalalalaaa ...* von *Don't you forget about me* hatte wie immer funktioniert, aber irgendwie war er nicht richtig bei der Sache. Obwohl hundemüde, hatte er sich noch einmal vor den PC gesetzt und nach Tjien Liu gegoogelt, als er nach Hause kam. Die internationalen Seiten brachten ihn nicht weiter. Latotzke ging davon aus, dass Horst Terjung in etwa so wenig Englisch konnte wie er. Wie hatte Terjung sie also gefunden? Es ging darum, sich in einen schlicht gestrickten Metzger hineinzudenken, der auf der verzweifelten Suche nach einer Frau war. Für Latotzke kein Problem.

Tjien Liu tauchte auf, nachdem er sich von *sexythaigirls.to* und *thai4U.th* drei Ebenen runter und ein wenig ins Seriösere gearbeitet hatte. Da war sie.

Latotzke hatte sie sofort erkannt, blätterte aber trotzdem noch einmal durch die Bilderleiste. Auf jedem einzelnen ihrer fünfzehn Fotos sah sie fantastisch aus. Er scrollte nach unten und fand außer ein paar dürftigen Hinweisen nur noch das Wort *Reserviert*. Die mussten mal dringend ihre Seite aktualisieren.

›Die‹, das war ein Laden in Dortmund. Auch hier konnte man ein Foto anklicken. Auf grellbunten Schaufensteraufklebern lockten Begriffe wie *Spezialist für Asienreisen* und *Exotische Heiratsvermittlung*. Das Ladenlokal nebenan tönte, es habe *Alles für den Aquaristiker*. Latotzke stellte sich vor, dass Horst Terjung vielleicht nur einen Zierfisch erstehen wollte, die falsche Tür genommen hatte und mit einer thailändischen Ehefrau nach Hause gegangen war.

Inzwischen war die Nacht schon wieder dabei, langsam dem Tag zu weichen. Aber an Schlaf war nicht zu denken. Was sollte er sagen, morgen früh? Wie würde sie unterscheiden können, ob der Polizist Latotzke zu ihr sprach oder die Privatperson?

Irgendwann war er dann doch eingeschlafen, aber schon vor dem Wecker wieder wach. Ein Kaffee im Stehen, während er sein bestes Hemd bügelte, und nichts wie los.

Jetzt sitzt er im Wagen und die Fahrt vergeht wie im Flug. *Ein Stern, der deinen Namen trägt* läuft im Radio, als Latotzke vor Terjungs Haus ankommt. Auf der Straße steht ein dunkler Audi. Latotzke geht am Gebäude vorbei – das Siegel, mit dem die Polizei den Anbau abgesperrt hat, ist unbeschädigt.

Latotzke geht zurück zur Haustür und schellt. Ein Mann öffnet. Jünger, lockiges Haar, schlank. Der Mann will etwas sagen, aber Latotzke ist schneller. »Wer bist du denn?«

»Wer sind Sie denn, wenn ich mal fragen darf?«

Mit einem beherzten »Darfst du nicht« schiebt Latotzke den Lockigen beiseite und betritt die im westfälisch-altdeutschen Stil eingerichtete Wohnung. Tjien Liu sitzt unter dem obligatorischen Hirschgeweih auf einem grünen Stoffsofa und weint. Latotzke will gerade die bereits geballte Faust aus der Tasche ziehen, als der Mann einen Ausweis zückt. »Ausländerbehörde.«

Latotzke zieht ebenfalls. »Kriminalpolizei.«

Der Kollege zeigt sich jetzt von seiner höflichen Seite. »Alles klar. Die Mordermittlung hat natürlich Vorrang. Ich kann gerne noch mal wiederkommen.«

»Bevor du wiederkommst, kannst du mir gern sagen, warum du überhaupt da bist. Ihr seid doch sonst nicht so schnell. Der Mann ist noch gar nicht richtig kalt.«

»Wir verfolgen einen Verdacht auf Scheinehe.«

»Einfach so.«

»Es gab eine Anzeige.«

Dem Typen musste man alles mühsam aus der Nase ziehen. »Anzeige? Von wem?«

»August Terjung.«

»Alles klar. Hör mir gut zu: Du verfolgst erst mal gar nichts. Wie du bereits gemerkt hast, ermitteln wir in einem Mordfall, und solange die Ermittlungen laufen, darf die Frau sowieso nicht das Land verlassen. Also Abmarsch. Und wenn du Langeweile hast, kann ich dir die Adressen von ein paar Kosovoalbanern sagen, die wir schon sechsmal abgeschoben haben. Vielleicht bringt die Sieben ja Glück.«

Der Lockige knickt ein. Jedenfalls so weit, dass er es auf die joviale Tour versucht. »Wir haben nur ein paar Fragen. Der Dolmetscher ist schon unterwegs.«

Latotzke muss kurz nachdenken. Dolmetscher. Hatte Scholz nicht so was erwähnt? ›Alles offiziell machen.‹ Hatte er nicht so was gesagt? Die Jungs von der Ausländerbehörde wissen, wie es geht. Müssen sie aber auch. Sonst kämen sie ja nicht weit. Latotzke hat eine Idee. »Pass auf, ich habe eine Idee. Gib mir deine Fragen und ich stelle die mit. Mehr kann ich nicht für dich tun.«

»Aber der Dolmetscher muss das aufnehmen und beglaubigen.«

»Klar, macht er. Da sorge ich für.«

Der Ausländermann kann sich nicht so richtig entscheiden. Er tritt von einem Bein aufs andere, als müsse er mal. Latotzke entschließt sich nachzuhelfen. »Komm, mach den Abflug. Und tschüss.«

Kurz darauf sitzen sie nebeneinander unter dem Hirschen. Tjien Lius Tränen sind getrocknet und sie hat Tee gemacht. Ziemlich köstlichen, wie Latotzke findet. Er trinkt sonst nie Tee, höchstens im Flieger nach Malle, weil der Kaffee da oben immer so grauenhaft schmeckt, aber in den Tee von Tjien Liu muss noch nicht mal Kondensmilch. An so einen Tee könnte man sich gewöhnen.

»They think my marriage is void.«

»Oh yes, void.«

Was zur Hölle heißt ›void‹?

Ihr Gesicht sieht aus, wie von einem großen Künstler gemalt. Ihre Haare sind nachtschwarz und sie kann Englisch. Sie spricht zwei Sprachen. Sie ist klug.

»What is ›void‹?«

»Illegal. Not legal anymore.«

»Oh shit.«

»I can't go back. My father owes a lot of money to a man and I promised to send him the money.«

Ihr Vater scheint arm zu sein. Irgendwas mit Geld.

»How much money?«

»Four hundred thousand.«

Latotzke verschluckt sich. Er muss husten und Tee rinnt

ihm aus der Nase. Wo bleibt bloß dieser Scheißdolmetscher. Sie muss sich versprochen haben.

»Four hundred thousand? Was ist denn jetzt los? Vierhundert Mille? Sorry. Four hundred thousand is a lot of money.«

»That's true. That is a lot of money. That is the reason I married Horst. And because he was nice.«

Horst war nett. So nett sah der gar nicht aus. Aber wenn er nett war, dann ist das egal. Die Betonung liegt auf ›war‹. Horst geht spätestens nächste Woche, wenn seine Leiche freigegeben ist, in die Kiste und tschüss, Horst. Trotzdem, der kleine Zacken Eifersucht, der Latotzkes Herz ritzt, zwingt ihn dazu, noch einmal nachzufragen. »Horst was nice? Horst Terjung was nice?«

»He did not beat me.«

»That's nice.«

Wenn das alles ist. Dann war da nichts. Der Tee ist wirklich köstlich. Latotzke schenkt sich zufrieden nach. »Good tea.«

»From Thailand.«

Und dann, spät, aber Latotzke ist nun mal Latotzke und besser spät als nie, geht ihm ein Licht auf. »One moment. The four hundred thousand. Is that Euro or ... you know what I mean ... dong?«

Nachtschwarz ist ihr Haar, klar wie eine sternklare Nacht, ein Hauch von Unverständnis mischt sich in ihre Stimme. »What is ›dong‹?«

»I mean: is it German Euro or Thailand money?«

»It is four hundred thousand Baht.«

»Baht?«

»Yes.«

»Good.«

Latotzke atmet auf. Egal, wie viel das ist. Es ist viel weniger als in richtigem Geld.

Es schellt, der Dolmetscher ist da. Tjien Liu schaut ihn mit traurigem Blick an. Latotzke legt seine Hand auf ihre. Er schaut in Tjien Lius Bergseeaugen und sagt etwas. Und er meint es auch. Noch nie hat er etwas so sehr so gemeint, wie das, was er jetzt sagt: »No worry. I am at your side. You come with me. I am police and I will protect you.«

Ditters sitzt allein im Büro und grübelt über sein Leben, seine Zukunft und seine Vergangenheit nach, als Vorderbäumen hereinschleicht. »Na, Meister. Was von Scholz gehört?«

Ditters hat nicht. »Nein. Der müsste längst da sein.«

»Wo isser denn?«

»Keine Ahnung.«

»Und Meister Latotzke? Wo kann man den antreffen?«

»Der ist bei Terjung. Also bei der Thai. Nimmt die Aussage auf.«

»Was soll das für eine Aussage werden? Wir wissen nichts über die, die kann uns alles Mögliche erzählen. Wahrscheinlich sagt sie, sie hat geschlafen. Entweder wir holen sie rein, wenn wir was haben, oder wir verschwenden nicht unsere Zeit mit ihr.«

Ditters hebt kurz abwehrend die Hände. »Genau so hätte ich es auch gemacht. Aber jetzt ist Latotzke schon auf und davon.«

»Ja, ist ja gut. Was war noch mal mit Scholz?«

Ditters hebt wieder die Hände. »Ich weiß es nicht. Das sagte ich doch schon.«

»Ach ja, stimmt. Komischer Vogel.«

»Wer jetzt?«

»Na, Scholz. Wer sonst?«

»Ist nicht der einzige komische Vogel, der hier rumflattert, oder?«

Vorderbäumen versteht nicht. »Wieso? Latotzke ist doch ganz normal. Nicht der Hellste, aber das kann passieren.«

Passt schon, denkt Ditters und sagt es auch. Aber Vorderbäumen ist schon längst wieder verschwunden.

»Wie ist das denn bei Ihnen? Wer … Entschuldigung … vermisst Sie denn?«

Bauch, Beine, Po hin oder her, Scholz hat nach einer halben Stunde mit Moni so gründlich das Interesse an ihr verloren, dass er ein Gähnen nicht mehr unterdrücken kann. Hätte er nicht das penetrante, laute und absolut enervierende Gedudel des Spielautomaten im Ohr – er wäre schon längst eingenickt. Trotzdem hat er gefragt. Die Hoffnung stirbt zuletzt. Vielleicht hat sie einen Ehemann oder Freund. Irgendeinen Typen, der irgendwann von der Schicht kommt, das letzte Regal für den Tag eingeräumt hat oder was-weiß-Scholz.

Moni braucht eine Weile für die Antwort. »Das ist eine lange Geschichte.«

»Dann bin ich ja froh, dass wir noch Zeit haben.«

»Warum rufen wir eigentlich nicht nach Hilfe? Hier laufen doch ab und zu Leute vorbei.«

»Ich bin Polizeibeamter. Das ist ein bisschen unwürdig, sich von irgendeinem hergelaufenen Passanten retten zu lassen. Ich wette mit Ihnen, meine Männer sind schon dran.«

»Sie haben doch gesagt, die wissen nicht, wo Sie sind.«

»Das sind Kriminalpolizisten. Geschulte Ermittler. Absolute Profis. Wenn die merken, dass irgendetwas nicht stimmt, verfolgen sie meine Spur und sind in ein paar Minuten da.«

»Also ich würde das nicht besonders schnell merken.«

Scholz hat genug von diesem Thema. Wenn er schon mal an diese Frau gekettet ist, kann er genauso gut seiner Arbeit nachgehen. Dass hier keine großen Gespräche zustande kommen werden, hat sich in der letzten halben Stunde ja bereits gezeigt. »Wir waren bei Ihrer langen Geschichte. Am besten, Sie fangen mit Gerd Möhse an und wenn Sie damit fertig sind, erzählen Sie mir auch noch alles, was Sie über diesen Erich wissen.«

Moni überlegt. Lang. Aber dann lösen sich doch noch Worte aus ihrem Bewusstsein und gelangen über die entsprechenden Apparaturen an Scholz' Ohr.

»Der Gerd und ich, wir hatten mal was miteinander. Bis er in den Knast kam. Wissen Sie, ich bin nicht jemand, der so lange warten kann. Verstehen Sie? Ich kann nicht so richtig lange ohne einen Mann sein.«

»Ich verstehe.«

»Und dann war da der Horst. Wir waren viel zusammen. Mit Horst war es anders. Horst war der erste Kerl, den ich jemals kennengelernt habe, der mir nicht sofort an die Wäsche wollte. Der hat noch nicht mal einen Versuch gemacht.«

»Hätten Sie denn ... den Versuch gelingen lassen?«

»Wenn man allein ist, kommt man auf Gedanken. Also ich jedenfalls. Aber beim Horst war nichts zu machen.«

Die ganze Zeit über hat Scholz den Eindruck, Moni beim Denken zusehen zu können. Und welche Anstrengung es sie kostet, auf Gedanken zu kommen. Das ist sicher unfair und gemein, aber sein Arm und sein Hintern schmerzen und er braucht ein Ventil.

Und an seine eigene Performance will er gar nicht erinnert werden. Er hat sich von diesem Erich vorführen lassen wie ein Polizeischüler und kann sich schon lebhaft vorstellen, was die anderen sagen werden.

Moni ist fertig mit Denken. »Wissen Sie, vielleicht ist Liebe nicht alles, was zählt.«

»Und was zählt?«

»Ich meine das anders. Das Leben ist nicht nur Liebe. Im Leben gibt es viele ... Situationen. Genau. Viele verschiedene Situationen machen das Leben aus. Verstehen Sie?«

»Ich habe beim besten Willen keine Ahnung, was Sie meinen.«

»In einer Situation tut man etwas und in einer anderen tut man etwas ganz anderes. Etwas, was man in der einen Situation vielleicht nicht getan hätte. Das muss aber trotzdem nicht falsch sein. Das Leben … besteht aus Situationen.«

Meine Fresse. Das war jetzt selbst für eine Kaffeegieße in einer abgefuckten Spielhalle ziemlich daneben. Scholz verliert die Geduld. »Wie wäre es, wenn Sie mir das ein andermal erklären? Die Situation in der *ich* gerade bin, ist schon unangenehm genug. Da muss ich mir nicht auch noch Ihre Geschichten wie aus den bunten Blättern anhören. ›Das Leben besteht aus Situationen.‹ Wo haben Sie das her? Aus der Kolumne neben der Rätselecke?«

»Sie wollen mich nicht verstehen.«

»Kann schon sein.«

Und dann hat irgendein Schicksal ein Einsehen, hat beim Durchgucken der Tagesbilanz entschieden, dass Scholz ausreichend gelitten hat. Genug ist genug, es klopft an der Tür.

»Challo?«

»Hallo«, ruft Moni zurück und setzt hinzu: »Das ist Olga. Meine Ablösung. Die ist aus der Ukraine.«

»Na dann.«

»Olga hat keinen Schlüssel. Erich sagt, er traut den Russen nicht.«

Scholz knickt ein, Scholz fügt sich in sein Schicksal. Scholz gibt auf. »Sie können jetzt nach Hilfe rufen.«

SITTEK

Vorderbäumen hat einen Termin. Mit Georg ›Schorsch‹ Sittek in der Kantine des *Möbelhauses Osterbusch*. Sie sitzen vor einer riesigen Glaswand, rühren in Latte macchiatos und beschnüffeln sich wie zwei alte Kettenhunde.

Sittek ist stellvertretender Geschäftsführer der hiesigen

Filiale und hat den gesamten Einkauf unter sich. *Möbel Osterbusch* ist den Menschen in Hamm und Umgebung vor allem durch, manche sagen lustige, andere meinen grauenvolle, Radiowerbung bekannt, von der man weiß, dass sie der alte Osterbusch, der sich ansonsten ins Privatleben zurückgezogen hat, immer noch selbst verbricht. Unvergessen ist der Slogan »Husch, husch, husch zu Osterbusch« und Brancheninsider wie Vorderbäumen erinnern sich auch an den legendären Song *Da ist was im Osterbusch – Hängeregale zum halben Preis.* Immerhin – *Möbel Osterbusch* ist mit fünfzehn Filialen, davon sechs sogenannten Superstores mit mehr als vierzigtausend Quadratmetern, der zweitgrößte Discounter in Ostwestfalen, die Nummer drei in NRW, bundesweit die Nummer sieben.

Da kann Vorderbäumen nicht ganz mithalten. Er macht mit seiner B-Ware inzwischen einen Umsatz von fünfundzwanzigtausend Euro im Jahr – eine solche Summe kann man bei *Osterbusch* für eine Designercouchgarnitur in Vollleder ausgeben. Aber Vorderbäumen hat einen Trumpf im Ärmel: seine Polizeimarke. Wenn man im Vorgespräch möglichst beiläufig fallen lässt, dass man sein Brot bei der Kriminalpolizei verdient, bekommt man in der Regel auch einen Termin. Herr Sittek hat sich also gern ein wenig Zeit genommen.

»Und Sie meinen, es gäbe Synergieeffekte, Herr Vorderbäumen?«

»Meine ich, Herr Sittek. Meine Männer sind unverwechselbar. So was spricht sich rum.«

»Ich habe eher Sorge, dass die Präsenz der Kriminalpolizei, sagen wir mal, störend wirken kann.«

»Ach so. Meine Männer sind so gut wie unsichtbar.«

»Ich dachte unverwechselbar.«

»Beides. Und wenn ich ›herumsprechen‹ sage, meine ich natürlich bei denen, die es angeht.«

Schorsch Sittek rutscht auf seinem Stuhl herum. »Ich weiß nicht. Wir sind eigentlich am glücklichsten, wenn wir die Polizei nicht im Haus haben.«

»Herr Sittek, Ihre Freunde nennen Sie Schorsch.«

»Ja.«

»Da kommen wir beide auch noch hin, Herr Sittek. Warten Sie nur ab. Wissen Sie warum? Weil ich ehrlich zu Ihnen sein werde. So, wie Freunde es sind. Meine Leute arbeiten wirklich hart. Manchmal vielleicht zu hart. Ich will Anreize schaffen. Das müssen Sie doch am besten verstehen. Sie tragen doch ebenfalls Personalverantwortung.«

Sittek kommt wieder ins Rutschen. »Ja, klar. Aber ...«

»Es wäre, wie sagt man jetzt auf Neudeutsch, ein Pilotprojekt. Ein, zwei, drei Monate, dann sehen wir weiter.«

Sittek denkt nach. Er steht an der Schwelle zur Entscheidung und Vorderbäumen wäre nicht Vorderbäumen, wenn er ihn nicht mit einem Arschtritt hinüberbefördern würde. »Tun Sie es nicht für mich. Tun Sie es für Hamm.«

Jetzt hat Vorderbäumen ihn im Sack. Er kann es deutlich sehen. Gleich wird Sittek die Hand ausstrecken und etwas sagen wie: »Ach, scheiß auf die Bedenken, wir machen das.«

Und gerade jetzt klingelt Vorderbäumens Handy. Es ist Latotzke. Vorderbäumen geht ran und erfährt, dass derjenige seiner unverwechselbaren Bullen, der für Stunden von der Bildfläche verschwunden war, inzwischen gefunden wurde. Etwas unerfreulich ist vielleicht, dass die Dienstwaffe des Kollegen sich neuerdings im Besitz eines einschlägig vorbestraften Spielhallenbesitzers befindet, von dem jede Spur fehlt. Vorderbäumen braucht einen Moment, um die Neuigkeit zu verarbeiten. Der Moment gerät ihm zu lang – Schorsch Sittek flutscht ihm vom Haken wie eine Bachforelle.

»Ich denke mal drüber nach.«

Und da ist sie, die Hand. Sie stehen auf und verabschieden sich, aber Vorderbäumen muss sich gleich wieder hinsetzen.

Das Herz. Wenn er richtig wütend ist, meldet sich das Herz. Er trinkt langsam seinen Macchiato aus und lässt den Blick in Richtung seines Büros schweifen. Dunkel sieht der Himmel aus, aber vielleicht wird ihm auch nur schwarz vor Augen.

Vorderbäumen hat nicht lange gebraucht. Zurück in sein Büro gehen und Scholz in sein Büro bestellen war eins. Immerhin – Scholz ist der Anordnung auf schnellstem Weg nachgekommen.

Damit das Gespräch schon von Anfang an Fahrt aufnimmt – und zwar in die richtige Richtung – entscheidet sich Scholz zur Attacke. »Kommen Sie mir jetzt bloß nicht mit Ihrem LKA.«

Vorderbäumen ist schlecht gelaunt. »Das müssen Sie schon mir überlassen. Wegen Ihnen kriege ich es noch an der Pumpe. Und ein wichtiger Termin ist mir auch noch geplatzt. Also komme ich Ihnen mit dem LKA, so viel ich will.«

Vorderbäumen scheint topfit zu sein. Keine Spur von Herzproblemen. Scholz setzt nach. »Und so schnell sind die übrigens auch nicht.«

Er hat Vorderbäumen überrumpelt. Aber das war nur ein Anfangserfolg. Der Alte gibt Gas. »Wer redet von schnell? Von schnell redet keiner. Sie reiten hier ein, machen eine Riesenwelle und als Nächstes müssen wir Sie stundenlang suchen, weil irgendein Kerl Sie an einen Daddelkasten gefesselt hat.« Vorderbäumen holt kurz Luft und erhöht dann die Lautstärke. »Um die Blamage komplett zu machen, ist er auch noch mit Ihrer Dienstwaffe abgehauen.«

Blamage hin oder her. Scholz hat keine Lust, auch nur einen Millimeter zurückzuweichen. Und wenn Vorderbäumen noch so laut brüllt und die ganze Stadt mithört. Das Fenster ist weit geöffnet, aber immerhin haben Latotzke und Ditters sich verdünnisiert. Es ist ein kleiner, aber entscheidender

Unterschied, ob sie offiziell dabei sind, wenn ihr Vorgesetzter rundgebügelt wird, oder lediglich im Büro nebenan lauschen.

Vorderbäumen setzt nach: »Haben Sie wenigstens irgendeine Idee, warum dieser Erich sofort rot sieht, nur weil Sie seiner Spielhölle einen Besuch abstatten?«

»Das habe ich mich auch schon gefragt.«

»Schön für Sie. Dann sind wir ja schon zwei. Und?«

»Normalerweise ist so was ein Schuldeingeständnis erster Kategorie.«

Vorderbäumen nickt zustimmend. »Und weiter ...«

»In diesem Fall ist aber nichts normal. Wir haben ein Opfer, dem auf drei unterschiedliche Arten Gewalt angetan wurde. Jede hätte bereits für sich allein zum Tod führen können. Wie gesagt, da ist nichts mit ›normalerweise‹.«

»Ja, das habe ich verstanden – und weiter?«

»Nur die Ruhe«, entgegnet Scholz und nimmt drei Finger hoch. »Jetzt nur mal rein theoretisch. Bei drei Todesursachen könnten auch drei Täter im Spiel gewesen sein.«

Vorderbäumen blickt Scholz ziemlich schief an, als er die nächste Frage stellt. »Und Sie meinen, Erich ist einer davon?«

»Da bin ich mir sogar ziemlich sicher. Ich weiß nur nicht, ob er für das Ertränken, das Aufhängen oder das Abschlachten zuständig war. Oder, wie ich theoretisiert habe, doch für alles drei. Ein Obduktionsbericht wäre mal langsam schön.«

Vorderbäumen blickt immer noch auf die drei Finger. Vielleicht hat Scholz ihn hypnotisiert. »Ich weiß nicht, Scholz. Das hört sich wirklich alles sehr theoretisch an. Hört sich an, als hätte jemand zu viel Zeit gehabt. Als hätte er ein paar Stunden gefesselt in einer Spielhalle totschlagen müssen.«

»Wie gesagt, der OB könnte helfen ...«

»Der OB kommt aus Dortmund. Aber die brauchen da immer.«

»Haben Sie eine Ahnung, warum?«

Vorderbäumen hat keine Ahnung, aber offensichtlich einen Verdacht. »Ich glaube manchmal, die tun uns nach hinten da. Unsere liegen immer am längsten im Kühlschrank. Ich wollte mich schon mal beschweren, aber man muss ja nicht andauernd den Lauten machen. Vielleicht können Sie ja noch eine Weile ohne medizinische Hilfe auskommen und stattdessen Erich Wingert suchen, finden und nach seiner Meinung fragen.«

»Der Typ steht ganz oben auf meiner Liste. Den schnappe ich mir.«

Vorderbäumen dreht sich um und sieht aus dem Fenster. »Wie wollen Sie das machen? Sie kennen keinen Menschen in der Stadt. Sie kriegen keine Informationen. Sie sind völlig abgeschnitten.«

»Das kommt noch.«

»Aber hoffentlich bald! Wenn ich mal weg bin, könnt ihr alle machen, was ihr wollt, aber noch trage ich hier die Verantwortung.«

Welche Verantwortung? Der Typ ist fünf von acht Stunden ›mal kurz weg‹ und betreibt, was man so hört, einen schwunghaften Handel mit B-Ware-Möbeln. Und er hat, was dieses Gespräch angeht, schon lange genug die Oberhand.

»Hier in Hamm …«

Scholz ist langsam durch mit diesem Scheißtag. Er hat keine Lust, sich weiter wie ein Schuljunge abkanzeln zu lassen. Er hat keine große Lust auf Vorderbäumens bauernschlauen Möchtegernsarkasmus, er hat keine Lust, gemeinsam mit Vorderbäumen auf Hamm zu gucken, und er hat überhaupt gar keine Lust, den Rest des Satzes zu hören. »Hamm! Wissen Sie was? Sie können mich mal langsam, aber sicher gern haben mit Ihrem Hamm. Ich bin ein paar Tage hier und es kommt mir wie Jahre vor. Hier wird man ja rammdösig.«

Vorderbäumen dreht sich wieder um. Seine Gesichtsfarbe

schießt ins Rot und seine Stimme klingt belegt, heiser und ziemlich laut. »Dann geh doch zurück! Wir haben dich nicht gerufen. Wir sind prima klargekommen ohne einen Weltmeister, der meint, er müsse hier alles aufmischen. Für mich bist du ein Fuzzi, und zwar ein ganz kleiner.«

Und dann, ganz unvermutet, dieser surreale Moment. Fast wie in einem Film mischt sich Musik unter Vorderbäumens Stimme. Ein Chor ertönt und bietet eine alte deutsche Volksweise dar. Und dann werden Scholz und Vorderbäumen stumm.

Guter Mond, du gehst so stille
durch die Abendwolken hin;
deines Schöpfers weiser Wille
hieß auf jener Bahn dich ziehn.
Leuchte freundlich jedem Müden
in das stille Kämmerlein,
und dein Schimmer gieße Frieden
ins bedrängte Herz hinein.

»Das hört sich wirklich gekonnt an.« Vorderbäumen bekommt fast feuchte Augen.

»Kennen Sie das? Das haben wir noch in der Schule gelernt. Engelbert Humperdinck.«

»Wann war das? Zur Kaiserzeit?«

»Wo kommt das her?«, fragt Vorderbäumen und hat sich wieder ganz beruhigt.

Auch Scholz hat keine Lust mehr, das Brüllduell wieder aufzunehmen. Wo das herkommt, liegt allerdings auf der Hand. »Das ist wahrscheinlich der Gesangsverein von August Terjung. Sein Alibi. Der alte Knochen hat sich vorgenommen, uns zu ärgern.«

Vorderbäumen übt sich in Altersmilde. »Soll er doch. Soll er doch.«

Glück auf, Glück auf, der Steiger kommt.
Und er hat sein helles Licht bei der Nacht
schon angezündt' … schon angezündt'.
Das gibt ein Schein
und damit so fahren wir bei der Nacht
ins Bergwerk ein.

»So, genug gesungen.« Scholz ruft nach Latotzke, der eine Millisekunde braucht, um in der Tür zu stehen.

»Chef?«

»Schmeißen Sie die vom Gelände. Sofort. Sie dürfen zu allen Maßnahmen greifen, die Sie für nötig erachten.«

Latotzke macht sich auf den Weg und Scholz und Vorderbäumen lauschen noch eine Weile dem Steiger beim Lichtanzünden und setzen dann ihr Gespräch fort.

»Waren sie fertig?«, fragt Scholz.

»Das musste mal gesagt werden«, antwortet Vorderbäumen.

»Sie sollten sich nicht so aufregen. Sie wollen doch Ihre Pension noch erleben.«

»Lassen Sie das mal meine Sorge sein … Mensch, was soll ich bloß mit Ihnen machen, Scholz?«

»So was passiert nicht noch einmal, das verspreche ich Ihnen. Der Typ hat mich kalt erwischt. Vielleicht habe ich die kriminelle Energie hier in Hamm ein wenig unterschätzt.«

Stille. Es ist schlagartig ruhig geworden. Vorderbäumen steht am Fenster, als wolle er auf den Mond und die Abendwolken warten. »Immerhin haben Sie die Männer im Griff.«

»Danke. Es wird Zeit für eine Lagebesprechung.«

»In Ordnung.«

»Aber vorher muss ich noch was erledigen.«

»Und was, wenn man fragen darf?«

»Da war noch eine Frau. Moni.«

»Und?«

»Nichts und.«

Vorderbäumen starrt ungerührt aus dem Fenster. »Aber sehen Sie zu, dass Sie nicht wieder verloren gehen. Und den Papierkram wegen Ihrer Dienstwaffe will ich so schnell wie möglich auf meinem Tisch haben.«

Scholz ist bereits auf dem Flur.

Er klingelt zweimal und muss nicht lange warten, bis Monis Stimme aus der Gegensprechanlage zu hören ist.

»Ja?«

»Scholz, Kriminalpolizei.« Und weil Moni nun mal Moni ist: »Der von heute Morgen.«

Scholz hat ein Taxi genommen und die Gelegenheit genutzt, Hamm in seiner ganzen Schönheit zu genießen. Der Weg führte durch nichtssagende Stadtteile hindurch in eine Reihenhaussiedlung. Die künstlich gekrümmten und verengten Straßen brachten den Taxifahrer leicht ins Schwitzen und Scholz fand nichts so passend wie die Tatsache, dass die Siedlung unmittelbar an eine ausgedehnte Friedhofsanlage grenzt. Auf der anderen Seite des Spießertraums liegt ein Ensemble von vierstöckigen Mehrfamilienhäusern, quadratisch, praktisch und so langweilig wie ein Sonntag in Ostwestfalen. Hier wohnt Moni, in der Nummer 3a, im dritten Stock mit Blick auf das Gräberfeld.

Scholz muss noch eine Weile vor der Haustür stehen, bis Moni öffnet. Sie trägt Daisy Dukes. Und ein T-Shirt mit einer Katze drauf, ein enges T-Shirt mit einer Katze drauf. Das T-Shirt lässt ihren Nabel frei. Sie ist barfuß. Um das Erstaunen zu beschreiben, mit dem sie Scholz ansieht, müsste man zu Ausdrücken wie ›riesig‹ oder ›unfassbar‹ greifen und selbst dann hätte man es immer noch nicht ganz getroffen. Scholz lächelt schief und bringt den Blumenstrauß zum Vorschein, den er hinter seinem Rücken versteckt hat. »Ich wollte mich entschuldigen.«

»Wofür?«

»Ich habe mich nicht besonders nett verhalten heute Morgen. Darf ich reinkommen?«

»Woher wissen Sie …«

»Olga chat mir die Adrässe gägäbän.«

Sie muss den Witz erst verstehen, bevor sie lächelt. Dann stellt sie sich breitbeinig hin, wirft Kopf und Oberkörper zurück, zaubert ein Haargummi hervor und bindet sich einen Zopf. Sie trägt ein kleines Bauchnabelpiercing und hat einen Schmetterling am Übergang von Bauch zu Schambereich tätowiert.

Scholz darf eintreten und findet sich auf dem Sofa ihrer Zweizimmerwohnung wieder. Alles wirkt peinlich sauber und ebenso peinlich geschmacklos. Scholz blickt auf eine weitere Katze, in Form eines gerahmten Posters, und fragt sich, welcher Teufel ihn geritten hat, Moni zu besuchen. Die Frage beantwortet sich von selbst, als sie sich vorbeugt, um in den Kühlschrank zu schauen.

»Ich habe nicht viel da. Eigentlich habe ich nur Bier.« Sie schenkt Scholz einen tiefen Blick. »Ich bin heute nicht zum Einkaufen gekommen.«

»Bier ist okay.«

»Ich dachte, Sie dürfen im Dienst nicht trinken?«

»Ich darf mir im Dienst auch nicht die Dienstwaffe klauen lassen.«

Sie lächelt, nimmt zwei Flaschen Bier aus dem Kühlschrank und öffnet sie mit einem Feuerzeug. »Da kommt sicher noch was nach, oder?«

»Wenn ich Pech habe, kriege ich ein Disziplinarverfahren. Und vielleicht werde ich sogar versetzt.«

»Oh. Wohin denn?«

»Das weiß man nie.«

Sie stoßen an.

»Ich habe noch einmal nachgedacht …«, eröffnet Moni.

»Wir brauchen nicht über den Fall zu reden«, schließt Scholz.

Moni trinkt einen Schluck Bier. »Worüber sollen wir denn sonst reden? Worüber reden ein Bulle und eine Spielhallenaufseherin?«

Also erzählt Scholz ihr alles, was sie wissen darf. Er erzählt ihr vom Wasser in Horst Terjungs Lunge und erspart ihr auch nicht den Strick und den Bolzen. Nachdem er geendet hat, ist sie erwartungsgemäß sprachlos. Sie trinken schweigend ihr Bier und irgendwann braucht sie kurz ein Taschentuch.

»Scheiße.« Moni schnieft ein wenig und schnäuzt sich. Sie trägt keinen BH.

»Was ist mit Gerd Möhse?«, fragt Scholz, um sich auf andere Gedanken zu bringen.

»Horst war der beste Freund, den Gerd auf der Welt hatte. Die sind von Kindheit an durch dick und dünn. Ich weiß nicht, ob die sich überhaupt mal gestritten haben.«

Scholz nimmt einen tiefen Schluck Bier. »Von Kindheit an … Das hat August Terjung gar nicht erwähnt.«

»Den kenne ich nicht.«

Das kam jetzt sehr schnell. Moni wirkt ein wenig nervös. Scholz kann es nicht genau eingrenzen. Auf jeden Fall muss er ganz dringend ein oder zwei Worte mit diesem Möhse wechseln. »Von Kindheit an …«

»Genau.«

»Wann haben Sie Möhse zum letzten Mal gesehen?«

»Das ist schon eine Weile her. Ich bin aber auch nicht so gut mit …«

»Namen, Daten, Fakten?«

»… Zeiten. Aber auf jeden Fall muss es ihm gut gegangen sein.«

»Das verstehe ich jetzt nicht.«

»Wenn Horst und Gerd Geld haben, zocken sie woanders. Der Spieltreff ist nur die letzte Möglichkeit.«

»Na gut. Lassen wir das. Wir sind auf jeden Fall dran. Ich bin gespannt, was Erich zu sagen hat.«

»Wenn Sie ihn kriegen.«

»Den kriegen wir schon. Aber wo wir gerade dabei sind, haben Sie eine Idee, warum Erich sich, sagen wir mal, so verhalten hat, wie er sich verhalten hat?«

Moni hat ihre Nervosität wieder abgelegt, ihr Blick hat zu alter Leere und Ausdrucklosigkeit zurückgefunden. »Erich macht Geschäfte. Alle möglichen Sachen. Aber da weiß ich nichts Genaues drüber.«

»Stressige Geschäfte?«

»Kann schon sein.«

Scholz wartet und trinkt und wartet noch ein bisschen länger, aber es kommt nichts. »Und kann es sein, dass er heute ganz besonders gestresst wirkte?«

Ein Schimmer von Erkenntnis huscht durch Monis Gesicht. »Das kann wirklich sein. Bei Erich ist es so, dass er ziemlich laut ist, er brüllt auch oft, aber das ist normal. Schlimm wird es, wenn er ruhig ist. Und in letzter Zeit war er ziemlich ruhig.« Moni trinkt etwas Bier und ihr Busen bewegt sich beim Schlucken. »Jedenfalls bis Sie kamen.«

Na ja, viel war das nicht, aber immerhin. Scholz beschließt, es für heute gut sein zu lassen. »Ich muss jetzt los. Aber …«

Moni wischt sich den Mund ab. »Aber?«

»Ich würde Sie gern wiedersehen.«

Beim letzten Satz hat Scholz leicht gezögert. Aber jetzt ist es raus. Und das ist auch gut so. Egal, was passiert, es ist raus. Und es ist eine Lüge. Es ist nicht Moni an und für sich, die er wiedersehen will. Es sind die Katze und der Schmetterling. Egal, es ist raus.

Moni leert langsam ihre Bierflasche und sieht ihn direkt an. »Wollen Sie sich wieder über mich lustig machen?«

»Es tut mir wirklich leid. Ich fühlte mich … blamiert und da habe ich falsch reagiert.«

»Und jetzt wollen Sie noch mal von vorne anfangen?«

»Ja, gerne.«

Jetzt sieht sie traurig aus und ihre Stimme klingt wie von weit weg. »Hör zu. Ich weiß selbst, dass ich nicht die Schlauste bin. Aber so blöd bin ich auch nicht. Ich weiß, was du willst.«

»So ist das nicht. Wir könnten doch erst mal ...«

Sie unterbricht ihn. »Das habe ich echt schon oft genug gehört. Und es war immer gelogen.«

Scholz steht auf. Es gibt nichts mehr zu sagen. Er stellt seine leere Flasche neben die Spüle.

»Wo willst du hin?« Sie klingt überrascht.

»Ich sagte doch, ich muss los.«

Moni steht auf. Sie streckt sich, sie reckt sich, lässt das Piercing funkeln und den Schmetterling flattern. »Hör zu. Und hör mir gut zu, ich sage das nur einmal. Hörst du zu?«

»Ich hör zu.«

»Wenn ich in der Zeitung lese, dass du den Typen gekriegt hast, der Horst das angetan hat – an dem Tag, an dem dieses Schwein hinter Gittern sitzt ... an dem Tag darfst du mich ficken.«

»Hör mal, ich ...«

Sie legt ihm den Finger auf die Lippen. »Du darfst, du musst nicht. Komm vorbei oder lass es. Aber wenn du an meiner Tür schellst, mache ich dir auf. Und dann kannst du mit mir machen, was du willst.«

Es ist etwas kühler geworden, als Scholz aus dem Haus tritt. Er beschließt, vor der Lagebesprechung noch ein wenig frische Luft zu schnappen, ein wenig runterzukommen, seinen Puls auf Normalfrequenz zu bringen.

»Meine Herren, fassen wir zusammen: Wir haben so gut wie nichts.«

Sie haben sich um Scholz' Schreibtisch gruppiert. Außer

Vorderbäumen, der schon wieder oder immer noch am Fenster steht und sich jetzt langsam, bedächtig und mit der seinem Alter zustehenden Gravitas zu Wort meldet. »Während ihr euch auf dem Spielplatz mit Förmchen bewerft, habe ich mal im schönen Dortmund angerufen. Von wegen Obduktion und so.«

Vorderbäumen hat Scholz' volle Aufmerksamkeit. »Mensch, Chef. Und ich dachte, Sie gucken nur den ganzen Tag aus dem Fenster. Und?«

»Ist nur grob geschätzt, inoffiziell und vorläufig, aber der Bolzen ist es dann gewesen. So ein Bolzen inner Brust bewirkt doch einiges. Horst hat schwere Schürfwunden am Hals und wenn er den Bolzen überlebt hätte, müsste er die nächsten Monate eine Krause tragen, aber überlebt hätte er.«

Vorderbäumen lässt seine Worte kurz wirken und fährt dann fort. »Zum Thema Ertrinken. Ja und nein. Es gibt Spuren von Wasser in Horsts Lunge und viel länger hätte er es nicht gemacht, aber nee, der Bolzen war es. Eins noch: Nitrat.«

Die drei Zuhörer sehen sich an und jeder fragt sich dasselbe. Latotzke bleibt es vorbehalten, die Frage zu stellen: »Was für ein Nitrat?«

Vorderbäumen winkt ab wie jemand, der sich richtig schlaugemacht hat. »Nicht ›ein Nitrat‹, Nitrat. Im Wasser. Im Wasser in Horsties Magen. Zu hoher Nitratgehalt für Leitungswasser. Das ist in den Düngemitteln auf dem Acker und wird bei starkem Regen gerne mal von dort in umliegende Gewässer geschwemmt. Sollte nicht so sein, ist aber trotzdem oft so. Und vor drei Tagen hat es ja schwer gepläs-tert. Heißt: Landwirtschaftsnahes Gewässer, kann also der Fluss, der Kanal aber auch irgendein Siel sein. Und nun?«

»Nicht schlecht, Chef«, staunt Latotzke.

»Damit kann man arbeiten«, sekundiert Ditters.

»Na ja«, wirft Scholz ein, »richtig weiter bringt uns das noch nicht, aber gut. Horst war mit jemandem an einem landwirtschaftsnahen Gewässer unterwegs. August Terjung hat so etwas Ähnliches wie ein Alibi. Gerd Möhse ist spurlos verschwunden und dieser Erich … Wie war noch mal der Nachname?«

Latotzke scheint erstaunt zu sein über so viel Unwissenheit. »Wingert. Erich Wingert.«

»Muss man den kennen?«

»Erich ist stadtbekannt. Der Pate vom schwarzen Weg.«

Scholz muss grinsen. »Pate … Jetzt läuft mir aber ein kalter Schauer über den Rücken.«

»Immerhin rennt der mit Ihrer Wumme durch die Gegend«, wirft Ditters ein.

»Geschenkt. Also, wer weiß was über Erich Wingert?«

Ditters weiß was. »Er hat Spielhallen. Als Fassade. Die Dinger laufen nicht besonders, sind aber eine gute Art, Geld zu waschen. Erich hehlt, stiehlt, verleiht, wuchert. Und dann hat er noch ein weiteres Standbein, die *Kirsche*.«

»Lassen Sie mich raten«, erwidert Scholz, »die *Kirsche* ist ein Bio-Obstlädchen, wo man auch pädagogisch wertvolles Holzspielzeug erstehen kann.«

Latotzke hebt einen Finger, aber Ditters ist schneller. »Genau. Die haben auch Samen zum Selbersähen und man kann Anteile an einer ökologisch korrekt gehaltenen Kuh kaufen, die hat dann einen Namen und das Filetsteak schmeckt noch mal so gut.«

Scholz hat genug und nimmt Latotzke dran. »Und, was ist jetzt die *Kirsche*?«

»Ein Nachtklub mit Puff.«

»Ja was denn jetzt?«

Ditters meldet sich zu Wort. »Das ist optional. Hier in Westfalen verschwimmen da ein bisschen die Grenzen.«

»Die Grenzen zwischen was?«

Latotzke guckt verwirrt. Anscheinend hat Scholz ihn verloren. »Was meinen Sie jetzt?«

»Das kann doch nicht so schwer sein. Kann man da für Geld mal reinhalten oder nicht?«

»Da bin ich jetzt überfragt, aber ich denke, für Geld geht da einiges.«

Vorderbäumen mischt sich ein. »Das ist ein Puff. Ein Puff, wie er im Buche steht. Aber die sind hier alle so prüde, die sagen lieber ›Nightclub‹. Zurück zu Erich. Der wäre natürlich auch ein Kandidat für den Terjung-Mord. Hat allerdings erst mal kein Motiv.«

»Hat aber auch die Nerven verloren, nur weil ich in seiner Spielhölle stand«, entgegnet Scholz.

»Hat aber auch genug andere Scheiße laufen, mit der man ihn eines Tages drankriegt, und bestimmt hat er gedacht, der Tag sei heute«, meint Vorderbäumen.

Scholz schneidet mit der flachen Hand eine Scheibe Luft ab. »Gut und schön, Erich kommt eh noch an die Reihe. Und was ist mit der Thailänderin? Tjien Dingsbums?«

»Liu, Tjien Liu«, sagt Latotzke.

Ditters hat auch etwas zu sagen. »Die Frau ist spurlos verschwunden.«

»Was?«

»Das Ausländeramt hat gerade angerufen. Sie ist mit Sack und Pack ab durch die Mitte. Der Opa hat nichts mitbekommen und weg isse.«

Vorderbäumen schnippt mit den Fingern. »Das ist ja fast schon ein Schuldeingeständnis.«

»Wieso das denn?«, poltert Latotzke los. »Seit wann ist es denn ein Schuldeingeständnis, wenn man den Wohnort wechselt?«

»Die einen nennen es Wohnortwechsel, die anderen Flucht«, entgegnet Scholz, kann aber kaum ausreden, weil Latotzke schon dagegenhält.

»Die Frau ist mit ihrer Ehe deutsche Staatsangehörige geworden. Ich habe mich da erkundigt. Die kann tun und lassen, was sie will, und hingehen, wo immer sie möchte. Von hier bis Portugal. Was hat das Ausländeramt damit zu tun?«

Vorderbäumen klingt so knochentrocken wie immer. »Die wollen versuchen, die Ehe zu annullieren. Und das geht am leichtesten, wenn man ihr nachweist, dass sie etwas mit dem Tod ihres Mannes zu tun hat. Ich würde sagen, wir schreiben sie zur Fahndung aus.«

Latotzke ist blass vor Wut. »Nur über meine Leiche! Wartet mal ab, denen von dem Scheißamt werde ich was erzählen.«

Ditters ist lange nicht mehr zu Wort gekommen. Und das bei einem so spannenden Thema. »Sieht so aus, als kümmert sich Kollege Latotzke Tag und Nacht um die Angelegenheit.«

»Halt's Maul, Ditters.«

Scholz kann es nicht glauben. Latotzke hat Tjien Liu bei Terjungs herausgeholt! Das verletzt so ziemlich jede Vorschrift, die es für den Umgang mit Verdächtigen oder solchen, die es werden wollen, zu befolgen gilt. »Sie können doch nichts mit der Frau anfangen, Latotzke!«

»Der Ehemann ist noch nicht mal beerdigt«, stichelt Ditters weiter.

Latotzke klingt weinerlich. »Das ist nicht so. Das ist was anderes.« Dann wird er trotzig: »Das … versteht ihr nicht.«

Ditters tritt nach: »Was gibt es da zu verstehen? Notgeil isser.«

Bevor Latotzke reagieren kann, sind Scholz und Vorderbäumen dazwischen. Es dauert ein wenig, bis sie sicher sein können, dass Latotzke die Contenance wiedergefunden hat. Dann wendet sich Scholz an Ditters. »Na, Ditters, sind wir heute mal ganz oben?«

»Musste ich lange genug drauf warten.«

»Und jetzt ist diese schöne Phase auch schon wieder vorbei. Klar? Danke.«

Ditters rollt mit den Augen.

Scholz nimmt das als Signal fortzufahren. »Jetzt mal

ernsthaft. So eine Frau aus Asien, die kostet doch eine Stange Geld. Also muss Horst Terjung irgendwie an Kohle gekommen sein. Die Spielhallenaufsicht sagt außerdem, dass die beiden sich rarmachen, wenn sie Wasser unterm Kiel haben, und sie wurden schon länger nicht gesehen.«

»Vielleicht haben die beiden ausnahmsweise mal den richtigen Gaul erwischt«, sagt Vorderbäumen.

»Oder die richtige Zahl«, ergänzt Scholz. »Aber beim Geld hört die Freundschaft auf. Wie man es dreht und wendet: Ohne Möhse geht's nicht weiter. Wir müssen die Wettbüros überprüfen, das *Spielcasino Hohensyburg* checken und so weiter.«

Vorderbäumen steht wieder am Fenster. Irgendetwas am Anblick von Hamm scheint ihn magisch anzuziehen. »Heute wird das aber nichts mehr«, murmelt er.

Scholz hat ebenfalls genug. »Na gut. Das war eh ein Scheißtag. Feierabend. Aber morgen früh geben wir Gas. Latotzke, Sie bleiben bitte noch einen Moment.«

Nachdem Vorderbäumen schneller weg ist, als man ›Polstermöbeleckkombination‹ sagen kann, und auch Ditters mit einem »Tschüssi« abzieht, sind Scholz und Latotzke allein. Latotzke sitzt auf seinem Stuhl und starrt auf das Muster des Linoleumfußbodens. Scholz legt die Füße auf den Schreibtisch.

»Wo ist sie?«

»Wer?«

»Latotzke ... wenn Sie jetzt nicht mit der ganzen Wahrheit herauskommen, kann Ihnen keiner mehr helfen.«

Latotzke schaut zu Boden. Seine Stimme ist leise, aber man versteht jedes der beiden Worte. »Bei mir.«

»Oh, Mann, das ist doch nicht Ihr Ernst. Ihr habt doch echt nicht alle Tassen im Schrank hier in Hamm.«

»Das war ein Fehler. Das habe ich schon gewusst, als sie bei mir im Auto saß.«

Immerhin hat sich Latotzkes kleinlauter Ton nicht verändert. Scholz hat eigentlich genug gehört. Er will eigentlich nicht mehr wissen. Mitwisser sein ist manchmal gar nicht angenehm. Aber eins muss er noch herausbekommen, auch wenn es wehtut. »Noch mal von vorn. ›Das ist nicht so. Das ist was anderes.‹ Habe ich Sie korrekt zitiert?«

»Ja.«

»Was wäre denn ›so‹? Und was ist das andere?«

»Hä? Verstehe ich nicht.«

»Sie verstehen sehr gut.«

»Wir haben uns nur unterhalten.«

»Und?«

»Sie ist sehr nett. Und sie tut mir leid. Das war es schon. Aber Ditters, der Arsch …«

Scholz unterbricht ihn mit einem Fingerschnippen. »Lassen wir Ditters mal aus dem Spiel. Sie werden die Frau nicht anrühren, solange der Fall nicht abgeschlossen ist.«

Latotzke klingt erstaunt. »Was meinen Sie genau mit ›anrühren‹?«

»Ich meine sexuelle Beziehungen aufnehmen.«

Latotzke klingt ziemlich erstaunt. »Sie glauben also, was Ditters sagt? Dass ich es so nötig habe, dass ich mir Tjien Liu abgreife, weil ihr Mann ins Gras gebissen hat? Vielleicht habe ich ihn ja sogar erledigt. Um günstig an eine Thai zu kommen …«

»Das hat niemand behauptet. Aber wenn die Frau eines Tages aussagt, dass Georg Latotzke sie gegen ihren Willen in seine Wohnung verschleppt hat und … und … Sie wissen, was ich meine … Dann sind Sie am Arsch und so wie sich das Gespräch gerade entwickelt – ich auch.«

Latotzke klingt ehrlich erstaunt. »Meine Fresse. Man muss schon eine kranke Fantasie haben, um auf so was zu kommen.«

»Sie haben doch selbst gesagt, es sei ein Fehler gewesen.«

»Wegen der Mordermittlung, aber doch nicht, weil ich die Frau in meine Gewalt bringen wollte! Ich habe ihr einen Wohnungsschlüssel gegeben und sie kann jederzeit abhauen, wenn sie will. Aber im Moment ist sie noch da und ich bin jede Minute glücklich, in der das so bleibt. Und zum Thema Sex sage ich nur eins.«

Scholz wartet auf das eine, aber Latotzke lässt sich Zeit.

»Was, Latotzke? Was sagen Sie dazu?«

Latotzke steht auf, streicht sich die Hose glatt und macht ein paar Schritte in Richtung Tür. »Ich sage: Meine Fresse, geht Sie das einen Scheißdreck an.«

Scholz steht ebenfalls auf und geht einen Schritt auf Latotzke zu. Gewisse Dinge lassen sich leichter sagen, wenn man auf Augenhöhe ist. »Das heißt, Sie vertrauen dieser ihnen völlig unbekannten Frau?«

»So isses.«

»Uneingeschränkt?«

»Uneingeschränkter geht gar nicht.«

Scholz holt tief Luft. »Hören Sie mir gut zu. Wir machen das so: Um den Teil der Ermittlungen, der mit Frau Terjung zusammenhängt, werde ich mich ab sofort kümmern. Sie und Ditters finden währenddessen heraus, wie Horst Terjung und Gerd Möhse an Geld gekommen sein könnten. Und ich bringe in Erfahrung, wie viel Tjien Liu … Also, Sie wissen, was ich meine.«

Latotzke schaut hoch und Scholz direkt in die Augen. »Wie viel sie gekostet hat?«

»Wenn Sie es unbedingt so ausdrücken wollen.«

»Sie ist hierhergekommen, weil ihr Vater seine Schulden nicht bezahlen konnte.«

»Das ist schlimm. Aber im Moment geht uns das nichts an.«

»Kann ich jetzt gehen?«

»Gehen Sie.«

Latotzke schlurft in Richtung Tür. Scholz ruft ihm nach:

»Und nur damit Sie wissen, warum mich das doch was angeht: Das ist im Ernstfall sexuelle Nötigung durch einen Polizeibeamten im Dienst. Dafür kann man einfahren und eventuelle Mitwisser auch.«

Scholz hat den Satz kaum beendet, noch nicht ganz die Augen geschlossen, sich noch nicht ganz zurückgelehnt, als bereits ein kleiner Schmetterling durch sein Bewusstsein flattert und sich kurz unter Monis Nabel niederlässt.

HERR SIEMERS

Ditters ist früh wach. Er hat geduscht und seinen Lieblingsduft aufgelegt. Der Broken-Orange-Assam muss noch eine Minute ziehen und die Bioaufbackbrötchen knacken beim Anschneiden. Ditters öffnet ein neues Glas selbst gekochter Marmelade – Limone-Kiwi-Chili – und hält kurz inne, weil er zum hundertsten, tausendsten, ungezählten Mal diesen Stich fühlt. Sogar seine Marmelade ist schwul.

Er geht zum Kühlschrank und findet den Magerquark. Direkt neben dem Kühlschrank hat Ditters einen Ganzkörperspiegel angebracht. Er kann vor und nach jedem Griff ins Süßigkeitenfach den Sitz seiner Klamotten überprüfen. Wahrscheinlich schafft sich jeder seine Hölle selbst. Aber das Röllchen über dem Hosenbund ist nicht das Problem. Probleme, die man lösen kann, indem man ein paar Tage den Magerquark ohne Limone-Kiwi-Chili-Marmelade isst, sind keine. Das Problem ist, dass Ditters nicht genau weiß, wer ihn da aus dem Spiegel anblickt. Er kennt diesen Mann nicht besonders gut. »Schwul ist noch Ditters kleinstes Problem« hat Latotzke gesagt und wie, bitte, schafft es so ein Vollidiot, den Nagel dermaßen passgenau auf den Kopf zu treffen?

Da im Spiegel sind zwei Menschen. Um die Sache zu vereinfachen, könnte man sagen, dass einer dieser Menschen noch ein paar Jahre in einschlägigen Etablissements mit Studenten knutschen und gleichzeitig jeden Anflug von Homophobie seiner Umwelt so überzogen beantworten könnte, wie man es sonst nur aus dem Gazastreifen kennt. Das hat bislang nicht so prima funktioniert, das hat Ditters nach Hamm gebracht und das ist auch der Grund, warum Ditters Hamm mit einer Inbrunst hasst, die einem, bleiben wir bei dem Bild, sonst nur im Nahostkonflikt begegnet.

Ditters hat diesen Menschen vor einiger Zeit in einem geheimen Gerichtsverfahren zum Tode verurteilt. Ganz gleich, wie viel Spaß die Knutscherei macht, ganz gleich, wie vielen Studenten er noch was beibringen kann. Ditters eins muss sterben. Wie ist noch nicht ganz klar, aber das Urteil ist gesprochen.

Der zweite Mensch ist im Spiegel nicht zu sehen. Ditters und nur Ditters kann ihn manchmal erahnen. Im Idealfall wartet auf diesen Ditters zwei eine Zukunft außerhalb von Klischees, weit weg von Gewalteruptionen und ganz sicher in einiger Entfernung von Hamm. Eine Zukunft, in der Marmelade nichts weiter ist als ein Brotaufstrich unter vielen.

Ditters hat das Brötchen gegessen und wischt sich mit spitzem Finger einen Rest Magerquark von der samtweich rasierten Oberlippe. Er geht ins Bad. Dort liegt die Spritze. Es ist nur ein kleiner Pieks, aber für Ditters bedeutet er die Welt.

Kurz darauf steht er vor seinem Küchenspiegel und überprüft den Sitz seiner Jeans. Der Anruf war nett. Ein netter Anruf. ›Nett‹ ist nicht das richtige Wort. Kollegial. Ob jemand aus Hamm dabei sein könnte, sozusagen als lokaler Verbindungsmann, wenn das LKA den Gebrauchtwagenhändler hochnimmt? Der Typ hört auf den Namen Oliver Küsel, die Staatsanwaltschaft hat unterschrieben, die Anklage steht. Scholz war unauffindbar und Vorderbäumen hatte ganz spontan keine Lust. Also kam nur Ditters infrage.

»Dann müssen Sie wohl ran, Ditters. Latotzke können wir ja wohl kaum schicken.«

»Stimmt. Latotzke geht gar nicht, Chef.«

»Na gut, machen Sie das. Aber blamieren Sie nicht die Innung. Und kein Wort zu Scholz, falls der jemals wieder auftaucht.«

Als Ditters pünktlich an der angegebenen Adresse erscheint, ist das LKA schon da. Sie sind zu viert. Zwei jüngere Beamte, dann Jana, eine Frau Mitte dreißig, und Jens, der Einsatzleiter. Jens ist bestimmt schon vierzig, hat graue Schläfen, ist aber drahtig und offensichtlich gut in Form. Man begrüßt sich kurz und dann geht es auch schon los. Oliver Küsel wohnt in einem Reihenendhaus. Gipsengel und schlecht nachempfundene antike Statuen zieren den Vorgarten, unter dem Carport aus Tropenholzimitat steht ein schwarzer Porsche. Schwarze Leichtmetallfelgen, rot lackierte Bremssättel, das Logo eines benachbarten Fußballvereins dezent ins Nummernschild geklebt.

Jens geht vor. Jana lächelt Ditters freundlich zu und er lässt ihr den Vortritt. Ihr Zopf wippt beim Gehen. Die Festnahme verläuft zunächst ereignislos. Sie klopfen und schellen so lange, bis Küsel öffnet. Jens und Ditters drücken ihn gegen eine Wand im Wohnzimmer und erklären ihm die Sachlage – vorläufige Verhaftung, die Anklage lautet auf Mord. Jana checkt mit den beiden anderen das Haus auf eine mögliche Bedrohung. Sie verteilen sich auf den Keller, den ersten Stock und das Dachgeschoss. Jana findet die Witwe des Mordopfers im Schlafzimmer im ersten Stock und es wird einen Moment laut. Obwohl der Haftbefehl zu diesem Zeitpunkt nur für ihren Liebhaber gilt, beschließt Jana, die Frau mitzunehmen. Verdunkelungsgefahr. Die Witwe wird wütend und beginnt, sich gegen die Festnahme zu wehren. Jana hat alle Hände voll zu tun und Jens geht los, um ihr zu helfen. Ditters ist mit Oliver Küsel allein und überprüft vorsichtshalber noch einmal den Sitz der Handschellen. Küsel hatte keine Zeit, sich anzuziehen. Er ist barfuß, trägt eine Designerjeans ohne Designergürtel und auf seinem Hoodie sind Aufnäher von Expeditionen, die Küsel nie unternommen hat. Küsel schwitzt und zerrt vergeblich an den Handschellen.

Ditters versucht, den Mann zu beruhigen: »Machen Sie keinen Quatsch, dann bringen wir das ganz friedlich über die Bühne.«

Küsel dreht sich zu Ditters um und schaut ihn lange an. Würde man behaupten, Verachtung läge in seinem Blick, wäre das noch untertrieben. »Du hörst dich an wie eine Volltucke.« Er muss kurz husten und versucht dann, ein paar Schritte zu gehen.

»Bleiben Sie da stehen. Und bleiben Sie ruhig.«

»Ach du liebe Zeit. Jetzt werde ich von einem Homo verhaftet.«

»Ich habe gesagt, Sie sollen ruhig bleiben.«

»Du willst mich mal so richtig schön durchsuchen, oder?« Und jetzt lacht Küsel Ditters mitten ins Gesicht. Es ist ein fieses Lachen und zwischendurch holt er schnappend Luft und muss sich aushusten. Ditters bemerkt, dass seine Hände vor Wut zittern. Und Küsel bemerkt es auch. »Was ist? Soll ich mich bücken?« Küsel lacht wieder. Der Mann hat eine Mordanklage am Hals, aber den Spaß kann er sich einfach nicht entgehen lassen. Es gibt ja auch wenige Dinge, die so viel Freude machen wie ein zünftiger deutscher Schwulenwitz. »Guck mal hier, ich bück mich …«

Und Ditters sieht rot. Er greift zu seiner Dienstwaffe und schlägt sie mitten in das Lachen hinein, direkt in Küsels Fresse. Küsels Blut spritzt auf den Teppich. Mit einem Jaulen sackt der Kerl zusammen. Ditters kniet sich vor ihn hin und spürt eine seltsame Ruhe. Er holt weit aus und visiert

Küsels Schädel an, doch plötzlich ist da eine Hand, die ihn zurückhält. Es ist Jens.

»Was machst du da?«

Küsel versucht, sich aufzurichten. Er röchelt und zeigt auf Ditters. Dann sinkt er wieder zu Boden.

Wenn man vor Scham tot umfallen könnte, wäre Ditters jetzt fällig. Er wünscht sich einfach nur weit weg. Am besten zurück an seinen Frühstückstisch.

Jens schüttelt den Kopf und nimmt Ditters die Waffe aus der Hand. »Du musst dich wirklich besser im Griff haben.«

Dann fasst Jens die Waffe am Lauf und zieht die Griffkante mit einem Ruck über Ditters Schläfe. Ditters fühlt einen brennenden Schmerz und merkt, dass ihm Blut über die Wange läuft.

»Jana!«

»Ja, Jens?«

»Komm mal kurz her. Der Verdächtige hat versucht, Widerstand zu leisten.«

Jana kommt in den Raum, erfasst die Situation, wirft einen mitleidigen Blick auf Ditters Wunde und einen abschätzigen auf den leise stöhnenden Küsel.

»Unser Kollege aus Hamm hat sich tapfer geschlagen«, sagt Jens. »Rufst du uns einen Krankenwagen?«

»Wird gemacht.«

Als Jana im Flur verschwunden ist, tritt Jens mit seinem Fuß auf Küsels angewinkelten Arm und beugt sich zu ihm hinunter. »Ein Wort. Ein Wort und ich sorge höchstpersönlich dafür, dass sie dich ummachen im Knast. Ich steck dich zu einem, der nichts mehr zu verlieren hat, der lässt dir für eine Stange Zigaretten die Luft raus.« Jens zwinkert Ditters zu und wendet sich dann wieder an den stöhnenden Küsel: »Hast du mich verstanden, du Arsch?«

Küsel jault Zustimmung. Jens steht auf, steckt Ditters Waffe zurück ins Halfter und entblößt eine Reihe schöner

Zähne, als er ihm zulächelt. Dann streift sein Daumen zärtlich Ditters Handrücken. »Bist du okay?«

»Ich denke schon.«

»Gut.«

Trotz seines ausgesucht höflichen Benehmens macht Herr Siemers den Eindruck, dass man sich besser nicht mit ihm anlegt. Vor allem, wenn man kleiner und schwächer ist als er. Herr Siemers bittet Scholz, kurz zu warten. Es handelt sich um einen für dieses Geschäft unerwartet jungen Mann mit sonnengebräuntem Teint und sehr gepflegtem Äußeren. Scholz hat allerdings seine Augen bemerkt. Sie sind uralt. Herr Siemers hat noch einen Anruf aus Südostasien in der Leitung. »Das Zeitfenster ist etwas kleiner im internationalen Geschäft. Da drüben ist es jetzt schon früher Nachmittag. Sind Sie so lieb und geben mir fünf Minuten?«

Scholz gibt. Er setzt sich in einen Korbstuhl, wirft einen Blick auf den mit Laminat verkleideten Raum, den Schreibtisch aus Teakimitat, zwei durstig aussehende Bambussträucher und entdeckt schließlich die gerahmten Fotos verschiedener Mädchen und Frauen. Alle haben die gleiche Widmung, alle in derselben Handschrift. *Thank you very much, Mr. Siemers.* Scholz hält eins der Bilder in das Licht, das durch das Rollo, ebenfalls aus Teakimitat, fällt. Das Mädchen muss um die achtzehn sein. Ihr Lächeln ist etwas schief, was an dem schlecht überschminkten blauen Auge liegen kann.

Immerhin war Herr Siemers so nett, ihm ein Glas Wasser anzubieten und den CD-Player einzuschalten. Eine sanfte Stimme führt Scholz anhand ausgewählter Klangbeispiele in den Ursprung und die Geschichte der *Chan-Diao*-Melodik ein. Scholz erfährt, dass diese klassische thailändische Musik eine neue Rolle für die allseits beliebten Blechzimbeln einläutete. Über die Jahre entwickelten sich verschiedene Unterformen dieser Art des Musizierens. Während beispielsweise das *song chan* eher mit einer Verlangsamung der Zimbeln arbeitet, wird beim *chan diao* unter Beigabe melodischer Ornamente volle Möhre durchgezimbelt. Es folgt ein Klangbeispiel. Scholz hört mit rapide abnehmendem Interesse zu und bemerkt, vielleicht etwas spät, dass die CD kaputt ist und den immer gleichen Melodiefetzen wiederholt. Er schlägt mit der Hand auf den Player – Erfolg! – und will sich gerade an der völlig neuen Zimbelauffassung der Periode unter König Jetta erfreuen, als Siemers zurückkommt.

»Die meisten unserer Kunden mögen die Musik. Sie wirkt beruhigend.«

»Komisch, bei mir hat sie den genau gegenteiligen Effekt.«

Siemers stockt nur kurz, er ist wahrscheinlich einiges gewohnt. »Verzeihung noch einmal. Jetzt bin ich ganz der Ihre.«

»Schön. Wir hatten begonnen, über Ihr Geschäftsmodell zu sprechen.«

»Genau. Lassen Sie mich nur kurz vorwegschicken, dass wir noch nie Ärger mit der Polizei hatten und gerade Tjien Liu …«

»Es ist so gut wie ausgeschlossen, dass Tjien Liu etwas mit dem Mord zu tun hat. Wir haben jedenfalls im Moment keine Hinweise darauf. Sie haben bereits angedeutet, dass man die Frauen aus dem Katalog bestellen kann wie ein paar Laufschuhe.«

Siemers lächelt gequält. »Zum Thema Katalog muss man anmerken, das doch eine Vielzahl unserer Kunden mit dem Internet noch nicht vertraut sind oder Bedenken haben, eine solche Transaktion …«

Scholz hat das Gefühl, genug Zeit mit Vorreden verschwendet zu haben: »Sparen Sie sich die Wortklauberei. Wie viel, Herr Siemers? So mal über den Daumen. Ich brauche eine Zahl.«

Siemers tut allen Ernstes so, als müsse er nachdenken. »Das Angebot ist vielfältig. Alter, Aussehen und Bildungsgrad spielen eine große Rolle. Frauen, die schon etwas Deutsch können, sind beispielsweise sehr begehrt. In jedem Fall müssen sie mit zwei- bis viertausend Euro rechnen. Da ist dann aber auch alles drin, vom Führungszeugnis bis zur Bescheinigung über ansteckende Krankheiten.«

»Und was kommt da noch so drauf?«

»Reisekosten gehen natürlich extra. Sie müssen mindestens einmal rüberfliegen, aber das organisieren wir alles über unser Reisebüro.«

»Also ist nicht alles drin.«

Siemers gießt Mineralwasser nach. »Ich sehe, Ihnen macht keiner was vor. Dafür sind wir aber auch für Sie da, falls es doch mal Probleme geben sollte. Und wenn alle Stricke reißen, bekommen Sie Ihr Geld anteilig zurück. Auf Euro und Cent. Ist allerdings selten.« Er lächelt wieder. Siemers hat dieses Gespräch offensichtlich schon öfters geführt.

»Und die Zahlungsmodalitäten?«

»Bar oder Überweisung. Da müssen wir drauf bestehen. Wir sind ja kein Elektromarkt.«

»Also, was hat Herr Terjung in bar angelegt? Fünftausend?«

»Ich möchte über solche Details eigentlich keine Angaben machen, solange die Polizei nicht ...«

Scholz unterbricht direkt. »Sie brauchen nicht Ja zu sagen. Sagen Sie einfach Nein, falls ich mich komplett irre.«

Na Gott sei Dank, Herr Siemers lächelt wieder. Da hatte sich doch ein missmutiger Zug auf sein Gesicht geschlichen. Aber die Mimik von Herrn Siemers ist mindestens so vielfältig wie die *Chan-Diao*-Melodik. Scholz meint, nun einen Zug von Gerissenheit zu erkennen. Beide schweigen einen Moment – ein Nein fällt nicht.

Dann ergreift Siemers das Wort: »Ich habe noch einmal nachgesehen, Tjien Liu stammt aus dem Nordosten, aus einer der ärmsten Gegenden Thailands. Die Frauen von dort gelten als besonders anziehend. Aber der besondere Vorteil liegt noch woanders.« Und plötzlich und ganz und gar unvermutet, rückt Herr Siemers näher an Scholz heran. »Darf ich?«

Scholz schweigt.

»Sie fragen nach dem besonderen Vorteil. Ganz einfach: Die Provinz ist nicht nur sehr arm, was die Menschen dort so genügsam macht, dass ihnen bereits die kleinsten Liebesgaben das Herz öffnen, sie ist auch ziemlich abgelegen.« Siemers malt mit dem Finger in der Luft herum. »Sie liegt im Hinterland, näher an Kambodscha und Laos als an Bangkok oder dem Rest der Küste. Die Menschen am Meer sind schon ziemlich verwestlicht und nicht mehr so …«

Siemers hat den Faden verloren. Scholz hilft gern aus: »Leicht zu beeindrucken?«

»›Traditionell‹ wollte ich sagen. Nicht mehr den klassischen Rollen innerhalb der Familie und der Ehe verpflichtet.«

Scholz weiß ziemlich genau, was kommt. Darauf wartet er eigentlich schon seit Beginn des Gesprächs.

»Wie sieht es denn eigentlich bei Ihnen aus, wenn ich so frei sein darf?«, will Siemers wissen.

»Sie meinen …?«

»Genau. Ich konnte nicht umhin zu bemerken, dass Sie sich die Bilder unserer zufriedenen, ich darf sogar sagen, glücklichen Klientinnen angesehen haben. Vielleicht möchten Sie ja das Dienstliche hinter sich lassen und zum Privaten übergehen?«

»Verstehe«, erwidert Scholz tonlos.

Als er fortfährt, blitzt es kurz in Siemers toten Pupillen: »Darf ich fragen, ob Sie verheiratet oder in festen Händen sind?«

Wie kommt es, dass man so eine Frage von solch einem Arschloch brav beantwortet? Anstatt ›Geht dich nichts an‹

zu sagen, erzählt man die Wahrheit. Wenn man länger drüber nachdenkt, ist es natürlich die Angst vor der Blamage. Lieber zehn gescheiterte Beziehungen zugeben müssen, als den Eindruck zu erwecken, keine gehabt zu haben. Lieber gestehen, von einer Frau belogen und betrogen worden zu sein, als auch nur den geringsten Verdacht aufkommen zu lassen, man könnte noch bei den Eltern wohnen.

»Ich bin geschieden.«

»Das tut mir leid«, entgegnet Herr Siemers mit einer Stimme warm wie Schrittschweiß. »Da sind Sie ja leider, leider nicht der Einzige. Passen Sie auf, ich erzähle Ihnen Erkenntnisse, beruhend auf meiner langjährigen Erfahrung, und dann urteilen Sie selbst.«

Scholz nickt – und bemerkt gar nicht, dass er nickt. Er wollte nicht nicken, so wie er zuvor nicht antworten wollte. Aber er ist damit beschäftigt, die richtigen Worte zu suchen, und außerdem will er die Erkenntnisse aus Herrn Siemers langjähriger Erfahrung hören. Rein interessehalber.

»Erstens: Viele meiner Kunden kommen aus der ersten oder sogar zweiten Ehe mit einer deutschen Frau. Ich könnte Ihnen Geschichten erzählen, da würden selbst Ihnen die Ohren schlackern, obwohl Sie als Polizist sicher ebenfalls einiges gewöhnt sind. Dramen spielen sich da ab, Tragödien, man macht sich gar keine Vorstellung. Aber zurück zur Sache. Erstens: Viele meiner Kunden waren bereits mit einer deutschen Frau verheiratet. Und zweitens: Keiner meiner Kunden möchte jemals wieder mit einer deutschen Frau verheiratet sein. So wahr ich hier sitze, das kann ich beschwören.«

Scholz ist ein klein wenig beeindruckt. Ganz objektiv: Der Typ ist gut. So, wie ein Kammerjäger gut sein kann und auch die letzte Schabe vergast oder ein Abdecker, der den alten und kranken Tieren den Abgang leicht macht. Gut ist gut. Und um dem Ganzen die Krone aufzusetzen, schaut Siemers Scholz jetzt ganz treudoof und dackelig an aus seinen kleinen, toten Hundeaugen. »Sie brauchen nicht Ja zu sagen. Sagen Sie nur Nein, wenn ich mich komplett irre und ich nicht im Geringsten Ihr Interesse geweckt habe. Ansonsten könnte ich Ihnen ganz unverbindlich unseren aktuellen Katalog mit auf den Weg geben. Oder Sie loggen sich gegen eine kleine Gebühr im Netz ein und bleiben immer auf dem neusten Stand.«

»Wie klein?«

»Neunundvierzig Euro im Jahr. Und ich sage Ihnen – das ist ein Selbstkostenpreis. Sie sind doch im besten Alter. Wissen Sie, wir leben im Zeitalter der Globalisierung. Wir fahren koreanische Autos, tragen Turnschuhe aus Taiwan oder Hongkong. Ich sage immer: Indonesien und Thailand sind heute nicht weiter weg als vor dreißig Jahren Rimini und Benidorm. Die Welt wird kleiner. Man muss global denken. Herr Scholz?«

Herr Scholz schweigt. Herr Scholz hat ihn ausreden lassen. Herr Scholz ist oft genug gezwungen, Schweinen oder Idioten zuzuhören. Er hat Übung. Und er hat ein wenig gebraucht, um seine Antwort vorzubereiten.

Siemers mag keine Gesprächspausen. »Herr Scholz?«

»Entschuldigung, ich habe nicht ganz zugehört. Ich hatte gerade einen Tagtraum. Komisches Gefühl. Wissen Sie, was ich geträumt habe? Ich sage es Ihnen. Ich habe geträumt, dass ich an einem Tisch gesessen habe mit einem schmierigen Drecksack von Menschenhändler, der versucht hat, mir eine Frau anzudrehen. Irgendwann hatte ich genug und bin aufgestanden. Und dann habe ich dem Typen in die Eier getreten. Drei-, vier-, fünfmal, immer wieder. Zum Schluss habe ich zugeschaut, wie er nach Luft schnappte ...« Scholz schaut Siemers direkt in die Augen. »Sie wollten etwas sagen?«

Siemers vermeidet den Blickkontakt. »Keinesfalls. Ich sag gar nichts mehr.«

Während andere Leute ihren Thailandurlaub planen, hat Latotzke Großes vor. Und wenn Latotzke Großes vorhat, gibt's nur ein Lied. *I used to rule the world. Seas would rise when I gave the word.* Für den gesamten Text reichen seine Englischkenntnisse nicht aus und als Spross einer Dynastie von tapferen Sozialdemokraten kann er nur hoffen, dass der Song nicht von der Weltherrschaft handelt, aber diese Geigen sind und bleiben einfach der Oberhammer. Latotzke hat Großes vor. *Viva la Vida* läuft in der Dauerschleife. Er wird den Fall lösen. Er hat noch nie einen Fall gelöst. Es wird Zeit.

Latotzke hat bereits die Ü30-Party im *Acapulco* und die Achtzigerjahre-Party im *East Side* abgesagt, für den Fall, dass die anstehende Arbeit ihm nicht die Zeit lassen sollte, am Pult zu stehen.

Außerdem hat er seit Neustem am Abend Besseres zu tun, als Platten aufzulegen. Er muss alles über Tjien Liu wissen und Tjien Liu alles über sich erzählen. Dafür muss er sein Englisch verbessern und ihr wenigstens ein paar Grundbegriffe beibringen. Sie lachen viel. Über die Tücken der deutschen Sprache, Latotzkes Schwierigkeiten mit der englischen und gestern Abend, als Latotzke vergeblich versuchte, Tjien Liu zu erklären, warum man in Deutschland um zwölf Uhr nachts auf einer menschenleeren Straße vor einer roten Ampel steht. Er würde ihr gern sagen, dass er sie liebt. Aber das geht nicht. Er kann sie nicht lieben nach ein paar Tagen. Das ist einfach nicht so vorgesehen, dass man einer Frau nach so kurzer Zeit sagt, dass man sie liebt. Sie würde vielleicht Angst bekommen. Aber immerhin gibt es das Internet und diverse Übersetzungsmaschinen.

»I like you.«

»I like you too.«

Das klingt doch schon mal ganz großartig. Und wenn sie genug gelacht haben und zusammen Fernsehen gucken,

Tjien Liu besteht auf Nachrichten, dann kreisen Latotzkes Gedanken um die Zukunft. Eine Zukunft, die im Wesentlichen daraus bestehen soll, dass alle Abende so sind wie die letzten – und wenn sie dann eines Tages alles, wirklich alles voneinander wissen, dann können sie ja immer noch schauen, wie es weitergeht. Bis dahin denkt Latotzke über die Zukunft nach und es gibt nur einen Weg, der dahin führt: Georg Latotzke wird Horst Terjungs Mörder kriegen. Und dann wird sich niemand mehr für Tjien Liu interessieren außer Georg Latotzke. Und wenn er schon mal dabei ist, wird er seinen Onkel anrufen und am nächsten Tag wird im *Anzeiger* ein Riesenartikel erscheinen, Überschrift: *Hammer Junge löst kniffligen Fall.* Daneben ein Foto von Latotzke, den rechten Daumen hoch und in der linken Hand die Originalhandschellen, die er bei der Verhaftung des Mörders verwendet hat. Und dann wird der *Anzeiger* mal ein paar Fragen stellen, zum Beispiel die, warum die Kripo Hamm auf teure Neuzugänge setzt, anstatt auf Talente aus der Region zu vertrauen. So dürfte es ungefähr klingen, weil der Sportredakteur beim *Anzeiger* aufgrund von Sparmaßnahmen in letzter Zeit auch den Polizeireporter machen muss.

Trotzdem: Scholz ist schon der dritte hochrangige Bulle, der hier in letzter Zeit aufgeschlagen ist, und Latotzke hat nicht das Gefühl, dass der Aufwand sich gelohnt hätte. Scholz kommt sogar aus Köln. Gibt's in Köln nicht genug zu tun? Oder wird Hamm gerade von einer Verbrechenswelle überrollt, von der Latotzke noch nichts mitbekommen hat?

Now in the morning I sleep alone. Sweep the streets I used to own. Nicht mehr lange. Das mit dem Alleinschlafen wird sich bald erledigt haben. Und Scholz wird dumm aus der Wäsche gucken.

Latotzke lenkt den Calibra in die Poststraße und stellt sich fett ins Halteverbot. Was man noch bräuchte, wäre so ein Blaulicht mit Magnet, das man sich aufs Dach setzen kann. Latotzke ist da. Er tritt noch einmal aufs Gas, damit die Poststraße weiß, dass DJ Latte eingeritten ist. Die *Spardose* ist offen. Wer wissen will, was in Hamm läuft, ist hier richtig. Am besten vor drei Uhr nachmittags, weil dann die Stammgäste noch nicht vollkommen hackedicht sind. Latotzke steigt aus, zieht beim Eintreten die modische Kurzjacke stramm, die seine Dienstwaffe immer so schön zur Geltung bringt, und geht geradewegs an zusammengerechnet etwa hundertachtzig Jahren Knast vorbei zum Tresen. In diesem Satz verbirgt sich eine kleine Besonderheit, der nur Einheimische gewahr sind. Eine jener kleinen Besonderheiten, die den einen oder anderen Menschen von außerhalb zu der Annahme verleiten könnten, die ganze Stadt sei ein bisschen schräg. Denn Latotzke will zu Tresen, der wie immer hinter dem Tresen steht. Tresen ist nämlich auch der Name des Wirts.

Jürgen Tresen ist Mitte vierzig und die Jahrzehnte hinter seinem Namensgenossen haben sich tief in seine Gesichtszüge eingraviert. Jürgen Tresen ist kein besonders angenehmer Zeitgenosse und offiziell auf Bullen nicht gut zu sprechen. Man kennt sich.

»Tach, Tresen.«

»Was willst du?«

»Erich.«

»Honecker?«

»Wen?«

»Mann, bist du doof, Latotzke.«

»Du weißt ganz genau, wen ich meine. Erich Wingert.«

»Der ist nicht anwesend.«

»Das sehe ich auch.«

Anwesend sind vier bis sechs schwere Trinker aller Altersgruppen, plus drei Brüder vom Balkan, die sich die Zeit mit Backgammon vertreiben, bis der nächste Job oder ein

Haftbefehl reinflattert, und Dora, die Kunststudentin im achtundsechzigsten Semester. Sie sitzt am Ende des Bartresens und nippt behutsam an ihrem Frühstück.

»Latotzke, du Arsch.« Dora hat ihn erkannt. »Du bist immer ein Arsch gewesen.«

Tresen spricht ein Machtwort. »Halt die Backen, ich will keinen Ärger hier.«

Ein großer Teil von Latotzkes aktueller Zuversicht hat sich aus der Tatsache gespeist, dass seine Kollegen aus der Fremde vielleicht mehr Erfahrung, kriminalistisches Knowhow und in Einzelfällen auch Cleverness mitbringen, Latotzke allerdings der Einzige im Team ist, der sich in Hamm auskennt. Latotzke hat nicht nur Beziehungen, er hat auch Connections.

Vorderbäumen, Ditters und Scholz mögen in ihren vorherigen Einsatzorten große Nummern gewesen sein, aber für sie ist eine Spardose zunächst einmal etwas, in das Kinder ihr Taschengeld schmeißen und nicht ein Schritt in Richtung Aufklärung des Terjungfalls. Latotzke hat vorgehabt, diesen Heimvorteil zu nutzen.

»Bist du immer noch hier?« Trotz der Frage blickt Tresen an Latotzke vorbei ins fahle Restlicht, das die Rauchglasbutzenscheiben durchlassen.

Latotzke weiß nicht weiter. Vielleicht hilft ja Betteln. »Komm, gib mir eine Frika und dann lass mal was rüberwachsen. Ich will nicht umsonst hier gewesen sein.«

Tresen nimmt eine in Zellophan gewickelte Frikadelle aus dem Kühlschrank. »Du hast Glück, das ist die letzte.«

Einträchtig sehen sie der Frikadelle beim Karussellfahren in der Mikrowelle zu, bis Latotzke eingreift: »Mach die nicht so heiß. Ich hab keine Lust, mir die Schnauze zu verbrennen.«

»Wenn du meinst.«

Latotzke nimmt einen Bissen und vermisst etwas. »Die braucht aber ganz dringend Senf.«

Tresen schnippt ihm ein Fertigtütchen *Mittelscharf* rüber. Latotzke kaut eine Weile auf der halb warmen Frikadelle herum und findet dann den Faden wieder: »Du hörst und siehst doch eine Menge.«

»Und warum sollte ich dir erzählen, was ich höre und sehe?«, fragt Tresen. »Was habe ich davon?«

Latotzke muss nachdenken. Wenn er ehrlich ist, hat Tresen nichts davon. Und auf eine alte Freundschaft kann er sich auch nicht berufen.

»Hör mal, Jürgen …«

»Fang jetzt nicht an, herumzusülzen …«

»Du bist so ein Arsch, Latotzke«, kreischt Dora.

»Halt die Fresse, Dora«, brüllt Tresen.

»Planungssicherheit«, sagt Latotzke in die plötzlich entstandene Stille hinein.

Tresen schaut schon wieder in seine Scheiben. Aber er kriegt diesen gelangweilten Gesichtsausdruck nicht mehr hin. »Was sagst du da?«

»Es weht ein neuer Wind. In Hamm tut sich was.«

»Kannst du das genauer erklären?«

»Ich weiß selbst noch nicht genau, was los ist. Aber in letzter Zeit ziehen sie hier Spezialkräfte zusammen.«

»Du meinst doch nicht den Schwulen, über den sich die halbe Stadt das Maul zerreißt?«

»Nein, den meine ich nicht. Ich meine zum Beispiel einen neuen Kollegen aus Köln, der über kurz oder lang den Laden übernehmen wird.«

»Na und?«

»Du wirst schon sehen.«

Sagt's, legt einen Zweier auf den Holztresen und schlendert Richtung Tür. Latotzke hat hoch gepokert und jetzt wird sich zeigen, ob Tresen wirklich so arschcool ist, wie er tut. Latotzke ist schon fast draußen, als der Wirt sich rührt.

»Du stellst die falschen Fragen, Latotzke.«

Latotzke dreht sich um und tritt gemessenen Schrittes den Rückweg an. »Meinst du? Was hätte ich denn fragen sollen?«

Tresen wischt einen Senffleck von der Thekenoberfläche. »Du hättest fragen sollen, wo Gerd Möhse ist. Warum er nicht hier in der Ecke am Daddelkasten hängt oder in Erichs Spielhölle Zweieurostücke in den Schlitz drückt.«

Latotzke setzt sich wieder. »Wo ist Gerd Möhse?«

»Keine Ahnung. Niemand hat eine Ahnung. Ganz Hamm hat keine Ahnung. Gerd ist spurlos verschwunden, wie vom Erdboden verschluckt. Und das Einzige, was ich weiß, ist, dass das nicht ganz freiwillig passiert ist.«

Latotzke braucht einen Moment, aber dann begreift er. »Erich hat ihn.«

Tresen nickt unmerklich.

»Warum?«

Tresens Schultern zucken unmerklich.

»Aus demselben Grund, aus dem Terjung sterben musste?«

Tresen blinzelt unmerklich.

»Du weißt schon, dass du Erich hier gerade ans Messer lieferst?«

Tresen wischt wieder. »Nee, da weiß ich nichts von. Ich habe nicht gesagt, dass Erich Horst erledigt hat ... Oder habe ich das gesagt?«

»Und du weißt nicht, wo Erich sein könnte?«, hakt Latotzke nach.

»Nee, weiß ich nicht. Aber wenn ich das Pech fürs Leben hätte und Bulle wär, würde ich nicht zu lange damit warten, nach Erich zu suchen.«

Latotzke will mindestens einen kleinen Hinweis.

»Irgendeine Ahnung, wo man mit der Suche beginnen könnte?«

»Willst du nicht auch mal selbst arbeiten?«, entgegnet Tresen und gießt Dora noch einen Jägermeister ein. Anscheinend ist die Unterhaltung beendet. Aber der Anschein trügt. Weil gerade als Latotzke den Rückzug antreten will, bei Tresen der Groschen fällt. »Sach mal, Latotzke. Der Spezialist aus Köln, den du da gerade erwähnt hast – war der kürzlich in Erichs Spieltreff?«

»Nicht, dass ich wüsste?«

»Ach schade, ich hab so was gehört. Von einem Bullen, der keine Dienstwaffe mehr hat.«

Latotzke will nichts wie weg, aber er kann nicht so einfach abhauen. »Da hast du vielleicht falsch gehört. Aber wenn du hörst, wo Erich ist, rufst du mich an.«

Tresen verliert jetzt sichtbar das Interesse an dem Gespräch. Ab dafür und weiter geht's.

»Arschloch«, brüllt Dora, als Latotzke die Tür öffnet.

Jetzt hat Latotzke langsam mal genug. Er hält dagegen. »Was hast du gegen mich? Du bist eine Scheißkunststudentin und ich bin Bulle und DJ. Immer wenn du mich siehst … Was hast du gegen mich?«

Dora schweigt und trinkt.

»Keine Ahnung. Ist vielleicht Kunst«, antwortet Tresen.

JENS

Scholz muss sich einen neuen Klingelton besorgen. Einen anderen Klingelton. Irgendeinen, Hauptsache nicht mehr den, den er jetzt hat. Scholz macht dem Elend ein Ende und hebt ab.

»Scholz.«

»Kramski.«

»Kramski … machen Sie nie Feierabend?«

»Ich versuche schon seit Stunden, Sie zu erreichen. Hat Ihr Handy eigentlich keine Mailbox?«

»Keine Ahnung. Es war sehr günstig und ist ziemlich gebraucht. Mein nagelneues Smartphone musste ich aus bekannten Gründen bei *eBay* verticken.«

»Egal. Ich muss mit Ihnen reden.«

»Tun Sie doch gerade.«

»Können Sie sprechen?«

Scholz kann. Wenn er nichts kann, sprechen kann er. »Ich habe gerade den Bus genommen. Zur Entspannung. Wissen Sie, wenn ich mit Susanne unterwegs war, in London oder Paris, und wenn wir irgendwann nicht mehr laufen konnten, dann haben wir uns einfach in den nächsten Bus gesetzt. Man sieht Sachen, die man sonst nie zu sehen bekäme, und wenn man keine Lust mehr hat, steigt man aus und nimmt den gleichen Bus wieder zurück. Das habe ich gerade in Hamm gemacht. Und ich muss sagen, Kramski, ich habe viele Sachen gesehen, die ich nicht sehen wollte. Und ich bin an einem Ort, an dem ich nicht sein will. Ich steh gerade an einer Bushaltestelle vor einem stillgelegten Atomkraftwerk und warte auf den Bus. Also um Ihre Frage zu beantworten: Ja, ich kann sprechen.«

Ein Rauschen. Kramski atmet lange aus. »Meine Fresse, Scholz. Geht's auch ein bisschen kürzer?«

»Oh, Entschuldigung. Sie haben es eilig? Wissen Sie, ich habe Zeit. Wir haben Zeit hier in Hamm. Es gibt nicht viel, das uns hier erwartet. Außer einem Grab in der kühlen, westfälischen Erde.«

»Haben Sie getrunken?«

»Ich wünschte, ich hätte. Aber jetzt ist mal Zeit, zum Punkt zu kommen, Kramski. Was wollen Sie?«

»Ich wollte Ihnen nur sagen, dass ich mir das alles noch mal durch den Kopf habe gehen lassen. Wahrscheinlich ist ein Bulle Ihrer Qualität in Hamm wirklich verschenkt.«

»Das hört man gern. Sprechen Sie weiter.«

»Ich bin dabei, Ihnen was in Düsseldorf freizuschaufeln.«

»LKA?«

»Jetzt mal nicht übertreiben. Die Kripo Düsseldorf braucht einen guten, erfahrenen Mann.«

Es ist kühl in Hamm-Uentrop. Oder ist das die unerwartete Wendung des Gesprächs? Scholz ist davon ausgegangen, dass Kramski nur mal checkt, wie es ihm geht. Und jetzt das. Scholz kann selbst kaum glauben, was er sagt: »Lassen Sie mal. Ich komm schon klar.«

Kramskis Ton wird schärfer. »Hören Sie, Scholz, Pokern ist gut und schön, aber man kann sein Blatt auch überreizen. Das sollten Sie am besten wissen.«

»Keiner weiß das so gut wie ich. Aber habe ich Ihnen erzählt, dass der erste schräge Vogel, dem ich hier in Hamm über den Weg gelaufen bin, mir direkt mal ganz locker meine Dienstwaffe abgenommen hat? Seitdem habe ich ein Standing bei den Leuten, da kann man nur von träumen.«

Für einen Moment herrscht Stille. Kramski denkt nach. Aber es ist nur ein kurzer Moment. Kramski denkt schnell. »Das ist egal, das kommt vor, das bügeln wir weg.«

Echt nett von Kramski, dass er so dranbleibt. Scholz ist kurz davor, ihm die Lasagne zu verzeihen. Aber trotzdem: »Ich meine es ernst, Kramski. Im Moment bin ich in Hamm genau richtig. Sie hatten recht. Ich muss erst mal auf die Beine kommen.«

»Düsseldorf, Scholz. Die Landeshauptstadt. Ganz wunderbar am Rhein gelegen. Kunst- und Kulturmetropole. Kann von der Lebensqualität mit allem mithalten, was in Deutschland so auf der Karte steht. Es gibt Leute, die würden morden für einen Posten in der Mordkommission da. Ist Ihnen das klar?«

Langsam müsste der Scheißbus doch kommen. Scholz kramt schon mal sein Vier-Fahrten-Ticket raus. »Ist mir klar. Aber wenn man jemanden ermordet, sollte man auch bestraft werden.«

»Was soll das denn jetzt?«

»Warten Sie mal kurz. Ich glaube, der Bus kommt ... Nee, doch nicht, das war nur ein Laster mit Düngemitteln. Irgendwie habe ich das Gefühl, es wird früher dunkel hier. Meinen Sie, das hat mit der Strahlung von dem Atomkraftwerk zu tun?«

»Vielleicht sind Sie ja verstrahlt. Ich biete Ihnen die Chance ihres verpfuschten Lebens und Sie reden nur Scheiße.«

»Na gut, Kramski. Dann werde ich Ihnen mal auf die Sprünge helfen. Es gibt zwei Punkte, zwei einfache Punkte. Punkt eins: Ich bin in Hamm. Und das ist auch okay so. Ich habe Scheiße gebaut und wer Scheiße baut, gehört bestraft. Meine Strafe ist Hamm. Ich tue nur das, was ich mir immer von meinen Kunden wünsche. Keine Ausreden, kein wachsweiches ›Ich hab es gar nicht so gemeint‹ oder ›Die Gesellschaft hat mich zu dem gemacht, was ich bin‹. Nur ein einfaches ›Ja, ich übernehme die Verantwortung für das, was ich getan habe‹. Und deshalb gucke ich gerade auf zwei Kühltürme und nicht auf die Lichter von Düsseldorf-Oberkassel. Sind Sie noch dran?«

»Klar bin ich dran. Wann kommt denn Punkt zwei?«

»Jetzt. Zweitens: Ich bin in Hamm. Um wieder hochzukommen. Das ist mir noch nicht geglückt. Aber ich bin noch nicht so lange hier und ich bin dabei. Kennen Sie diesen New-York-Song? *If I can make it here, I'll make it anywhere?*«

Kramski hat keine Ahnung, worauf Scholz hinauswill. Das kann man hören. Aber er spielt brav mit. »Na klar kenn ich den. Frank Sinatra. Wer kennt den nicht? Und?«

»Sagen wir es mal so. Wenn ich es noch nicht mal in Hamm schaffe ... Was soll ich dann woanders?«

Wieder das Rauschen. Und dann gibt Kramski auf.

»Das ist Ihre Antwort?«

»Das ist meine Antwort.«

»Wie Sie meinen. Sie haben meine Nummer.«

»Nicht so eilig.«

Kramski will auflegen. Für ihn ist das Gespräch beendet. Scholz denkt da anders. »Ich habe auch noch eine Frage.«

»Kommt nicht mal langsam Ihr Bus?«

»Der kommt, wenn er kommt.«

»Dann fragen Sie mal.«

»Warum haben Sie mich angerufen?«

»Was? Ich verstehe nicht.«

»Warum haben Sie mich angerufen?«

Kramski wird etwas lauter. »Was ist denn los mit Ihnen? Ich habe Sie angerufen, um Ihnen einen Job anzubieten.«

Scholz wird eine Spur energischer: »Und wie kommen Sie darauf, mir einen Job anzubieten? Sie machen das doch nicht freiwillig. Sie haben mich gerade ganz wunderbar entsorgt. Irgendwas ist doch faul, wenn jemand wie Sie jemandem wie mir so ein Angebot macht.« Wieder das Rauschen. Scholz hakt nach: »Kramski?«

»Sie sind nicht dumm.«

»Ja, kann sein. Ich bin ja auch der Zocker. Der Idiot war schon da, als ich kam.«

»Sie meinen diesen Latotzke?«

»Genau den meine ich.«

»An den komme ich nicht ran.«

»Also zurück zu meiner Frage. Warum, Kramski? Warum?«

»Vorderbäumen.«

»Was ist mit dem?

»Der schnüffelt herum. Und stellt den falschen Leuten die falschen Fragen.«

»Wenn mich nicht alles täuscht, ist der ebenfalls nach Hamm versetzt worden. Was passt ihm denn nicht?«

»Keine Ahnung, das hat er noch nicht gesagt. Aber er macht Anrufe. Und nervt. Hamm ist in gewissen Kreisen ein sehr sensibles Thema.«

»Der alte Knochen.«

»Meine Theorie: Sie haben den Frieden gestört. Vorderbäumen will seine Ruhe haben und, wenn es schwierig wird, das LKA anrufen.«

Scholz muss zugeben, dass er ein bisschen enttäuscht ist. Es wäre schön gewesen, wenn es einen weniger banalen Grund gegeben hätte, ihn nach Düsseldorf zu lotsen. Am schönsten wäre es natürlich gewesen, wenn die Lüge mit dem Mann und der Qualität wahr gewesen wäre.

»Jetzt fangen Sie mal nicht an zu weinen, Kramski. Mit so einem Opa wie Vorderbäumen werden Sie doch wohl fertigwerden ... Aus welchem Grund wurde Vorderbäumen eigentlich nach Hamm versetzt?«

»Er ist ein Querulant. Und daran hat sich in Hamm nichts geändert.«

»Dann müssen Sie ihn mal langsam in Rente schicken.«

»Wenn Sie wüssten. Das ist eine lange Geschichte. Tun Sie mir einen Gefallen, Scholz. Lassen Sie es etwas ruhiger angehen.«

»Ruhig angehen lassen ... Noch ruhiger ist kaum möglich. Wie soll das denn gehen?«

»Machen Sie es so, wie es in Hamm immer gemacht wird. ›When in Rome, do as the Romans do.‹ Kennen Sie das Sprichwort?«

»Rom ...«

Scholz hat das Gefühl, die beiden Lichter, die jetzt aus der Ferne auf ihn zukommen, könnten zu dem Bus gehören, der ihn zurück in die Hammer City bringen wird.

»Ja, ja, Rom. In Rom sind Susanne und ich einfach in den nächstbesten Bus eingestiegen, als wir nicht mehr laufen konnten. Ich erinnere mich, als wäre es gestern gewesen. Susanne hatte dieses rote Kleid an, mit großen weißen Blüten drauf. Sah super aus. Sie kennen ja Susanne, Sie haben sie ja kennengelernt, als Sie mein Leben ausspioniert haben. Susanne hat die Beine für Kleider und Röcke. Auf jeden Fall haben wir diesen Bus genommen. Unfassbar, was man da zu sehen kriegt. Und an der Endstation war eine kleine Trattoria. Da gab es selbst gemachte ... Sind Sie noch dran, Kramski?«

Eigentlich ist es zu kühl und der Himmel zu bedeckt, aber sie liegen trotzdem nebeneinander im Gras.

Jens ist kurz zur nächsten Tankstelle gefahren und mit Frikadellenbrötchen, Schokoriegeln, Buttermilcheis und Dosenbier zurückgekehrt. Ditters hat die Zeit genutzt, um nachzudenken.

Eigentlich konnte es nicht wahr sein, dass so ein Traummann einfach so aus dem Nichts auftauchte. Und eigentlich müsste Ditters sich jetzt unsterblich verlieben.

»Was meinst du, was deine Frau dazu sagen würde?«

»Wozu?«

»Vergiss es, das geht mich wahrscheinlich gar nichts an.«

Jens richtet sich ein wenig auf. Sein Oberkörper ist flach und makellos. Er nimmt noch einen Schluck Bier und Ditters kann sich nicht sattsehen an den Bewegungen seines Adamsapfels.

»Meine Frau weiß es.«

»Wirklich?«

»Seit zwei Jahren. Sie hatte so was bereits geahnt und ich hatte keine Lust mehr zu lügen. Also habe ich es ihr gesagt.«

»Und?«

»Leicht war es nicht. Ich habe fast einen Monat in einem ziemlich trostlosen Hotel verbringen müssen.«

»Und dann?«

»Du kennst sie nicht. Sie ist, sagen wir mal, nicht sehr emotional. Eher der kühle Typ, hanseatisch. Wahrscheinlich hat mich das auch an ihr angezogen. Sie ist nicht der Typ für Drama und große Szenen. Eines Abends hat sie mich angerufen und mir gesagt, dass sie sich entschieden hat.«

»Und dann?«

»Dann hat sie gesagt, dass sie mich liebt.«

Ditters nickt. »Kann ich nachvollziehen.«

Jens lacht. Ein verirrter Sonnenstrahl glänzt in seinen Haaren. »Ich bin aber auch der perfekte Ehemann. Wenn es so was gibt. Ich habe einen guten Job, rauche nicht, trinke in Maßen und bin durchaus vorzeigbar. Ich achte auf meinen Körper, bin ausgeglichen und ein Kumpel, mit dem man Pferde stehlen kann.«

»Klingt wie eine Kontaktanzeige.«

»Kann sein«, entgegnet Jens, »aber wie eine, auf die sich Minimum zweihundert einsame Seelen melden würden.«

Ditters schielt auf Jens flachen Bauch und beschließt, die Schokoriegel erst mal wegzulassen.

»Und ihr …«

Ditters muss keine großen Verständnispausen lassen. Jens scheint diese Fragen schon öfters gehört zu haben. »Wir machen es nicht oft, aber wenn, dann bin ich zärtlich, liebevoll und gebe mir die allergrößte Mühe. Kein Problem. Kürzlich hat sie mir gestanden, dass sie auf der Weihnachtsfeier einem Kollegen einen geblasen hat.« Er lacht sein wunderbares Lachen. »Ich habe geantwortet, dass ich selbst dieser Praxis gegenüber sehr aufgeschlossen bin.«

Sie lachen. Und alles ist gut. Dann zieht der Himmel sich zu und Ditters greift nach seinen Klamotten. »Scheiße, es fängt gleich an zu regnen.«

Jens greift nach Ditters Hand und hält sie fest. »Ich hätte nicht gedacht, dass mein Einsatz in Hamm so lange dauert.«

»Du musst sicher bald nach Hause.«

»Ich habe Zeit. Du kannst mir ja noch Hamm zeigen, wenn du magst.«

»Hamm? Hier gibt es nichts zu zeigen.«

»Dann lass uns schwimmen gehen. Ich habe dahinten einen Fluss gesehen.«

»Das ist kein Fluss. Das ist der Datteln-Hamm-Kanal. Ich weiß aber nicht, ob man darin schwimmen kann.«

Jens steht auf und streift sich mit einem Ruck die Jeans ab. »Sind wir Mädchen?«

Sie springen ins Wasser und Ditters achtet darauf, sich nicht zu weit hinaustreiben zu lassen. Hamm ist wahrscheinlich noch nicht reif für zwei nackte Bullen beim Uferspaziergang. Jens schwimmt mit kräftigen Zügen zu einer stromaufwärts gelegenen Brücke und klettert hoch. Ditters nutzt die Gelegenheit, um sich ans Ufer zu setzen. Es ist niemand zu sehen. Sie sind ungestört.

»Ich könnte ja auch mal nach Düsseldorf kommen.«

»Super Idee. Würde mich sehr freuen. Warum hat es dich eigentlich hierhin verschlagen?«

»Ich bin versetzt worden. Ich hatte ein paar Probleme.«

»Was für Probleme?«

»Probleme von der Sorte, vor der du mich heute Morgen bewahrt hast.«

Jens springt ins Wasser und taucht erst kurz vor Ditters wieder auf. »Ach das, das hatte ich schon ganz vergessen.« Sein Zeigefinger streicht an Ditters Oberschenkel entlang. »Vielleicht ist Hamm einfach der falsche Ort? Wenn sich die Gelegenheit ergibt, dann lass dich doch wieder versetzen. In den großen Städten suchen sie immer. Die Familienväter können sich oft die Mieten nicht mehr leisten.«

Ditters hat ein Kribbeln im Bauch. »Ich würde schon gern. Aber dazu müsste ich erst mal was reißen.«

»Du hast mir doch von dem Fall erzählt – auf der Landstraße.«

»Das war doch Kinderkram. Ich müsste …« Da kommt Ditters plötzlich ein Gedanke: »Ich müsste Erich Wingert überführen und einlochen. Das wäre was.«

»Wer ist das denn?«

»Wir haben einen ziemlich kniffligen Fall. Es geht um einen toten Metzger, einen ersten Verdächtigen, den Freund des Metzgers, eine Frau aus Thailand und einen alten Opa, dem man nicht über den Weg trauen kann.«

»Klingt kompliziert. Haben die Leute auch Namen?«

»Also einer heißt Erich Wingert. Ein anderer Gerd Möhse.«

Jens stößt sich vom Ufer ab und lässt sich auf dem Rücken treiben. »Ich könnte die beiden doch mal durch unsere Datenbanken jagen. Ganz inoffiziell.«

»Das würdest du tun?«

»Klar. Gib mir deine private E-Mail-Adresse und ich coache dich durch den Fall. Das wäre doch gelacht, wenn wir dich nicht von diesem Dreckskanal hier an den schönen Rhein kriegen.«

Der Regen lässt noch auf sich warten und so geht eine Stunde ins Land. Für Ditters fliegt die Zeit nur so dahin. Später wird er Jens erlauben, in ihm zu kommen.

Kurz nach acht, morgens in Hamm. Drei Mann sind zum Dienst erschienen, einer fehlt. »Wo ist Scholz?«, will Vorderbäumen wissen.

»Keine Ahnung«, antwortet Latotzke.

»Ditters?«

»Warum fragen Sie mich? Woher soll ich das wissen?«

Es ist acht Uhr, sechs Minuten und etwa dreißig Sekunden. Vorderbäumen geht zum Fenster und schaut hinaus. »Nicht, dass der schon wieder verloren gegangen ist.«

»Haben wir überhaupt noch genügend Ersatzwaffen?«

»Das ist nicht lustig, Ditters.« Vorderbäumen kratzt langsam und sorgfältig ein totes Insekt von der Fensterscheibe. »Ich hatte eine Ankündigung zu machen. Aber wenn nicht alle da sind …«

Das Telefon schellt.

»Gehen Sie mal ran, Latotzke.«

»Latotzke? – Ja, guten Morgen. Wir warten schon. – Ach so. In Werne. – Ja, in Ordnung, gebe ich weiter.«

Latotzke legt auf und sieht in zwei fragende Gesichter. »Scholz ist in Werne.«

»Was will er da?«

»Hat er nicht gesagt.«

»Was hat er denn gesagt?«

»Dass er später kommt. Wir sollen in Ruhe zu Ende frühstücken, während er die Ermittlungen vorantreibt.«

Das immerhin bringt Vorderbäumen dazu, den Blick von Hamm zu lassen und Latotzke seine ungeteilte Aufmerksamkeit zu schenken.

»Hat er das so gesagt? Zu Ende frühstücken?«

»Ja, klar«, antwortet Latotzke, »meinen Sie, ich denke mir so was aus?«

»Nee, stimmt. Jetzt, wo Sie es sagen. Das hätte ja mit *denken* zu tun.«

»Was ist denn jetzt los?«

Wahrscheinlich würde Latotzke jetzt gern weitermachen und mal endlich zu Protokoll geben, was ihn so stört an der Welt im Allgemeinen und seinem Status innerhalb der Kripo Hamm im Besonderen, aber Vorderbäumen ist urplötzlich eine ungesunde Röte ins Gesicht gestiegen. Ungesund für alle, die ihm jetzt in die Quere kommen.

»Das kann ich Ihnen sagen. Mir passt es nicht, dass hier jeder macht, was er will. Und wann er will.«

Ditters, immer noch in Gedanken beim gestrigen Tag, fühlt ein ungewohntes Bedürfnis nach Harmonie. »Da kann doch Latotzke nichts dafür. Wenn Scholz meint …«

»Ich wollte eine Ankündigung machen«, bellt Vorderbäumen. »Ich hatte was anzukündigen …« Und wie aus heiterem Himmel hat sich der Alte auch schon wieder beruhigt. »So, ist gut jetzt. Aber sobald Scholz wieder da ist, will ich davon in Kenntnis gesetzt werden. Verstanden?«

»Verstanden.«

Und so geht eine weitere Minute ins Land, in deren Verlauf Latotzke und Ditters mit einer gewissen Erleichterung bemerken, dass Vorderbäumens Gesicht wieder den gewohnt wächsern-leichenfahlen Teint annimmt. Auch das Pfeifen beim Luftholen erklingt wieder in gesunder Regelmäßigkeit.

»Immerhin. Der Mann macht wenigstens was. Ermittelt. Ist fleißig. Auch wenn wir noch nicht besonders weit gekommen sind.«

»Ich bin auch dicht dran«, sagt Latotzke.

»Ich auch«, meint Ditters und kann nicht glauben, dass er mitgezogen hat.

»Ach, so ist das ...« Vorderbäumen nimmt wieder seinen Beobachtungsposten ein und checkt, ob sich Hamm in letzter Zeit verändert hat. »Dann legt mal los.«

»Ich bin noch nicht so weit«, sagt Latotzke.

»Ich auch nicht«, meint Ditters und würde sich am liebsten selbst in die Fresse hauen. Vorderbäumen starrt ungerührt aus dem Fenster. Seine Stimme ist nach wie vor leise, aber der bedrohliche Unterton lässt keine Fragen offen. »Ihr könnt jetzt gehen. Wir treffen uns, sobald Meister Scholz es einrichten kann.«

Wingert – Geschenke, Tabakwaren, Presse, Liebe Dinge. Hübsch, dieses ›Liebe Dinge‹. Scholz ist in Werne.

Und Scholz ist in Werne auf dem Kriegspfad. Er hat sich mal umgeschaut in Erichs Leben und die erste Spur führt in diese Kleinstadt, von deren Existenz Scholz noch vor Wochen nichts ahnte, und schon nach Minuten wünscht er sich in eine Zeitmaschine. Fachwerkhäuser hin, bestens erhaltene Kirchen und Kapellen her – Provinz ist immer blöd. Das ist da, wo man wohnt, weil man muss. Aber bestimmt könnte man sich irgendwie einrichten in Holstein, dem Allgäu oder

Breisgau, irgendwo im rheinischen, bergischen, fränkischen Land. In Werne wäre das undenkbar. Jedenfalls für Scholz. Zur üblichen austauschbaren Mischung aus Tchibo, Lidl, Textilbilligstdiscounter, Stadtsparkasse und Vodafone-, O2- und Telekom-Shop gesellt sich ein seltsam muffiger Menschenschlag – misstrauisch, unherzlich und chronisch beleidigt. Alles, was außerhalb eines Radius von fünfundzwanzig Kilometern um das Rathaus lebt, gilt als fremd, und in Werne ist man Fremden gegenüber nicht sehr freundlich eingestellt. Werne ist eine Kleinstadt im wahrsten Sinne des Wortes und Scholz kann nicht glauben, dass er sich zurück nach Hamm wünscht.

Bevor er die Tür zu Erika Wingerts Lädchen öffnet, überprüft er den Sitz seiner Ersatzdienstwaffe. Wenn Erich so blöd sein sollte, bei seiner Mutter unterzukriechen, dann wird Scholz das herausfinden. Und sollte Erich obendrein so bekloppt sein, die Aktion aus der Spielhalle zu wiederholen, kann es sein, dass es knallt.

Scholz atmet noch mal durch und öffnet die Tür, worauf ein elektronisches Signal ausgelöst wird, worauf ein Hund zu bellen beginnt, worauf Frau Wingert den Hund anbrüllt, worauf der Hund noch lauter bellt, worauf die alte Wingert einen schweren Hustenanfall bekommt, worauf Scholz bereut, dass er jemals zur Polizeischule gegangen ist.

Erika Wingert hat rot gefärbte Haare, verwendet Rouge und tiefschwarzen Lidschatten und geht in ihren Pumps aus rotem Kunstleder tapfer auf die siebzig zu.

»Lotto haben wir nicht.«

»Ich wollte auch nicht Lotto spielen.«

»Ich sag es ja nur.«

Die entstandene, unangenehme Pause nutzt Scholz, um seine Dienstmarke zu zücken. »Frau Wingert, ich bin auf der Suche nach Ihrem Sohn.«

Erika Wingert zögert kurz. Es kann sein, dass sie diese unfassbar überraschende Information erst verarbeiten muss, es kann aber auch etwas ganz anderes sein. Scholz muss ein wenig warten, bis das Gespräch weitergeht.

»Was ist denn mit ihm?«

»Der steckt tief in der Scheiße.«

Erika Wingert versucht es mit künstlicher Aufregung. »Wie reden Sie denn mit mir?«

»Ganz normal rede ich mit Ihnen.«

»Das nennen Sie normal? Gossensprache ist das. Was glauben Sie, wer ich bin?«

Scholz hat nicht vor, sich ablenken zu lassen. Scholz ist Zocker – wenn er einmal mit einem Bluff beginnt, zieht er ihn auch durch. »Im Moment gehen wir von Mord in Tateinheit mit Menschenraub aus. Wenn das nicht tief in der Scheiße ist, dann weiß ich auch nicht.«

Erika hält den Grad künstlicher Aufregung weiter durch. »Ich sag Ihnen mal was: Mein Sohn ist unschuldig. Der würde so etwas nie tun. Das muss ein Fehler sein. Außerdem habe ich keine Ahnung, wo er ist. Wir haben nicht viel Kontakt.«

Das waren jetzt ein Irrtum, eine Fehleinschätzung, eine falsche Annahme, eine Lüge und eine bewusste Irreführung. Frau Wingert feuert ihr gesamtes Arsenal ab.

»Ich glaube Ihnen nicht«, antwortet Scholz.

»Das ist mir scheißegal. Hauen Sie ab.«

Scholz versucht es mit einer kurzen Pause, gefolgt von deutlichen Worten: »Sie werden mir helfen, Erich zu finden.«

Sie braucht einen Augenblick, bevor sie antwortet. Da ist ein Flackern in Erikas Augen. Scholz hat es schon in anderen Räumen, bei anderen Menschen, zu anderen Gelegenheiten gesehen, es ist sein Beruf, es nicht zu übersehen. »Und wenn nicht?«

Scholz hat es geschafft, die Frau zu verunsichern. Fragt sich nur, wie?

»Ich habe Sie was gefragt. Was ist, wenn nicht?«

Inzwischen hat Frau Wingert sich wieder im Griff. Schade. Scholz versucht das Standardprogramm. »Dann werde ich Sie vorläufig festnehmen. Bis Sie vor einem Haftrichter stehen, können Stunden vergehen. In der Zeit ist Ihr Laden zu und Ihr Hund bellt.«

Erika Wingert öffnet eine Schachtel Lord Extra, steckt sich eine an und es dauert, bis ihr Hustenanfall abflaut. »Was wollen Sie?«

»Horst Terjung. Schon mal gehört den Namen?«

»Ich hab da mal Blutwurst gekauft.«

»Ich will wissen, wer für Horst Terjungs Tod verantwortlich ist, und ich will wissen, wo Gerd Möhse steckt.«

»Was Sie so alles wissen wollen.«

Zeit für den nächsten Bluff. »Erich wurde am Tatort gesehen.«

»Ich weiß nur, dass Erich betrogen wurde. Terjung, der hat Erich belogen und betrogen. Der hat Erich jede Menge Geld geschuldet.«

»Und Gerd Möhse?«

»Nie gehört.«

Es ist nicht so, dass Scholz nicht schon mal mit Kandidaten wie Erika Wingert zu tun hatte. Manchmal kommt man in solchen Fällen mithilfe mathematischer Logik weiter. Deshalb wird er jetzt schlicht und einfach davon ausgehen, dass alles, was sie sagt, gelogen ist. Daraus würde folgen: Erich wurde nicht betrogen und Terjung und Möhse, die Erika beide kennt, hatten keine Schulden bei Erich. Aber das müsste man eigentlich im Verhörraum festzurren. Scholz muss erst mal nachdenken. Er kann sich schon vorstellen, was Vorderbäumen sagen wird: ›Erst lässt er sich die Waffe klauen, dann verhaftet er eine Omi.‹ Egal. Was sein muss, muss sein.

»Ziehen Sie sich mal an, ich nehme Sie mit.«

Die Art, wie sie zu ihrem Mantel greift, kurz ihren Hund streichelt und dann vor Scholz steht, als habe er sie zu einer

Spazierfahrt eingeladen, bringt ihn noch einmal zum Nachdenken. Die Alte ist pickelhart. Der kann man mit ein paar Stunden Zelle nicht imponieren.

»Vielleicht ...«

»Vielleicht was?« Erika wirkt beinahe etwas gelangweilt. Vielleicht wäre der Knast für sie mal wieder eine Abwechslung gewesen.

»Ich überlege mir das noch mal. Sie können hierbleiben, wenn Sie mir versprechen, die Stadt nicht zu verlassen.«

Sie sieht ihn an, als solle sie ihm versprechen, nicht zwischendurch einen Ausflug nach Alpha Centauri zu unternehmen. Dann fällt ihr etwas ein. »Ich muss aber nach Hamm zum Arzt.«

»Ja, ist in Ordnung.«

Sie lächelt ihn triumphierend an, dreht sich um und stöckelt zu ihrem Hund.

Scholz hat schon die Klinke in der Hand. »Noch was, Frau Wingert.«

»Ja?«

Und wenn sie sich noch so bemüht, sie kriegt das Grinsen nicht aus dem Gesicht.

»Was ist eigentlich mit Ihrem Mann? Wo finde ich den?«

»Der hat sich vor zwanzig Jahren totgesoffen ... Das war ein schwerer Schlag für Erich.«

Irgendwas ist da. Etwas, das man nur fühlen und nicht beschreiben kann. Aber Scholz sieht noch keine Möglichkeit, es herauszubekommen. Jedenfalls nicht aus Erika Wingert.

DITTERS

»So, wurde auch Zeit.«

Scholz hat Werne hinter sich gelassen und ist zurück in Hamm. Er hat noch nicht die Jacke abgelegt, sich noch keinen Kaffee eingegossen, keine Sekunde gehabt, um anzukommen. Vorderbäumen steht am Fenster, während Ditters und Latotzke sich auf ihren Stühlen fläzen. Die haben echt alle einen an der Waffel in Hamm.

»Vorderbäumen will eine wichtige Ankündigung machen.«

»Sie sind jetzt mal ruhig, Ditters.« Vorderbäumen hat offenbar schlechte Laune.

»Eine Ankündigung ... da bin ich aber mal gespannt.«

»Können Sie auch sein, Scholz. Das können Sie auch sein. Was ist denn, Latotzke?«

»Tut mir wirklich leid, Leute. Aber ich muss noch mal kurz auf die Siebzehn. Ich habe gestern in der *Spardose* eine Frikadelle gegessen und seitdem ...«

»Was machst Du denn in der *Spardose*?«, fragt Ditters.

»Was ist denn die *Spardose*?«, fragt Scholz.

Aber Latotzke ist schon losgerannt. Ganz gleich, was die *Spardose* ist, Scholz dankt dem Schicksal für ihre Existenz. Es kann keinen Zweifel geben, dass Vorderbäumens Recherchen erfolgreich waren. Der Alte weiß, warum Scholz in Hamm ist. Und jetzt plant er, ihn zur allgemeinen Belustigung am Nasenring durch das Büro zu ziehen. Durch Latotzkes Frikadelle hat Scholz ein wenig Zeit gewonnen. Die erste Frage – Kann man das Debakel noch verhindern? – erübrigt sich angesichts Vorderbäumens finster entschlossenem Gesichtsausdruck. Noch nicht mal die Gelegenheit, einen Blick auf Hamm zu werfen, kann ihn locken. Er sitzt am Schreibtisch und wartet mit stoischer Ruhe auf seinen großen Auftritt. Bleibt Frage Nummer zwei: Soll man Vorderbäumen seinen Spaß gönnen oder ihm alles verderben, indem man selbst in die Offensive geht? Das hätte etwas für sich. Es sieht immer besser aus, wenn man selbst mit der Wahrheit herauskommt. Das ist bei Mördern und Apfeldieben so und gilt sicher auch für Bullen, die aus disziplinarischen Gründen versetzt wurden. Außerdem kann der Alte nicht wissen, dass Kramski längst bei Scholz durchgerufen hat. Scholz würde sauber dastehen als jemand, der sich mit der unvermeidlichen Wahrheit lediglich etwas Zeit gelassen hat. Das wirkt auf den zweiten Blick sogar sympathisch.

Da besagte Zeit sehr langsam verrinnt, während Latotzke Gott weiß was auf dem Klo erledigt, hat Scholz die Gelegenheit zu zweifeln. Was ist, wenn es doch um etwas ganz anderes geht? Die Chance ist nicht groß, aber groß genug. Vielleicht hat Vorderbäumen seine Pensionierung eingereicht. Als Spitzenzocker sollte Scholz sich hüten, seinen Trumpf zu schnell zu spielen. Er lehnt sich zurück. Die Taktik steht: Er wird abwarten und sehen, was passiert. Vielleicht hat Vorderbäumen gar nicht die Eier, ihn bloßzustellen. Die Tür fliegt auf.

»Ist vielleicht auch ein Virus. Sorry.«

Latotzke ist wieder zugegen und Vorderbäumen setzt an: »Also …«

»Ich bin ein Zocker«, sagt Scholz.

Scheiß auf Taktik. Angriff ist die beste Verteidigung. Und dem Alten die Freude zu gönnen und sich brühwarm anzuhören, wie er Scholz' Verfehlungen ans Licht telefonierte, geht gar nicht.

»Was?«

Das war Latotzke.

»Zocker, Spieler.«

»Wie jetzt?« Der Virus hat offensichtlich Latotzkes Hirn erreicht.

»Ich bin spielsüchtig«, insistiert Scholz.

»Ich weiß«, antwortet Vorderbäumen.

»Moment mal«, wirft Ditters ein. »Sie wollen sagen, dass der ebenfalls aus disziplinarischen Gründen hier ist? Und Sie wussten das?«

»Ich weiß das noch nicht so lange«, antwortet Vorderbäumen.

»Was heißt denn ›ebenfalls‹?«, fragt Latotzke.

Vorderbäumen ignoriert die Frage. »Ich habe ein paar Anrufe getätigt. Unser Kollege hier hat sein gesamtes Hab und Gut im Spielkasino gelassen. Alles verzockt. Bis zur letzten Puseratze.«

»Das sagte ich doch gerade«, meint Scholz.

Ditters schüttelt den Kopf. »Kramski?«

Vorderbäumen nickt. »Genau so ist es. Kramski.«

»Wer ist Kramski?«, fragt Latotzke.

Vorderbäumen zeigt auf Scholz. »Sagen Sie es ihm.«

Scholz zeigt zurück. »Sagen Sie es ihm doch. Sie sind doch gerade so schön drin.«

»Ich habe nicht angefangen.«

»Das mag ja sein, aber …«

Latotzke hat jetzt einen seltsamen Unterton in der Stimme. Ähnlich dem Heulen eines einsamen, verwundeten Tieres in einem dunklen Wald, das die Männer mit den Jagdgewehren näher kommen hört. »Ich kapier gar nichts.«

»Ein Zustand, an den du dich langsam mal gewöhnen könntest«, antwortet Ditters.

»Hören Sie auf mit dem Scheiß.« Scholz wird langsam ein wenig unruhig. Leise Zweifel bohren sich in sein Bewusstsein. Er kennt das Gefühl. Es stellt sich ein, wenn man zu lange auf die falsche Zahl gesetzt hat.

Ditters legt seine Hand auf Latotzkes Schulter. »Kramski ist der Mensch, der uns nach Hamm versetzt hat.«

Latotzke braucht noch Zeit. »Wen?«

»Uns alle. Und Señor Vorderbäumen glaubt, er sei etwas Besseres, weil er der Erste war.«

Latotzke braucht noch deutlich mehr Zeit. »Warum?«

Vorderbäumen wischt die Frage beiseite. »Was weiß ich, warum ich der Erste war.«

»Ich meine, warum hat man euch versetzt?«

»Wie schon gesagt, ich bin spielsüchtig«, wiederholt Scholz.

»Ich habe Probleme mit mir und meiner sexuellen Identität«, fügt Ditters hinzu.

Ganz allein ist dieses Tier im Wald. Die Wunde blutet, die Nacht ist schwarz und das Knallen der Jagdgewehre hallt durch die unsichtbaren Schatten der Bäume. Latotzkes Stimme bricht. »Aber … aber Chef …«

Mit großen Augen, die in einem bestimmten Licht vielleicht schon ein wenig feucht glänzen würden, blickt Latotzke auf Vorderbäumen. Das ist zu viel für den Alten. Er steht auf, geht zum Fenster und sieht eine Weile hinaus. »Immerhin habe ich mir nichts zuschulden kommen lassen.«

»Ich so richtig auch nicht«, sagt Ditters.

Vorderbäumen malt mit dem Finger Kreise auf die Fensterscheibe. »Die wollten mich frühpensionieren. Und jetzt ist der Fall anhängig.«

Scholz begreift. »Querulant«, hatte Kramski gesagt. Vorderbäumen wandelt auf dem langen, steinigen Pfad, den man auch den Rechtsweg nennt. Sehr interessant. Der Chef hat ein teures Hobby.

»Seit wann?«

Vorderbäumen malt eine Sechs auf die Scheibe. »Im Juni sechs Jahre.«

»Und wie viele Jahre sind Sie über das reguläre Pensionsalter hinaus?«

Die Sechs wird energisch weggewischt.

»Das spielt doch gar keine Rolle. Das ist ein Präzedenzfall. Ich habe schon zweimal gewonnen und steh kurz vor Karlsruhe. Ich tu das für euch alle!«

Langsam, sehr langsam kommt Latotzke weiter. »Strafversetzt. Ihr seid alle strafversetzt worden.«

Vorderbäumen tut, als habe er nichts gehört. »Aber eins sag ich euch: Bald ist alles ausgestanden. Und dann könnt ihr mich alle mal so was von am Arsch lecken.«

»Strafversetzt nach Hamm.« Latotzke klingt fassungslos.

Ungefähr in diesem Moment beschließt Ditters, Latotzke von seinem Leiden zu erlösen. Ein und für alle mal. »Ich kann mir vorstellen, dass das schwierig für dich ist, Georg. Du warst schon immer da, wohin alle strafversetzt werden.«

Ditters macht eine Pause, dann landet er den nächsten Treffer: »Und selbst da bist du nur, weil du einen Onkel im Stadtrat hast. Das muss hart sein.«

Vorderbäumen dreht sich um und nickt anerkennend in Ditters Richtung. »So hab ich das noch gar nicht gesehen.«

Aber Latotzke gibt nicht so leicht auf. »Und Dr. Riemers? Was ist mit Doc Riemers?«

Zeit für Scholz einzugreifen. Ditters hat viel zu viel Spaß an der ganzen Sache. »Sie meinen den lustigen Pathologen? Der uns immer noch keinen abschließenden Bericht zum Tod von Terjung geschickt hat?«

»Ja, den meine ich«, beharrt Latotzke.

Scholz will antworten, aber Ditters ist schneller. »Der ist jeden Tag ab ein Uhr besoffen. Deshalb hat Dortmund dem hier auch eine Halbtagsstelle eingerichtet und deshalb ist der auch so lustig.«

Und dann umfängt sie eine eisige Stille. Latotzke ist verstummt, weil er einen aussichtlosen Kampf erwartungsgemäß verloren hat, und Ditters, weil es seinem Sieg nichts mehr hinzuzufügen gibt. Scholz, der trotz allem das Gefühl nicht los wird, sich verzockt zu haben, flüchtet sich in die Sprachlosigkeit der Verlierer und Vorderbäumen schaut schweigend aus dem Fenster. Irgendwann steht Latotzke auf, greift zu seiner Jacke und verlässt ohne ein weiteres Wort das Büro. Die Übriggebliebenen finden nur schwer zurück ins Gespräch. Ditters schaut auf seine Armbanduhr. »Mensch … schon richtig spät geworden.«

»Ja, ich muss auch mal langsam«, fügt Scholz hinzu.

Vorderbäumen sagt nichts. Scholz und Ditters greifen nach ihren Klamotten und nicken sich zu. Bevor sie sich verabschieden können, fliegt plötzlich die Tür auf. Es ist Latotzke. Er ist zurück, bereit für die zweite Runde. »Chef! Ja, Sie meine ich, Herr Vorderbäumen.«

»Ja?«

»Was ist mit den Sesseln?«

»Welche Sessel?«

In Latotzkes Stimme schwingt etwas Ungewohntes mit. Für seine Verhältnisse klingt er aggressiv. Er ist immer noch weit entfernt von dem Tonfall, mit dem ein Typ wie Erich Wingert auch nur ein Bier bestellt, aber eine gewisse Schärfe ist da. »Ich hatte zwei Sessel bestellt. Aus original Regenbaumholz. Wo bleiben die?«

Jetzt ist Vorderbäumen im Bilde. »Ach so, die. Die Sessel kommen.«

»Wann?«

»Es gibt leichte Verzögerungen.«

Latotzke lässt nicht locker. Rachedurst macht seine Stimme noch schärfer. »Sie haben mir gesagt, die seien im Lager und lieferbar. Oder war das auch eine Lüge?«

»Im Lager und lieferbar, das habe ich gesagt. Ich habe aber nicht gesagt, wo das Lager ist.«

»Nee, das stimmt. Das haben Sie nicht. Also, was ist jetzt?«

»Die Sessel kommen. Nächste, spätestens in der übernächsten Kalenderwoche. Da gibt es ein kleines Problem.«

Latotzke hat sichtbar nicht mehr genügend freie Kapazität für weitere Probleme. Er betont jedes Wort beim Sprechen. »Was ist das Problem?«

»Die Waldarbeiter streiken.«

»Und was kann ich dafür, wenn die Waldarbeiter streiken?«

Vorderbäumen bleibt cool. Erstaunlicherweise, wie Scholz findet. Vielleicht sollte sich Vorderbäumen der Bulle mal ein Beispiel an Vorderbäumen dem Möbelhändler nehmen.

»Jetzt bleiben Sie mal locker, Latotzke. Lassen Sie Ihre Wut nicht an mir aus. Und die Waldarbeiter, die können auch nichts dafür. Die schuften doch alle für ein paar Cent da.«

»Das sind ja schlechte Nachrichten«, gibt Latotzke zurück. »Heute ist irgendwie der Tag der schlechten Nachrichten.«

Latotzke will gehen, aber Vorderbäumen ruft ihn zurück. »Setzen Sie sich noch mal. Setzt euch alle noch mal.«

»Und warum jetzt?«

»Ich habe ganz vergessen, dass ich eine Ankündigung machen wollte. Ich hatte doch die ganze Zeit vor, eine Ankündigung zu machen, und dann hat mir Scholz mit seinem Geständnisdrang dazwischengefunkt.«

Später steht Ditters allein vor dem Badezimmerspiegel, als sein Handy zum fünften oder sechsten Mal *La vie en rose* anstimmt. Es ist immer noch Jens und Ditters wird wieder nicht abnehmen.

»Hey, ich wollte mich nur noch mal melden. Ich fand es echt schön mit uns. Es ist jetzt nicht so leicht solche … Sachen auf eine Mailbox zu sprechen, aber ich glaube, es hat mir etwas bedeutet. Sogar viel. Du kannst wohl gerade nicht drangehen. Das ist schade, aber nicht schlimm. Weißt du, als ich zurückgefahren bin aus diesem Scheißhamm … da hatte ich einen komischen Gedanken. ›Komisch‹ ist jetzt nicht das richtige Wort, aber … Eigentlich sollte ich das jetzt gar nicht sagen, nachher machst du mich haftbar, aber …« Piiiiep

Ditters mag es nun mal nicht, wenn Leute auf seiner Mailbox in längere Monologe verfallen, aber Jens hätte es verdient, nicht einfach so abrupt unterbrochen zu werden.

La vie en rose. Und zum tausendsten Mal die Frage: Warum muss bei ihm eigentlich alles schwul sein? Im Grunde ist er nicht anders als Latotzke, an dem restlos alles prollig ist. Von den Klamotten über die tiefergelegte Karre bis zu der beschissenen Musik, die er in schlechten Klubs auflegt. Latotzke ist einfach nur scheiße und hatte es verdient, mal richtig einen zwischen die Hörner zu bekommen. Und doch … Ditters packt eine Praline aus der Silberfolie und lässt sie getreu der zugehörigen Werbebotschaft langsam auf der Zunge schmelzen … Latotzke tut ihm leid. Ditters seufzt, obwohl es niemand hören kann. Er drückt auf die Mailbox.

»Ja das ist jetzt blöd. Ein bisschen, wie beim Sex erwischt zu werden. Aber trotzdem, ich muss das jetzt sagen. Ich will einfach, dass du das hörst. Keine Sorge, ich beeile mich auch. Ich bin also durch Hamm gefahren und plötzlich schoss mir der Gedanke durch den Kopf, was Anna – meine Frau heißt Anna –sagen würde, wenn ich ihr erzähle, dass es … dass es da vielleicht jemanden gibt … Scheiße, ich bin fast fünfzig und höre mich an wie ein verliebter Teenager. Das war's eigentlich auch schon. Ruf mich an, wenn du kannst.«

Warum geht Ditters nicht dran? *La vie en rose.* Ihm läuft doch ein Schauer über den Rücken, wenn er nur an Jens denkt. Was ist nur los mit ihm? Die Antwort ist kompliziert oder sehr einfach. Nichts, rein gar nichts, ist rosarot in Ditters Leben.

Wenn er leise mit mir spricht,
sehe ich das Leben rosarot.
Er sagt mir Liebesworte und die des Alltags.
Er bedeutet mir etwas.
Er gelangte in mein Herz.

Jens hat sich in Ditters eins verliebt und der ist nun mal schon so gut wie tot. Und zu allem Unglück ist Jens auch nicht in Ditters' Herz gelangt. An dem Urteil wird sich nichts ändern. Jens hat sein Herz verfehlt. Knapp daneben ist auch vorbei. Vielleicht hat Ditters aber auch gar kein Herz. Jetzt tuscht er sich gerade die Wimpern, als diese doofe, kitschige Drecksmelodie wieder losgeht.

»Noch was, das hätte ich fast vergessen. Ich glaube, ihr werdet über eine sehr enge Beschattung von allen, die möglicherweise mit Wingert und Möhse zu tun haben, nicht herumkommen. Sag deinem Chef, diesem Vorderhöfen oder wie der heißt, er soll mich anrufen, wenn ihm die Leute ausgehen. Ich brenne darauf, mal wieder nach Hamm zu kommen ... Bis bald.«

Scheiße, jetzt verläuft ihm doch glatt der Kajal. Aber er muss wirklich langsam los, wenn der Abend noch was werden soll.

Ditters will gerade aufbrechen, als ein Furz aus seinem Handy ertönt. Ein lauter, lang gezogener Furz, so echt, dass man ihn fast riechen kann. Ditters fragt sich, was Latotzke um diese Uhrzeit noch von ihm will, und nimmt an.

»Georg hier. Störe ich?«

»Ich wollte gerade schlafen gehen.«

»Erzähl mir doch keinen Kappes. Du gehst doch noch auf die Rolle.«

»Was willst du, Latotzke?«

»Ich wollte mich entschuldigen.«

»Wofür?«

»Das mit dem Schwulsein und so, dass ich da Witze drüber gemacht habe. Das tut mir leid.«

»Jetzt auf einmal.«

»Weißt du, nach dem ganzen Scheiß heute ... der Enthüllung und Enttäuschung und dann noch Vorderbäumens Ankündigung ... weißt du, davor, also bis dahin war ich echt furchtbar sauer. Vor allem auf dich ...«

»Ich ...«

»Lass mich ausreden. Ich habe mich gefragt: Warum haut der so gnadenlos drauf? Alle im Team strafversetzt – nur ich mit Vitamin B. Und, ich sag das jetzt ganz ehrlich, ich hatte echt ein paar Schimpfworte für dich auf Lager. Mein lieber Scholli, da war nichts Nettes dabei. Aber dann dachte ich: Was hat der gegen dich? Was hast du dem getan?«

Puh. Das kann noch länger dauern. Ditters streift die Pumps ab. »Und dann bist du irgendwann fündig geworden.«

»Ja, bin ich. Und nicht zu knapp. Ich glaube, ich habe mich mehr als einmal wie ein dummes Arschloch benommen. Und das tut mir leid. Ehrlich. Ich verspreche dir, ich mach ab sofort keine Schwulenwitze mehr. Ehrenwort.«

»Okay.«

»Was heißt okay?«

»Okay heißt, ich nehme die Entschuldigung an.«

»Super, danke. Dann bis morgen.«

Und aufgelegt. Ditters steht auf, schlüpft zurück in die Pumps, checkt noch einmal sein Make-up und muss an Vorderbäumen denken. An Vorderbäumen, wie er ein paar Stunden zuvor an seinem geliebten Fenster stand, einen Zettel aus der Tasche zog und seine Ansprache ablas. Ditters muss lächeln.

»Männer. Schön, dass wir es doch noch einrichten können. Ich mache es auch kurz, wir haben ja noch ein bisschen was zu tun.« Dann hatte Vorderbäumen auf Scholz, Ditters und Latotzke geschaut und seinen Zettel wieder in die Tasche gesteckt. »Ich glaube, die salbungsvollen Worte kann ich knicken, nachdem wir gerade die Stunde der Wahrheit erlebt haben. Aber neben all dem Mist gibt es noch eine Wahrheit: Wir sind eine Mannschaft. Wie das gekommen ist und warum es uns hierher verschlagen hat, ist jetzt mal vollkommen scheißegal. Und damit ihr es wisst: Ich bin nicht gerade stolz darauf, zu dieser Mannschaft zu gehören. Ich würde mit keinem von euch privat auch nur ein Bier trinken gehen und wenn ich unbedingt wählen müsste, wenn ich gezwungen wäre, eine Wahl zu treffen, dann höchstens mit Latotzke. Latotzke ist zwar – werden Sie jetzt bloß nicht wieder sauer, Latotzke – ein bisschen einfältig, aber wenigstens eine ehrliche Haut. Bei euch zweien, Scholz und Ditters, weiß man ja gar nicht, woran man ist ... Wo war ich?«

»›Mannschaft‹, Chef.«

»Genau, Mannschaft. Danke, Latotzke. Wir sind ein Team. Die Männer von der Kreisfreien Polizeibehörde Hamm. Die meisten von uns haben eine Vergangenheit. Aber sie haben auch eine Chance. Die Chance nämlich, die Vergangenheit hinter sich zu lassen und gemeinsam nach vorne zu schauen. Deshalb habe ich mir etwas einfallen lassen, um uns ein wenig mehr zusammenzuschweißen, sozusagen ein Bonus. Ob ihr den verdient, müsst ihr selbst beurteilen.«

Dann hatte Vorderbäumen die freie Rede abgebrochen und seinen Zettel gesucht.

»Andere Hosentasche, Chef.«

»Schnauze, Ditters. So, da isser ... Männer. Seit ich hier arbeite, sehe ich jeden Tag aus dem Fenster. Jeden Tag schaue ich auf das Logistikzentrum von *Möbel Osterbusch* und verfolge das emsige Treiben. Und mir ist aufgefallen, dass die Leute, die da arbeiten, etwas haben, was wir nicht haben. Deshalb habe ich weder gerastet noch geruht, bis ich mein Ziel erreicht hatte. Und heute kann ich euch voller Freude das Folgende verkünden: Ab sofort ist es den Mitgliedern der KFP Hamm erlaubt, zwischen zwölf und fünfzehn Uhr in der eigentlich nur für Mitarbeiter zugänglichen Kantine des *Osterbusch*-Logistikzentrums zum vergünstigten Tarif zu speisen. Wir sind angehalten, uns nicht als Polizisten zu erkennen zu geben und insbesondere unsere Dienstwaffen nicht offen zu tragen. Das Arrangement gilt zunächst für drei Monate und wird bei entsprechendem

Auftreten unsererseits bis auf Widerruf verlängert. So, Männer. Wir haben jetzt einen Ort, an dem wir uns begegnen und günstig und schmackhaft zu Mittag essen können. Das wollte ich verkünden.«

Als Ditters die Autobahn erreicht, tritt er voll aufs Gas. Solange Ditters eins und Ditters zwei noch im selben Körper leben, gibt es keinen Grund, warum die beiden nicht noch ein bisschen Spaß miteinander haben sollten. Als die letzten Lichter von Hamm aus seinem Rückspiegel verschwinden, fragt er sich, ob er einen neuen Klingelton für Latotzke einrichten sollte. Aber dafür ist auch morgen noch Zeit.

LATOTZKE

Scholz schläft tief und gut – zum ersten Mal, seit er in Hamm schläft. Er schläft wie ein Engel. Jedenfalls bis sechs Uhr. Um Punkt sechs schellt das Telefon.

»Scholz.«

»Terjung.«

»Sagen Sie mal ... wissen Sie, wie spät es ist?«

»Sechs Uhr. Ich bin Frühaufsteher. Das bringt der Beruf mit sich. Erst ist es hart, aber dann gewöhnt man sich dran und dann kann man irgendwann gar nicht mehr anders, wobei ...«

»Wobei« heißt bei Terjung, dass er noch mal neu ausholt. Scholz kann nicht glauben, wie hellwach der Mann ist.

»Wenn man abends gesoffen hat, dann kann es auch schon mal schwerfallen. Kürzlich ist der Siegbert Hövelbecke, ein Sangesbruder, noch auf ein Bier bei mir vorbeigekommen und bei einem Bier bleibt es dann ja nie und der Siggi, der kann nicht viel, aber saufen, das kann er, wenn man dem ...«

»Woher haben Sie überhaupt meine Nummer?«

»Vom Willi Katczmircik. Ich habe ihn gefragt und er hat gesagt, sie wären ab sechs Uhr einsatzbereit und ich soll ruhig länger schellen lassen.«

»Willi Katczdingsbums? Unser Willi aus der Telefonzentrale?«

»Katczmircik, genau der. Ist ebenfalls ein Sangesbruder. Hatte ich aber schon mal erwähnt.«

»Scheiße.«

»Was ist? Stimmt das nicht mit sechs Uhr?«

»Nee, das stimmt nicht.«

»Oh. Ich schwöre, der Willi hat das gesagt ... Meinen Sie, der hat was gegen Sie?«

Scholz braucht eine Weile, um eine diplomatische Antwort zu formulieren. »Was gegen mich haben? Kann ich mir nicht vorstellen. Der Willi und ich, wir sind wie Pech und Schwefel. Muss ein Versehen gewesen sein.«

Terjung ist beruhigt. »Gut. Also, was ich sagen wollte: Ich glaube, ich kann jetzt endgültig meine Unschuld beweisen.«

»Glauben Sie.«

»Glaube ich.«

»Also ›wissen‹ wäre mir um diese Uhrzeit lieber.«

»Wollen Sie es nun hören oder nicht?«

»Natürlich. Ich kann es kaum erwarten. Wann könnten Sie denn im Präsidium sein?«

»Mir wäre lieber, Sie kommen zu mir. Der Beweis ist nämlich in meinem Wohnzimmer.«

»Okay. Ich komme im Laufe des Morgens vorbei.«

»Ja, dann bis dann.«

Scholz versucht, sich mit Bildern des grausam gefolterten Willi Katczmircik zurück in den Schlaf zu träumen, gibt aber nach zehn Minuten auf, als seine Gedanken zu Terjung wandern und die Neugier einen knappen Punktsieg über die Müdigkeit davonträgt. Am liebsten würde er sich direkt auf den Weg machen, stößt aber auf mehrere Probleme. Denn erstens würde er das Haus von Terjung niemals wiederfinden und zweitens kann es sein, dass Vorderbäumen, neue Erkenntnisse hin oder her, vor Wut der Schädel platzt, wenn Scholz heute wieder nicht pünktlich zur Arbeit erscheint. Bevor er auch nur daran denken kann, jemanden im Büro anzutreffen, bleibt noch eine gute Stunde Zeit. Also tut Scholz das, was er eigentlich jeden Morgen tun sollte: Er duscht, zieht neue Klamotten an, frühstückt mit frischen Brötchen, liest die Zeitung und räumt ein wenig auf. Wenn jetzt noch der Dom zu sehen wäre – es wäre der perfekte Morgen. Scholz erwischt sich dabei, dass er ein Liedchen pfeift, als er auf sein Fahrrad steigt. Und als er vor dem Präsidium wieder absteigt, stößt er beinahe mit Vorderbäumen zusammen.

»Meine Güte, Sie sind aber früh dran«, brummt der Alte.

»Dito. Schließen Sie jeden Morgen hier auf?«

»In meiner Generation zählt noch Pünktlichkeit.«

»Das ist aber nicht die Generation, die um Punkt fünf Uhr fünfundvierzig zurückgeschossen hat, oder?«

Sie gehen gemeinsam die Treppen hoch.

»Ist mir schon aufgefallen, dass Sie Humor haben«, brummt Vorderbäumen, »dieses Lässige, Witzige, das scheint Ihnen zu liegen.«

»Danke«, erwidert Scholz.

Vorderbäumen, das muss man ihm lassen, nimmt die vier Stockwerke im Treppenhaus mit Bravour. »Gehen Sie doch zum Fernsehen. Da sieht man andauernd solche Typen, die auf irgendeiner Bühne stehen und was erzählen, und alle lachen. Das wäre doch was für Sie. Dann hätten wir hier ein Maul weniger zu stopfen.«

Das reicht fast schon. Der Morgen rutscht auf der Bewertungsskala von »perfekt« auf »so lala«.

Im Büro lässt Scholz sich hinter seinen Schreibtisch fallen und sieht dabei zu, wie Vorderbäumen durch den Raum schlurft.

»Ach übrigens. Der alte Terjung hat mich gerade angerufen.«

»Wann?«

»Um sechs Uhr?«

»Sechs Uhr … Höch, höch …«

Vielleicht ist es doch gar nicht so schwer, Vorderbäumen zum Lachen zu bringen.

»Woher hat der denn Ihre Nummer?«

»Von Willi, seinem Sangesbruder.«

»Höch … höch, höch … Ich möchte gern wissen, was Sie dem Willi getan haben.«

»Das möchte ich auch gerne wissen.«

»Was wollte Terjung denn?«

»Er behauptet, er hätte neue Erkenntnisse.«

»Da würde ich jetzt nicht allzu viel drauf geben.«

Scholz legt die Füße auf den Tisch. »Das denke ich auch. Ich fahr trotzdem mal vorbei.«

»Und wann?«

Scholz legt den Kopf in den Nacken und reibt sich die Schläfen. »Sie müssen sich mal entscheiden. Wenn ich nicht da bin, weil ich ermittle, blaffen Sie mich an, weil ich nicht da bin, und wenn ich zuallererst ins Büro komme, obwohl Willi meint, ich könne ruhig mal um sechs loslegen, dann müssen Sie nicht …«

»Ist ja schon gut, ist ja schon gut«, unterbricht ihn Vorderbäumen.

»Ich dachte, ich nehme jemanden mit. Von wegen ›Team‹ und so.«

»Tun Sie das. Nehmen Sie Latotzke, der hat es gerade nicht ganz leicht.«

»Jedenfalls kann ich jetzt endgültig meine Unschuld beweisen.«

Terjung hat in der Küche gedeckt und bereits Kaffee aufgesetzt. Echten Bohnenkaffee, wie er beteuert. Und er lässt es sich nicht nehmen, eine Kleinigkeit zum Frühstück anzubieten. Landbrot, gute Butter, Mortadella, Kassler, Schweinemett, Plockwurst, feine Leberwurst, Pfälzer Leberwurst, Teewurst, Zervelatwurst und Heidefrühstück. Latotzke mampft glücklich und spuckt ein wenig beim Sprechen. »Es ist ja so, dass Sie gar nicht unter Verdacht stehen. Jedenfalls nicht mehr. Sie haben ja schließlich ein Alibi.«

»Ach so.«

»Ist doch so, Chef, oder?«

Scholz entscheidet sich für eine Scheibe Kassler. »Stimmt, Latotzke. Wir hätten uns schon gemeldet, da brauchen Sie sich keine Sorgen zu machen, Herr Terjung.«

Terjung gießt Kaffee nach. »Ich dachte eben, wenn sich schon mal die Gelegenheit ergibt ... Wenn ich zum Beispiel in meinem Gesangsverein ...«

Obwohl der Tag noch jung ist, bekommt Scholz Angst, er könne einfach so verstreichen und nichts übrig bleiben außer der Erinnerung an Terjungs endlosen Wortschwall.

»Wissen Sie was? Sie haben uns angerufen. Wir sind gekommen. Wir sind hier. Wir frühstücken lecker. Also los: Beweisen Sie mal.«

»Lassen Sie mich doch mal ausreden.«

»Genau, lassen Sie den Mann doch mal ausreden«, sekundiert Latotzke und zwinkert Scholz zu, während er noch mal Plockwurst auflegt und dann anerkennend den Daumen hebt.

Terjung hebt die Hände. Er wird ab jetzt jedes seiner Worte gestisch begleiten. »Die Sache ist die, dass ein Sangesbruder anrufen wollte. Normalerweise weiß man ja nicht, dass jemand anrufen will. Sie haben ja heute Morgen auch nicht gewusst, dass ich anrufen würde, bis das Telefon schellte.«

»Das stimmt. Nicht die geringste Ahnung hatte ich.«

»In diesem speziellen Fall wusste ich das aber. Warum? Weil der Sangesbruder ja gesagt hat, dass er definitiv anrufen würde. ›Ich ruf dich um Punkt neun an‹, hat er gesagt. Leider fiel mir dann um kurz vor neun auf, dass das Bier alle war und ich noch schnell zur Trinkhalle musste. Und die macht um neun Uhr zu.«

Latotzke zeigt auf und schnippt ein-, zweimal mit den Fingern. Scholz könnte ihn küssen. Endlich ist es so weit. Latotzke ist anscheinend ebenfalls die Geduld ausgegangen und nun wird er den alten Terjung auf die korrekte Spur bringen. Als Einheimischer findet er dafür wahrscheinlich sogar die richtigen Worte.

Terjung hat Latotzkes Finger bemerkt und nimmt ihn dran. »Ja?«

»Eine Frage: Warum sind Sie nicht zur Shell-Tankstelle auf die Caldenberger Straße gegangen? Die hat doch die ganze Nacht auf.«

Scholz kann es nicht fassen. Vielleicht ist das alles nur ein komischer Traum? Vielleicht schläft er noch und gleich schellt sein Wecker?

»Die ist aber weiter weg.«

Latotzke hat sich festgebissen. Gnadenlos nimmt er Terjung in die Mangel. Das wäre doch gelacht, wenn man diese vollkommen banale Unwichtigkeit nicht bis ins Kleinste beleuchten könnte. »Aber nicht viel weiter.«

»Die haben aber meine Pilssorte nicht.«

Das leuchtet Latotzke ein. »Ja gut. Das kann man nachvollziehen. Oder, Scholz?«

»Klar. Kann man. Das ist absolut nachvollziehbar. Und wir wissen jetzt ganz genau, wie alles begann. Das ist gut.«

»Na also«, sagt Latotzke.

»Sag ich doch«, meint Terjung.

Keiner der beiden hat Scholz' Sarkasmus bemerkt.

»Wo war ich?«, fragt Terjung.

»›Nachschub‹«, antwortet Latotzke.

»Richtig. Also gehe ich los und natürlich sind noch ein

paar vor mir dran und es dauert und als ich zurück bin, ist es zehn nach neun. Aber dafür hab ich ja den Kasten hier.«

Terjung steht auf und tapert in Zeitlupe in sein Wohnzimmer. Latotzke nutzt die Gelegenheit, um sich eine fette Scheibe Plockwurst abzusäbeln. Er schmatzt. »Die ist Hammer, die Plockwurst.«

Scholz verlegt sich aufs Zischen. »Können wir jetzt mal vorankommen?«

Latotzke zischt zurück, so gut es mit vollem Mund möglich ist. »Da machen Sie eh nichts dran. Das dauert, so lange es dauert. Da kann man es sich genauso gut schmecken lassen und auf das Beste hoffen.«

»Ihr habt doch echt nicht alle Tassen im Schrank hier in Hamm.«

Terjung ist zurück. Er hält den ältesten Anrufbeantworter in Händen, den Scholz in den letzten Jahren gesehen hat.

»Wo haben Sie den denn her? Museum?«

Terjung hört nur, was er hören will, und ignoriert die Spitze. »Leider kann ich den nicht gut bedienen und die Lampe hier blinkt sowieso immer. Warten Sie, ich schließ den mal wieder an den Strom an.«

Er tut es und die angesprochene Lampe beginnt, ankündigungsgemäß zu blinken. Terjung schaut eine Weile unschlüssig auf das rote Licht und setzt sich dann wieder.

»Ich hab den günstig erstanden, vom Mehtin. Der ist vom Lkw gefallen. Also der Kasten, nicht der Mehtin. Sie verstehen, was ich meine. Aber da fehlte die Gebrauchsanweisung und außerdem … Darf ich so was überhaupt sagen, Sie sind doch von der Polizei?«

»Keine Sorge, die Soko für vom Lkw gefallene Anrufbeantworter ist gerade mit anderen Fällen beschäftigt.«

Terjung lächelt. Niemand könnte aus seinem Lächeln herauslesen, ob er den Witz verstanden hat oder ob ihm gerade etwas anderes lustig-humorvolles in den Sinn gekommen ist.

»Wisst ihr was, Männer. So jung kommen wir nie mehr zusammen. Ich glaube, ich gieße uns mal einen Schnaps ein.«

»Es ist noch ziemlich früh am Tag«, wiegelt Scholz ab.

»Ich hol mir jedenfalls einen kleinen«, entgegnet Terjung und macht sich wieder auf den kilometerlangen Weg in sein Wohnzimmer.

»Also, einen kleinen nehme ich mit«, ruft Latotzke ihm nach.

»Wir sind im Dienst, Latotzke.«

»Ja, ich weiß, aber die Plockwurst ist doch ganz schön mächtig.«

Was soll's? Wahrscheinlich lassen sich bestimmte Situationen mit Alkohol einfach besser ertragen. »Also einen ganz kleinen würde ich doch nehmen«, ruft Scholz.

»Na also«, ruft Terjung zurück. Und immerhin erweist er Scholz die Gnade weiterzureden, während er sucht, findet und eingießt. »Ich wollte mir ja eigentlich längst ein neues Handy kaufen. Und wenn ich das richtig verstanden habe, wäre in so einem neuen Handy dann auch der ganze Kasten mit drin. Mir ist das egal, ich bin sowieso meistens zu Hause und außerdem rede ich lieber von Mensch zu Mensch und unter vier Augen.« Er kommt zurück und hat drei randvolle Schnapsgläser dabei. »Auf jeden Fall habe ich mich an dem besagten Abend mal intensiv mit dem Gerät beschäftigt und plötzlich was entdeckt.«

Terjung stellt die Gläser neben die Mettwurst und sie stoßen an. »Das ist Aufgesetzter, den mache ich selbst. Der geht auch morgens.«

Scholz kann nicht anders, als den Schnaps runterzustürzen. Und muss dann sofort begreifen, dass er einen Fehler gemacht hat. »Mannomann, der knallt aber. Was genau ist eigentlich Aufgesetzter?«

»Das sind so Früchte in Schnaps. Die Früchte werden eine Weile in Schnaps vergoren und dann wird noch mal mit Schnaps aufgefüllt. Ist sehr fruchtig.«

Scholz will etwas sagen, aber für einen Moment ist seine Stimme weg. »Eigentlich … Eigentlich dürfen Kollege … Holla … Kollege Latotzke und ich im Dienst nicht trinken … aber es gibt Tage, da …«

Im Gegensatz zu seinem Vorgesetzten ist Latotzke fokussiert wie ein Zielfernrohr und seine gesamte Konzentration richtet sich auf den Apparat. »Ich drück jetzt mal den Knopf hier.«

Zuerst passiert nichts. Dann ertönt ein langer, unangenehmer Pfeifton aus dem Anrufbeantworter. Schließlich meldet sich die automatisierte Stimme einer etwa fünfunddreißigjährigen Frau aus Südostasien: *»Se … hoben … noinunzwanzsch … noie … Nochrichtan.«*

Terjung weiß, wie's weitergeht: »Genau. Und jetzt müssen Sie sieben Mal hier drücken.«

Latotzke drückt und zählt laut mit, was am Alkohol oder mangelnder Koordinationsfähigkeit liegen mag. Pünktlich beim siebten Knopfdruck ertönt eine Stimme aus dem Lautsprecher.

»So, und jetzt pass mal gut auf, du halbes Hähnchen. Ich gebe dir drei Tage Zeit, mit den zwölf Mille rüberzukommen, sonst kneift dein Sohn den Arsch zu und Möhse gleich mit. Haben wir uns verstanden? Und wenn du die Bullen holst, mach ich alle beide kalt. Ist mir so was von scheiß…« »Önde da Nochrecht.«

Scholz muss zugeben, dass das Warten sich gelohnt hat. »Das ist Erich Wingert.«

»Ich kenn den nicht gut. Aber ich glaub, das ist er«, entgegnet Terjung.

»Von wann ist die Nachricht?«

»Keine Ahnung.«

»Das kriegen wir raus, die ist sicher codiert.«

Scholz steht auf. »Das verhärtet jedenfalls klar den Verdacht, dass Wingert Möhse in seiner Gewalt hat.«

»Hat er. Das weiß ich schon lange«, sagt Latotzke.

»Woher?«

»Aus der *Spardose.* Ich hab da 'nen Informanten.«

»Warum haben Sie das nicht gesagt?«

»Da waren wir noch kein Team. Außerdem ...«

»Außerdem was?«

Latotzke zögert, aber dann: »Eigentlich weiß ich immer noch nicht so genau, ob ich Ihnen trauen kann.«

Scholz muss sich wieder hinsetzen. Latotzke könnte er aushalten und den Aufgesetzten auch. Aber beides zusammen ist zu viel. »Latotzke. Sie machen sich auf die Socken. Erika Wingert wird ab sofort Tag und Nacht überwacht.«

»Tag und Nacht?«

»So ist es. Sie fahren zurück, setzen Vorderbäumen in Kenntnis und legen mit Ditters schon mal los mit der Überwachung. Der Anrufbeantworter kommt ins Labor. Ich will wissen, wann der Anruf eingegangen ist und ...« Scholz wirft einen Seitenblick auf den alten Terjung. »... wann die Nachricht zum ersten Mal abgehört wurde. Ich komme dann später nach, ich kann jetzt noch nicht aufstehen, ich muss noch mehr Kaffee trinken.«

»Richtig gut geht's mir auch nicht.«

»Sie schaffen das schon. Fahren Sie vorsichtig.«

Latotzke kneift die Augen zusammen. Er hat etwas am Horizont entdeckt. Es sieht wie eine Menge Arbeit aus. »Muss das wirklich sein?«

»Was ist los, Latotzke? Wir sind doch jetzt ein Team. Das haben Sie doch selbst gesagt. Ein Team braucht Teamgeist. Und der gute Geist von unserem Team sind natürlich Sie. Georg Latotzke – das Hammer Original.«

Latotzke strahlt. »Da haben Sie natürlich recht.« Er erhebt sich, schwankt leicht und muss sich an der Wand festhalten.

»Wo sind Sie eigentlich von wech?«, will Terjung wissen, als Latotzke den Wagen aufheulen lässt.

»Später«, antwortet Scholz und lauscht Latotzke nach, wie er sich kurz verschaltet, dann aber einwandfrei beschleunigt.

»Jetzt frag ich mal was«, sagt Scholz. »Haben Sie noch mal was von ihrer Schwiegertochter gehört?«

»Nee. Keine Ahnung, wo die sich rumtreibt. Die Ehe lasse ich annullieren.«

»So, lassen Sie.«

»Lass ich auch. Fehlt noch, dass die irgendwie was erbt.«

»Hat Ihr Sohn was zu vererben?«

»Das ist mir egal. Es geht ums Prinzip.«

ERIKA

»I have to work long now.«

»How long?«

»Very long. Night and day.«

»You drink?«

»No, yes, but …«

»You sad? You drink because you are sad?«

»Traurig? Yes, but I have not drink because of that. I have drink because the old Terjung … Egal … Listen. You have to stay in the Woh… in the apartment. Don't go away. Only to Lidl at the Bertoldstraße. There is money in the kitchen. Take that money and buy something to eat.«

»When are you home?«

»I don't know. But please don't go away. I will find a … Lösung … I will think about alles.«

»Tell your boss you can't work at night.«

»I cannot. We are a team now. Vorderbäumen, Scholz, Ditters and I will find the murderer of Horst. And then you can go home. Oder stay in Hamm with me.«

»I miss home.«

»The Lidl has many Thai food. And you can look TV. Number fourty-three. The holiday Kanal.«

»Why you do that for me? You are police.«

»I love you.«

»You don't know me.«

»Egal. I love you.«

»Maybe I am very bad.«

»You are not bad. You are a dream.«

»You wake me up when you come home?«

»No. You sleep.«

»I want to see you.«

»Maybe I wake you up when it is morning.«

»I can sleep on sofa.«

»No. You sleep in bed. I sleep on Sofa … Now I am there. I have to work now.«

»Bye Georg.«

»Yes … Goodbye.«

Ditters ist dicht an Erika dran. Sie hatten überlegt, sich abzuwechseln, aber Latotzke hat Schiss bekommen, dass die Omi ihm durch die Lappen gehen könnte. Das würde beim Rest des Teams natürlich nicht so gut ankommen.

»Das ist eine uralte Frau«, hatte Vorderbäumen gebellt.

Aber Latotzke hatte nicht lockergelassen. »Trotzdem. Ich bin in Sachen Beschattungen ein wenig eingerostet. Ditters soll mitkommen.«

Vorderbäumen hatte eingelenkt. »Wir brauchen sowieso mehr Leute. Wie wollt ihr zu dritt jemanden rund um die Uhr überwachen? Nichts für ungut, ich finde das mit dem Teamgeist ganz toll, aber ich stell mich nicht tagelang in Werne vor einen Tabakladen. Dafür bin ich zu alt.«

»Können Sie versuchen, ein paar Grüne zu besorgen?«, hatte Ditters hoffnungsvoll gefragt.

»Ich könnte natürlich versuchen, ein paar Grüne zu besorgen«, hatte Vorderbäumen geantwortet. »So ein paar junge Hunde, die wenig Schlaf und ein bisschen Extrageld brauchen und deshalb gerne Überstunden machen.«

Aber bis dahin ist Ditters jetzt ganz nah an Erika dran, während Latotzke ihm im Wagen folgt.

Sie haben nicht lange warten müssen. Gegen dreizehn Uhr hat Erika Wingert ihren Laden abgeschlossen und geht jetzt, unauffällig verfolgt von Ditters, die Straße entlang.

Sie scheint nichts von ihren Begleitern zu ahnen und dreht sich nur einmal kurz um, als Ditters' Handy plötzlich hinter ihr furzt. Ditters geht dran.

»Hast du sie?«

»Mensch, Georg. Wir haben doch gesagt, ich rufe dich an und nicht umgekehrt.«

»Ich weiß, aber ich komme mit dem Wagen nicht mehr weiter. Enge Straßen hier. Und da hatte ich Angst, ihr geht mir verloren.«

»Alles klar, ich habe sie im Blick. Ruf mich nicht mehr an.«

Erika Wingert hat es sich nicht nehmen lassen, Pumps anzuziehen. Sie wirkt fragil, als sie durch die Stadt stöckelt. Wie eine alte Transe, sinniert Ditters und kann kaum glauben, was er da denkt. An der Bushaltestelle zieht sie am Automaten einen Fahrschein und setzt sich vorsichtig auf eine Bank.

Ditters greift zum Handy. »Sie nimmt den Bus.«

»Wohin?«

»Was weiß ich. Komm her. Sobald sie eingestiegen ist, müssen wir hinterher.«

»Ich weiß überhaupt nicht, wo ich hier bin. Hier sind überall Einbahnstraßen.«

»Dann lass dir was einfallen.«

Erika fährt die Strecke entweder öfter oder sie hat gutes Timing. Der Bus biegt um die Ecke, die Fahrertür öffnet sich und Erika steigt ein. Sie zeigt ihren Fahrausweis vor und sucht sich einen Platz. Ditters überlegt, ob er seinen Polizeiausweis zücken und mitfahren soll oder ob es klug ist, auf Latotzke zu warten. Er entscheidet sich für Letzteres. Ein Linienbus wird ihnen ja wohl kaum durch die Lappen gehen.

Die Entscheidung war richtig. Kaum ist der Bus am westfälischen Horizont verschwunden, biegt Latotzke mit quietschenden Reifen ums Eck.

Scholz hat aufgegeben. Die Schnapsgläser sind wieder leer, der Tag ist schon nicht mehr jung und die Plockwurst zieht Wellen. Er hat einfach mal kurz die Augen geschlossen, während Terjung erzählt hat. Hat einfach mal kurz nicht aufgepasst, als eine komische, eine unangenehme Geräuschfolge nach seiner Aufmerksamkeit verlangt. Es ist eine Mischung aus Heulen und Nase hochziehen. Dann folgt schwerer Raucherhusten und danach wiederholt sich das Ganze. Klingt ganz nach Terjung.

»Was haben Sie?«

»Nichts.«

»Weinen Sie?«

»Warum denn nicht? Immerhin ist mein Sohn ermordet worden. Horst ist tot.«

Terjung gießt sich ein neues Glas ein. »Auch noch einen?«

»Nee, jetzt ist endgültig Schluss. Sobald ich wieder klar sehen kann, bin ich hier weg.«

Terjung pfeffert sich den Schnaps in den Hals und muss wieder husten.

»Ich hatte bislang nicht den Eindruck, dass der Tod Ihres Sohnes Sie sehr berührt«, wirft Scholz ein.

Terjung beginnt zu schluchzen. »Horst war gar nicht mein Sohn. Angehängt hat sie mir den.«

»Mit ›sie‹ meinen Sie Ihre Frau?«

»Genau.«

»Und wer ist der wirkliche Vater?«

»Was weiß ich? Irgendein Bauer wird es schon gewesen sein. Er hieß ja Horst und nicht Jesus. Ist doch sowieso alles Inzucht hier. Scheißhamm.«

»Ach, Sie sind gar nicht von hier?«

»Nee. Ich war damals nur kurz zu Besuch. Mein Onkel hat hier gelebt. Hat mich eingeladen. Ich war bei der Handelsmarine und hatte Landgang.«

»Verstehe.«

Der Alte zieht lautstark seinen Rotz hoch und spült ihn mit Schnaps wieder runter. Er hat ganz offensichtlich ordentlich einen sitzen. »Nichts verstehen Sie.«

Scholz atmet tief durch. »Noch mal von vorn: Wenn Horst nicht Ihr Sohn war, warum weinen Sie dann?«

»Er war nicht mein Sohn. Aber eine arme Sau war er. Das ist, als wenn man was im Fernsehen sieht. Mit Leuten, die alles verlieren oder von einem Schicksalsschlag ereilt werden. Und das ist traurig und dann verdrückt man sich ein Tränchen und dann fällt einem plötzlich ein, dass man die Leute doch gar nicht kennt und es einem eigentlich scheißegal sein kann, ob es denen gut geht oder nicht.«

Und dann schluchzt der alte Terjung hemmungslos. Und Scholz kann nicht anders, als ihm die Hand auf die Schulter zu legen. Es dauert eine Weile, bis Terjung sich wieder beruhigt. Scholz versucht, ihn auf andere Gedanken zu bringen. »Sie sind zur See gefahren. Erzählen Sie doch mal.«

Also erzählt der alte Terjung mal: »Ich hab die ganze Welt gesehen. Panamakanal sag ich nur. Und dann bin ich in Hamm auf Grund gelaufen. Ostern habe ich noch in Singapur gesoffen und Weihnachten sitz ich mit einer Frau unterm Baum, die mir ein Kind anhängt und eine ganze Scheißmetzgerei dazu. Können Sie sich das vorstellen, wie das ist, wenn man hier strandet?«

Scholz kann. »Ja, durchaus … Wissen Sie was? Ich glaube,

ich nehme noch einen Kleinen. Das wird ja langsam richtig interessant hier. Aber nur einen ganz Kleinen.«

»Nehmen Sie sich, so viel Sie wollen. Aber eins sag ich Ihnen: Machen Sie bloß, dass Sie hier wegkommen, solange es noch geht. Oder wollen Sie so enden wie ich?«

Was soll man da sagen? ›Nee danke, für mich ist Hamm lediglich eine ganz kurze Zwischenstation‹? Wenn Scholz nur ein kleines bisschen gläubig wäre, würde er diesem Gedanken noch ein Gebet hinterherschicken.

»Wissen Sie, wann ich glücklich bin?«, fragt der Alte.

»Sagen Sie es mir.«

»Wenn wir im Gesangsverein ab und an mal einen Shanty singen. *What Shall We Do With The Drunken Sailor* oder so … Dann mache ich die Augen zu und stell mir vor, ich bin wieder jung und mein Leben liegt noch vor mir. Und wenn Mehtin dann in der Küche mit exotischen Gewürzen hantiert und der Geruch von Ingwer, Kreuzkümmel oder Kardamom durch den Raum weht«, Terjung trinkt und knallt das Glas auf den Tisch, »dann ist mein Glück perfekt.«

»Verstehe«, sagt Scholz. Was soll er auch sagen?

Aber Terjung ist noch nicht fertig. »Wenn ich den Horst umgemacht hätte, dann vor Jahren, und sie hätten mich lange suchen können. Ab durch die Mitte wäre ich gewesen. Zurück auf See. Aber so was von … Aber das macht man nicht. Man tötet keine Menschen und abschlachten wie Schweine tut man sie schon mal gar nicht. Selbst den armen Horst nicht.«

»Aber Sie wissen das genau? Dass Horst nicht Ihr Sohn war?«

»Geahnt hab ich das immer. Der sah nicht aus wie ich, der war nicht wie ich und seine Mutter ist nach einem Jahr über alle Berge. Da habe ich dann angefangen, an der Vaterschaft zu zweifeln.«

»Und Horst?«

»Der hat sicher auch was geahnt. Als er dreißig wurde, hab ich dann einen Gentest machen lassen.«

»Und was hat Ihre Frau gesagt? Oder hatten Sie keinen Kontakt mehr?«

»Kann man so sagen. Die war längst tot. Krebs mit einundvierzig.«

Scholz weiß nicht mehr weiter. Er steht auf und stellt mit Freude fest, dass ihm seine Beine wieder einigermaßen gehorchen. »Ich kann wieder gehen.«

»Schön für Sie.«

»Dann bin ich mal weg.«

»Die Tür finden Sie ja wohl selbst.«

Scholz macht ein paar Schritte, tritt noch ein paar Mal fest auf, um Sicherheit zu gewinnen, und ist schon fast durch die Tür, als ihm noch eine Frage einfällt. »Sagen Sie, Herr Terjung: Kann es sein, dass Horst Ihren Frust zu spüren kriegte?«

Terjung nickt. »Kann sein.«

»Das habe ich mir gedacht«, antwortet Scholz. »So, ich muss jetzt weg.«

Er klopft Terjung noch einmal sacht auf die Schulter. »Kommen Sie klar?«

Der Blick des Alten ist leer. »Ja, sicher, ich komm immer klar.«

Na gut. Ditters ist nicht Crocket und Latotzke nicht Tubbs, die Landstraße von Werne nach Hamm nicht von Palmen gesäumt und der Himmel ist nicht floridaaquamarin, sondern westfalengrau. Aber trotzdem macht die Verfolgungsjagd Spaß. Latotzke, das Genie, hat in seinem Sechshundert-Titel-CD-Wechsler tatsächlich die Musik von *Miami Vice* gefunden und sie cruisen an Rünthe und Herringen vorbei und fühlen sich gut. Der Bus passiert die letzte Haltestelle vor der Hammer Innenstadt und Latotzke kann immer noch nicht ganz relaxt folgen. Als Erika Wingert am Hauptbahnhof aussteigt, hat sie drei Schatten. Sie stöckelt durch die Fußgängerzone und als sie nach zehn Minuten das Marienhospital betritt, ist die Enttäuschung groß.

»Scheiße, Sie geht zum Arzt«, stöhnt Ditters.

Sie warten eine Stunde und verfolgen dann Erikas Bus zurück nach Werne. Immerhin ist auf Vorderbäumen Verlass und gegen Abend schlägt die Ablösung auf.

Scholz schläft schlecht in dieser Nacht.

Nachdem er von Terjung zurück in sein Büro gefunden hatte, verbrachte er den Rest des Tages an seinem Schreibtisch. Vorderbäumen versuchte mehrfach, ein Gespräch zu beginnen, aber mit Scholz' einsilbigen Antworten ließ sich nichts anfangen.

Terjung hatte ihm einen Schrecken eingejagt. Wenn man nicht aufpasst, zieht so ein Leben ganz schön hurtig an einem vorbei. Nachdem er eine gute Stunde auf einen feuchten Fleck an der Wand gegenüber gestarrt hatte, wurde Scholz schlagartig klar, dass er nicht nur einen Haufen Geld, sondern auch ziemlich viel kostbare Lebenszeit verzockt hatte. Leider war das nicht die Erkenntnis, auf die er aus gewesen war.

Immerhin – er spürte dieses dumpfe Gefühl im Magen. Vielleicht die Folgen von Terjungs Aufgesetztem, vielleicht aber auch das Kribbeln, auf das er schon seit einiger Zeit gewartet und das er vermisst hatte. Handelsmarine, Gesangsverein, Willi, Aufgesetzter, Kuckuckskind, Erikas Augen, Horst, Tjien Liu und immer wieder Erich Wingert – Scholz hatte eine weitere Stunde mit angestrengtem Brüten verbracht, als er sich plötzlich neben Vorderbäumen am Fenster wiederfand. Und das, ohne genau zu wissen, wie er dorthin gekommen war.

»Suchen Sie was?«, hatte Vorderbäumen gefragt.

»Einen Mörder«, hatte Scholz geantwortet.

»Nehmen Sie doch Erich.«

»Dann nehme ich mal Erich«, hatte Scholz gesagt und sich angehört, als würde er ein Eis bestellen.

Jetzt liegt Scholz wach zu Hause im Bett. Irgendwann steht er auf, geht ans Fenster und blickt auf eine Straße, in der nichts passiert. Nichts, an dem sich das Auge festhalten oder ein Gedanke entzünden kann. Hamm bei Nacht. Und Scholz. Scholz der Zocker. Ein Fisch auf dem Trockenen. Das ist nicht die originellste Zustandsbeschreibung, die einem einfallen kann, trifft aber voll ins Schwarze. Scholz schaut auf den kleinen Streifen Hamm, den der Blick aus dem Fenster ihm preisgibt, und dann passiert es. Plötzlich klickt es in seinem Kopf, wie in einem etwas eingerosteten Uhrwerk. Das ist es. Darauf hat er gewartet.

So ist das meistens. Irgendwann macht es Klick und Scholz ist einen Schritt weiter. Nur einen. Nur einen kleinen. Er hat keine Ahnung, wo Erich ist, und keinen Schimmer, wie er ihn finden soll, aber er weiß, dass er die Teile zusammenfügen kann. Er weiß, dass er es schaffen wird. Er weiß es einfach und das ist ein gutes Gefühl. Ein Fisch auf dem Trockenen. Scholz fühlt sich jetzt angenehm müde und sein Kopf ist angenehm leer. Er legt sich wieder hin, schläft sofort ein und braucht am Morgen keinen Wecker, um aufzuwachen.

RONNIE

»Die Nachricht ist sechs Tage alt. Draufgesprochen einen Tag vor Horst Terjungs Tod. Abgehört wurde sie das erste Mal vor zwei Tagen, abends um 22:17 Uhr.«

Scholz sitzt an seinem Schreibtisch, Ditters und Latotzke davor. Vorderbäumen steht am Fenster. Alles wie gehabt, aber heute Morgen fühlt sich alles anders an.

Scholz ergreift das Wort: »Alles klar, gut zu wissen. Hat der alte Terjung also nicht gelogen. So, Leute, wir werden jetzt mal Tabula rasa machen.«

Er geht zur Wand und klebt in Ermangelung einer besseren Lösung ein umgedrehtes Fahndungsplakat über den feuchten Fleck. »Wir werden alles, was wir wissen, auf diesem Blatt Papier festhalten. Ditters, Sie schreiben.« Scholz wirft Ditters einen Filzstift zu. »Also: Erich hat dem alten Terjung gedroht. Sie können *Erich* und *August Terjung* schreiben und mit Pfeilen verbinden. Terjung senior sollte Erich Geld geben, sonst würde er Horst umbringen. Genau, Ditters: *Horst* und zwei Pfeile. Aber wieso kriegt Erich Geld von Horst?«

»Spielschulden?«

»Nicht schlecht, Latotzke. Aber das klingt doch irgendwie komisch, oder? Erich wusste doch lange, dass Horst ein Zocker war. Und wenn er ihm Geld leiht, muss er damit rechnen, dass es Probleme gibt. Er kann doch nicht gleich zur Brachialvariante greifen und den Alten erpressen.«

Ditters zeigt auf. Scholz nimmt ihn dran.

»Und wenn er den Alten erpresst? Warum gibt er ihm nicht mehr Zeit, das Geld zu besorgen? Er hat Horst am nächsten Tag über die Wupper geschickt.«

Scholz ist begeistert über die fleißige Mitarbeit. Nur Vorderbäumen könnte sich noch ein wenig mehr einbringen. »Sehr gut. Schreiben Sie das auf, Ditters. Und schreiben Sie ein bisschen kleiner, nicht so geschwungen.«

»Was soll das denn jetzt heißen?«

»Wie ich sagte, Sie schreiben mir ein bisschen zu barock.«

Ditters wirft den Filzstift auf den Tisch. Ein trotziger Zug ist um seine Mundwinkel zu erkennen. »Dann schreiben Sie doch selbst.«

Latotzke hebt den Stift auf und drückt ihn Ditters wieder in die Hand. »Scholz will sagen, dass du eine schöne Handschrift hast. Ich zum Beispiel habe dagegen eine Sauklaue. Aber Scholz meint auch, dass deine Schrift zu viel Platz wegnimmt. Das muss man aushalten. Auch als Homosexueller. Schreib kleiner!«

Ditters überlegt kurz, nickt dann und schreibt *Tjien Liu*.

»Was ist mit ihr?«, will Latotzke wissen.

»Was hat sie gekostet?«, fragt Ditters.

»Fünf Mille«, antwortet Scholz.

»Das ist aber eine Menge Kohle«, stellt Ditters fest.

Latotzke wird laut: »Was soll das heißen? War sie zu teuer? Hätte Horst den Menschenhändler runterhandeln sollen? Vielleicht weil sie nur noch ein Jahr TÜV hat?«

Ditters bleibt ruhig. »Das soll heißen, dass man die Frau seines Lebens auch in einer Eisdiele kennenlernen kann oder im Kino, bei einem Bier, in der Disco. Man kann sie auf einen Drink oder einen Kaffee einladen, zum Abendessen geht auch. Gegen solche Investitionen sind fünftausend Euro viel Geld. Das muss man als heterosexueller Junggeselle aushalten, Georg.«

Latotzke setzt sich wieder und Vorderbäumen mischt sich ein: »Das ist ja Ringelpiez mit Anfassen hier.«

»Das nennt man Teamwork«, antwortet Scholz.

»Na dann.« Vorderbäumen lässt den Satz eine Weile im Raum stehen, wie das seine Art ist, und hat dann doch etwas beizutragen: »Bleibt die Frage, wo Horst die Kohle herhatte?«

Die Frage hat sich Scholz auch schon gestellt. »Das wissen wir immer noch nicht. Ich bin aber zuversichtlich, dass die Recherchen unserer Mitarbeiter Ditters und Latotzke eines schönen Tages mal Früchte tragen. Oder?«

Die beiden Angesprochenen scheinen Scholz' Zuversicht nicht wirklich zu teilen. Latotzke zuckt mit den Achseln. »Ich war jetzt so ziemlich überall, wo man sein Geld verspielen kann. Aber wo nichts ist, ist nichts.«

»Wir haben es wirklich versucht«, setzt Ditters hinzu.

Scholz findet, dass es langsam Zeit wird, die gruppendynamischen Zärtlichkeiten hinter sich zu lassen. »Was heißt ›wirklich versucht‹? ›Hat sich stets bemüht‹ schreibt man dann ins Zeugnis, oder? So geht das nicht. Wir müssen uns ein bisschen beeilen. Frage: Haben wir irgendeine Spur von Erich Wingert?«

Vorderbäumen antwortet. »Nix. Nada. Hat sich in Luft aufgelöst.«

Scholz lächelt. »So dürfen Sie das nicht sagen. Ein guter Bulle hat immer eine Spur.«

»Na, da bin ich aber mal gespannt.«

»Ich auch.«

»Soll das ein Witz werden, wenn es fertig ist?«

»Nein«, antwortet Scholz. »Aber es geht um die simple Logik, dass niemand von Erichs Kaliber tatsächlich verschwindet. So jemand lässt nicht alles hinter sich zurück und haut ab. Der hat hier zu viel laufen. Der ist auch nicht clever genug, für den Fall der Fälle seinen Ausstieg vorzubereiten. Wo soll er also hin?«

»Und was machen wir mit dieser Logik?«, will Latotzke wissen.

»Wir bitten Ditters, das Wort ›Erika‹ aufzuschreiben. In möglichst kleinen Buchstaben. So einer wie Erich traut keinem. Wahrscheinlich noch nicht mal seiner eigenen Mutter. Aber Erika Wingert ist die einzige mögliche Verbindung, die wir haben. Oder wollen Sie noch mal in die Unterwelt von Hamm hinabsteigen, Latotzke?«

»Lieber nicht.«

Scholz nimmt die Hände an den Kopf und reibt sich die Schläfen. »Ihr könnt mich alle für ein bisschen bescheuert halten, aber ich bin sicher, dass mit der Alten irgendwas nicht stimmt. Als ich zum ersten Mal bei ihr war, um sie über ihren Sohn zu befragen ... Ihr hättet ihre Augen sehen sollen.«

»Was war denn mit ihren Augen?«, will Vorderbäumen wissen.

»Da war etwas in ihren Augen. Etwas, das über die Gewohnheitslügerei hinausging. Ich hatte ganz kurz das Gefühl: Ich hab sie. Kurz darauf war sie dann wieder ganz gefasst. Aber eins ist mal ganz klar: Erika Wingert hat sicher nicht das erste Mal mit der Polizei zu tun gehabt.«

»Das kann man rausfinden«, antwortet Vorderbäumen.

Natürlich kann man das rausfinden. Extra, um so etwas rauszufinden, gibt es im beschaulichen Duisburger Innenhafen das Landesamt für Zentrale Polizeiliche Dienste, kurz LZPD. Da kann man anrufen und die Kollegen setzen sich an die Datenbank und mit ein bisschen Glück finden sie was. Scholz hat Erika schon vor Tagen abgefragt. »LZPD? Das habe ich schon erledigt. In der Datenbank ist nichts.«

Vorderbäumen mischt Verachtung in seine Stimme. »LZPD? Wer braucht die denn?«

»Wir brauchen die«, antwortet Scholz. »Es ist eine Sache, sich vom LKA die Arbeit abnehmen zu lassen. Aber was Unterstützung angeht, da müssen wir alles nehmen, was wir kriegen können.«

Vorderbäumen ist anderer Meinung. »Wenn man eine neue Kupplung für einen Streifenwagen braucht oder die Dienstmütze eingelaufen ist, dann kann man da anrufen. Ansonsten muss man sich auf die lokalen Datenbanken verlassen.«

Scholz ist erstaunt. »Wir haben in Hamm eine eigene Datenbank? Warum sagt mir das keiner?«

»Das wusste ich auch nicht«, entgegnet Ditters.

Ohne weitere Worte greift Vorderbäumen zum Telefon und wählt die Null. Kurze Zeit darauf hört man Willi Katczmirciks Stimme aus dem Hörer: »Was ist denn jetzt schon wieder?«

»Willi, ich bin es. Sag mal … Erika Wingert … Klingelt es da?«

Vorderbäumen stellt das Telefon auf die Lautsprecherfunktion und dreht auf.

»Erika, ja klar, wer kennt die nicht? War zu ihrer Zeit eine echte Schönheit. Und als Erich der Erste unter Tage blieb, bei dem Gasleck damals, wo sie ja nie richtig rausgefunden haben, was da genau passiert ist … da muss die Erika in den Spiegel geguckt haben und da kam ihr wohl eine Idee. Da hat sie die Trauerkleidung aus- und ein Paar Strapsen angezogen und von da an hatte sie immer Geld.«

Alle schauen sich erstaunt an. Scholz findet als Erster die Sprache wieder: »Erika hat die *Kirsche* aufgemacht?«

»Genau«, knarzt Willi. »Das ist so eine Art Puff.«

»Oh Mann.« Scholz hat eins dieser Hamm-Déjà-vus. »Können wir die Frage der Definition überspringen? Das hatten wir vor ein paar Tagen schon mal.«

»Eine Art Puff ist doch auch ein Puff, oder? Also ist die *Kirsche* ein Puff.« Vorderbäumen blickt triumphierend in die Runde.

Es entsteht eine kurze Pause, Willi muss nachdenken.

»Heute ja. Damals nicht. Also kein Puff im strengen Sinne. Eher so … ›Fummelbude‹ nannte man das damals. Bisschen schmusen, bisschen anfassen, bisschen Kohle aus der Tasche ziehen lassen und bei ganz großem Gefallen ging auch mal was. Ich weiß noch, als ich …«

»Willi! Nicht abschweifen.« Scholz wird einfach nicht schlau aus dem Menschenschlag hier. Erst kriegen sie die Zähne nicht auseinander, aber wenn sie einmal ins Sabbeln kommen, hören sie nicht wieder auf. Immerhin – Willi fängt sich wieder.

»Der Laden lief immer gut. Unter anderem, weil der Pfarrer jeden Sonntag Werbung dafür machte, von wegen Sündenpfuhl und so. Wenn mich nicht alles täuscht, hat er sich auch immer mal wieder persönlich davon überzeugt, dass sich an dem sündigen Treiben nichts geändert hat.«

»Und dann?«

»Nichts. Erich hat den Laden übernommen und mischt da heute noch mit. Und Erika macht in Krimskrams in Werne, aber das wisst ihr ja vielleicht schon.«

»Ja dann. Heißen Dank.« Vorderbäumen legt auf. »Das war ja wohl nichts.«

Ditters räuspert sich. Ziemlich laut, deutlich und demonstrativ.

»Ja?«, fragt Scholz.

»Also, zwei Sachen. Erstens, und bitte, Scholz, lassen Sie mich erst ausreden, bevor Sie sauer werden …«

»Warum sollte ich sauer werden?«

»Ich denke, dazu braucht es nicht viel.«

Scholz legt die Füße auf den Tisch. »Lassen Sie es drauf ankommen. Ich bin ganz Ohr und ganz ruhig.«

»Das LKA …«

Und zack! – wird Scholz sauer.

»Ditters! Ich habe nicht einmal, nicht zweimal, ich habe ungefähr tausendmal gesagt, dass …«

Ditters bringt Scholz mit seinem erhobenen Zeigefinger zum Schweigen. »Das LKA hat mir angeboten, uns zu helfen. Also jemand vom LKA, ein Bekannter, inoffiziell, reine Unterstützung, der Fall bleibt bei uns.«

»Ein Bekannter?«

»Schnauze, Latotzke.«

Scholz hat sich wieder beruhigt. »Inoffiziell.«

Ditters nickt. »Streng inoffiziell.«

Scholz ist die Ruhe selbst. »Ist vielleicht gar nicht so schlecht, ein kurzer Draht nach Düsseldorf. Gut gemacht, Ditters. Dranbleiben. Aber im Moment kommen wir schon allein klar.«

Ditters hat ausgelassen, dass der Kontakt zu Jens inzwischen eigentlich abgebrochen ist. Er will sich ins Team einbringen, sich beweisen. Und er hat auf Scholz' Abneigung gegen das LKA gesetzt. Wenn es hart auf hart kommt, wird er in den sauren Apfel beißen und Jens anrufen müssen. Helfen würde der bestimmt. Aber unangenehm wäre das Gespräch bestimmt auch.

Jetzt ist es an Vorderbäumen, sich zu räuspern. »Allein klarkommen – tun wir das?«

»Ja, tun wir. Wir packen das schon. Habt ihr alle keinen Stolz?«

Vorderbäumen spricht leise und sehr konzentriert. »Doch, haben wir. Aber wir können auch nicht warten, bis Erika sich mit Wein und Kuchen auf den Weg durch den dunklen Wald zu Erich macht. Dieser Gerd Möhse ist offensichtlich ein unglaubliches Arschloch. Aber selbst die wollen leben. Und selbst denen gegenüber sind wir verantwortlich.«

Scholz nimmt die Füße vom Tisch. »Was soll denn das LKA bitteschön machen, was wir nicht selbst erledigen können? Wenn wir eine konkrete Spur hätten und ein SEK bräuchten, sehr gern. Aber im Moment stecken wir einfach nur fest.«

»Das ist doch Kappes«, antwortet Vorderbäumen schon etwas schärfer. »Sie wollen nur nicht. Wir hätten längst Erikas Telefon anzapfen können, ihren Zahlungsverkehr einsehen und so weiter. Die Rund-um-die-Uhr-Überwachung ist für ein paar Tage ganz schön, aber irgendwann wird's eng.«

Scholz beißt beim Sprechen die Zähne zusammen. »Ich bin mir sicher, wir sind kurz davor.«

»Wovor?«

»Einen entscheidenden Fortschritt in Richtung der Aufklärung dieses Falles zu machen.«

Ditters mischt sich ein: »Weil Sie etwas in Erikas Augen gesehen haben?«

»Ich wusste, dass das hier niemand versteht.«

Ditters will etwas antworten, aber Vorderbäumen bringt ihn mit einer Handbewegung zum Schweigen. Für einen Moment wird es ganz still. Vorderbäumen lässt sich Zeit, bis er die richtigen Worte gefunden hat. Es sind nur zwei – aber die sitzen: »Sie zocken.«

»Was?«

»Sie zocken. Es geht Ihnen nicht um Stolz und Ehre, es geht Ihnen um den Nervenkitzel. Sie zocken mit dem Leben von Gerd Möhse.«

»Das ist der größte Scheißdreck, den ich je gehört habe.«

Vorderbäumen schaut Scholz direkt in die Augen. »Wirklich? Sagen Sie das noch mal. Und sagen Sie es mir ins Gesicht. Ich werde es in Ihren Augen sehen, wenn Sie lügen. So wie Sie das bei Erika Wingert erkennen.«

Scholz ist perplex.

Und Vorderbäumen lässt einfach nicht locker: »Nun machen Sie schon. Sagen Sie mir, dass ich falsch liege.«

Scholz will es sagen, aber es klappt irgendwie nicht. Die Worte wollen einfach nicht aus seinem Mund kommen. Vorderbäumen hat dieses Problem nicht. »Dachte ich mir. Einmal Zocker, immer Zocker.«

Und wieder fühlt sich Scholz, als würde ihm der Boden unter den Füßen weggezogen. Wieder auf die Siebzehn gesetzt und wieder verloren. Scholz weiß nicht, was er sagen soll. Eigentlich kann er nur nachgeben oder die Demütigung komplett machen, indem er Vorderbäumen die Entscheidung überlässt, das LKA einzuschalten.

Es ist aus. Scholz beschließt, seine Verluste zu zählen und aufzugeben, als das Telefon schellt. Scholz erkennt die Chance, das Gespräch ohne tatsächliches Eingeständnis zu beenden, und nimmt dankbar ab.

»Hier noch mal Willi. Was ich noch sagen wollte, da gibt es einen Ronald. Ronald Wicke, genannt Ronnie. Dem gehört Erikas Laden. Ich kenn den, weil der einen Sohn hat, der mal einen meiner Enkel, ich weiß nicht mehr welchen, glasklar im Sechzehner umgehauen hat. Daraufhin wollte Ronnie mir ans Leder, weil ich einen Elfer gefordert habe.

Hätte ich nicht zufällig meine Marke dabeigehabt, wer weiß, was passiert wäre? Auf jeden Fall habe ich mir den Spezialisten damals mal genauer angeschaut und als ich gerade noch mal über Erika nachdachte, klingelte es auf einmal.«

So, jetzt mal ganz kurz sammeln. Wovon redet der Mann? Der Mann, der bisher ohne ersichtlichen Grund den Eindruck erweckte, Scholz zu hassen wie die Pest. Warum jetzt diese Einlassung, die möglicherweise eine neue Spur bedeuten könnte? Eine neue Chance?

»Mensch Willi, das kommt jetzt aber plötzlich. Ich fange lieber noch mal ganz von vorne an. Also, Sie sagen, Ronald Wicke ist der Besitzer von Erikas Tabak- und Krimskramsladen?«

Willi steigt darauf ein und macht langsam. Ganz langsam, demütigend langsam, aber was soll's? »Genau. Ich sage sogar: Dem gehört das ganze Haus. Und Erika betreibt da nicht nur ihren Laden, die wohnt da auch. Hat eine Wohnung im Haus. Die Frage, die meiner Meinung nach auftaucht, ist folgende: Wenn Erika dreißig Jahre lang hinter der Theke steht und ihrem Sohn Erich einen wirklich schönen Puff übergibt – ich sag das, weil ich nicht so tun will, als wäre ich im Laufe der Jahre nicht auch schon mal da gewesen –, einen wirklich schönen Puff, sauber, geschmackvoll und nicht gerade günstig,warum kauft die sich das Haus in Werne nicht selbst?«

Scholz kann seinen Augen nicht trauen. Auf dem Display des Telefons blinkt eine Siebzehn. Wo kommt die Siebzehn denn jetzt her? Ist das alles nur ein Traum?

»Kurze Frage, Willi. Wo sind Sie gerade?«

»Im Keller. Ich ruf von einem Apparat hier unten aus an. Ich hatte gerade im Keller zu tun, als mir das einfiel. Warum fragen Sie?«

»Nur so. Sprechen Sie doch weiter, Willi. Erzählen Sie mir alles, was Sie wissen.«

In Willis Stimme schwingt jetzt ein wenig Misstrauen mit: »Aber nicht, dass Sie mir Schwierigkeiten machen. Eigentlich ist das ja nicht ganz in Ordnung, einen Mitbürger zu durchleuchten, nur weil er sich auf dem Fußballplatz nicht benehmen kann, aber irgendwie war ich damals neugierig.«

»Neugier ist gut, Willi. Neugier ist ganz prima. Keine Sorge, niemand macht Ihnen Schwierigkeiten.«

Willi ist beruhigt. »Also, fest steht: Ronald Wicke hat das Haus und den Laden an dem Tag erworben, an dem Erika dort eingezogen ist. Da stimmt doch was nicht.«

»Hat Wicke irgendwelche Verwandten?«

»Laut Standesamt ist er Vollwaise.«

»Vollwaise.«

»Voller geht gar nicht.«

Das war alles, Willi ist fertig. Scholz schickt schon mal ein kurzes Gebet zum Himmel. Bitte lass das nicht nur das präalzheimerische Gerede eines Exbullen mit zu viel Zeit sein. Bitte lass Erich, Erika und diesen Wicke miteinander verwandt sein und uns eine neue Spur haben. Bitte, Herr – wir beide wissen, dass Ditters und Latotzke Erich selbst dann nicht fänden, wenn er ihnen mit einem Zaunpfahl zuwinken würde. Bitte gib mir einfach ein bisschen Zeit, den Laden hier auf Vordermann zu bringen, und bis dahin schenk mir ein bisschen Glück. So wie damals in Travemünde, als du mich mit sicherer Hand zum Black-Jack-Tisch geleitet hast und ... Lassen wir das. »Danke, Willi, wir kümmern uns drum.«

»Nichts zu da...«

Scholz hat aufgelegt. Er blickt in drei Augenpaare und würde viel darum geben, hinter die dazugehörigen Stirnen blicken zu können. Wenn sie wirklich den Jackpot geknackt haben sollten und Erich hätte einen Brother in Crime – dann würde eine neue Tür aufgehen. Na, hat wer den gleichen Gedanken? Vorderbäumen wäre vielleicht schnell genug, aber Latotzke muss erst mal diese Unzahl an Informationen in Ruhe verarbeiten und dann drüber schlafen. Und Ditters ist immer noch beleidigt, weil er zwei Sachen sagen wollte und nur zu einer gekommen ist. Es wird Zeit, dass Scholz sie erlöst.

»Wo ist Erika Wingert hingegangen?«

Latotzkes Antwort kommt in einem leicht pubertären Frageton. »Ins Marienhospital?«

»Und was macht man in so einem Marienhospital?«

»Man lässt sich behandeln.«

»Oder?«

»Oder was?« Immer noch dieser Tonfall.

»Oder man besucht jemanden.«

Während Latotzke diesen Gedanken zu den vielen anderen addiert und Ditters sich immer noch im Schweigen übt, greift Vorderbäumen zum Telefon und hustet die fünf Worte in den Hörer: »Ja, Willi, Marienhospital, aber dalli.«

Es dauert nur kurz. Willi hat einen echt guten Tag heute.

»Vorderbäumen, KFPB Hamm, liegt bei Ihnen ein ...«

»Wicke, Ronald Wicke«, souffliert Latotzke.

»... Wicke, Ronald Wicke«, vollendet Vorderbäumen. »KFPB, also um es kurz zu machen: Polizei. – Ja, hier in Hamm. – Ja, ich warte. – Ja, W-i-c-k-e. – Wirklich? Ja, das hört man gern! – Nee, soll liegen bleiben.«

Vorderbäumen legt auf und wendet sich an Scholz. »Das ist kein großer Schritt, aber es ist einer. Und jetzt?«

»Jetzt müssen wir herausfinden, ob und wie Erika Wingert und Ronald Wicke in Beziehung stehen.«

Vorderbäumen zuckt mit den Achseln. »Na, dann finden Sie mal. Sagen wir, die sind irgendwie verbandelt. Was bringt uns das?«

»Wir haben jemand Neues, den wir fragen können. Jemand, der vielleicht weniger schweigsam ist, als das Personal der *Kirsche*, jemand, der vielleicht mehr weiß als Moni und der vielleicht weniger lügt als Erika.«

Genug geschmollt. Ditters meldet sich zu Wort. »Vielleicht, vielleicht, vielleicht. Die Hoffnung stirbt zuletzt.«

Anstatt zu antworten, greift Scholz zum Hörer. Er bittet Willi, ihn abermals mit dem Marienhospital zu verbinden, und lässt sich dann zu Ronald Wicke durchstellen. Die Spannung steigt, als Scholz auf Lautsprecher umstellt.

»Ja?«

»Tach, Herr Wicke, Lührmann mein Name – ich hab die Trinkhalle gegenüber, in Werne. Wir sind uns auch schon mal begegnet.«

»Weiß ich nicht. Wo haben Sie denn die Nummer her?«

»Da sagen Sie was, das war gar nicht so einfach. Auf jeden Fall steh ich hier in Werne vor dem Laden und es ist abgeschlossen und der Hund bellt jetzt seit einer halben Stunde und keiner ist da und da wollte ich fragen, ob Sie wissen, wo Ihre Mutter ist?«

»Wann hat meine Mutter denn …« Piiiep.

Er hat aufgelegt.

Vorderbäumen geht zum Fenster und sagt, was alle denken: »So richtig helle scheinen die in der Familie nicht zu sein.« Er spricht mit sich selbst. Scholz, Ditters und Latotzke sind längst unterwegs ins Krankenhaus.

IRMA

Ronald Wicke ist nicht der Typ Mensch, dem man gern begegnet. Feinere Seelen könnten in eine tief greifende Sinnkrise verfallen, ließe man sie zu lange mit Ronald Wicke in einem Raum. Gefestigteren Naturen droht zwar kein unmittelbarer Schaden, aber leise Zweifel an dem Projekt Erde – Menschheit – Zusammenleben als solches könnten sich durchaus einschleichen. Sicher, zu bestimmten Anlässen konnten diese wie hinter einem leichten Schleier liegenden, rot geäderten Augen vielleicht auch etwas freundlicher in die Welt schauen, aber der Blick, der Scholz, Ditters und Latotzke am Krankenlager von Ronald Wicke trifft, ist von der Sorte, die beim Rest der Menschheit nur Kinderschändern und Küchenschaben vorbehalten ist.

Ronald Wicke ist alles andere als gesprächig und in jeder anderen Situation wäre das auch okay, denn der von wulstigen Lippen umschlossene Mund gibt, wenn geöffnet, den Blick auf ein nikotingelb-schwarzes Gebiss frei, dem man nicht gern beim Verfertigen von Worten zusieht. *Eine Fresse zum kleine Kinder erschrecken* hat Latotzke als ersten Eindruck festgehalten und das trifft es ganz gut. Scholz hat bald heraus, dass es um Ronalds innere Werte und seinen Charakter nicht viel besser bestellt ist.

Wicke hat in der Notaufnahme angegeben, er habe sich beim Heimwerken verletzt, obwohl ihm das schon der Pförtner nicht abgenommen hatte. Die Wunde unterhalb seines Schulterblatts war zum Zeitpunkt der Aufnahme im Marienhospital bereits ein paar Wochen alt und hatte sich entzündet. Laut Vermutung des zuständigen Oberarztes hatte Ronnie alles unternommen, um die Inanspruchnahme medizinischer Hilfe zu vermeiden, und die Schmerzen mussten erheblich gewesen sein.

»Beim Heimwerken also …«

»Ich wollte ein paar Regale anbringen.«

»Sie haben eine Stichwunde. Wie soll das denn passiert sein?«

Ronnie zieht an einer Flasche Bier, die er zwischen seinen Beinen versteckt hält, und rülpst so dezent er es vermag. »Schraubenzieher.«

»Den haben Sie sich selbst in den Rücken gerammt?«

»Bin ausgerutscht.«

»Warum sind Sie nicht sofort ins Krankenhaus gegangen?«

»Ich bin eben ein Mann.«

»Ein Blödmann«, erwidert Scholz halblaut, aber so leicht ist Ronnie nicht aus der Reserve zu locken.

»Noch mal! Wo ist Erich?«

»Keine Ahnung.«

Scholz wird laut. »Hör gut zu: Wenn Gerd Möhse irgendetwas zustößt, bist du mit dran.«

»Nie gehört den Namen.«

Und dann greift Ronnie in die Trickkiste und ruft nach dem diensthabenden Arzt. Der Kreislauf. Sterne sähe er, schwindlig wäre ihm. Dem Arzt, dem man die Verachtung für Ronnies Theater ansieht, bleibt nichts anderes übrig, als mit den Schultern zu zucken und Scholz, Ditters und Latotzke aus dem Raum zu bitten.

Die Krankenhauskantine hat noch auf. Sie setzen sich an einen ruhigen Tisch. Latotzke legt los: »Da stimmt was nicht. Der lügt.«

Scholz ist so weit fertig mit seinen Überlegungen, will seinen Trumpf aber noch nicht spielen, bevor er nicht weiß, was Ditters auf der Hand hat.

Ditters hat ein gutes Blatt. »Meine Fresse, Georg. Natürlich lügt der. Wir wissen, dass Ronnie einen Messerstich im Rücken hat und dass Terjung und Möhse ganz plötzlich zu Geld gekommen sind. Und, fällt der Groschen?«

Pling!

»Du meinst, die beiden haben Ronnie überfallen und um ein paar Tausend Euro erleichtert?«

Nicht schlecht, vor allem der Herr Ditters. Aber Scholz ist noch nicht ganz überzeugt. Konnte ein Zufallstreffer gewesen sein.

»Und die beiden Deppen haben geglaubt, sie kommen damit durch.« Ditters ist heiß gelaufen. »Erstens haben sie gehofft, dass sie nicht erkannt würden, und zweitens haben sie gewusst, dass Erich und Ronnie nicht zur Polizei gehen können.«

»Und wieso nicht?«, fragt Latotzke erstaunt.

»Weil das Geld sicher nicht ganz legal verdient war. Erich kann den Verlust der Kohle nicht melden und geht auf Rachefeldzug. Erst schnappt er sich Horst Terjung und dann Gerd Möhse oder gleich beide zusammen.«

Scholz ist beeindruckt. Wenn Ditters sich emotional im Griff hätte, könnte er längst einen schönen Schreibtischjob haben und andere Leute die Drecksarbeit erledigen lassen.

Scholz übernimmt: »Und warum? Weil Erich offensichtlich die Hoffnung hat, wenigstens noch an Reste der Kohle zu kommen. Gute Arbeit, Ditters. Wenn ich nächstes Mal Fleißkärtchen verteile, dürfen Sie aufzeigen.«

»Wisst ihr was?« Latotzkes Gesicht leuchtet in einer wilden Mischung aus Erkenntnis und Staunen über dieselbe auf.

»Was, Georg?«

»Die Stichwunde von Erichs Halbbruder stammt wahrscheinlich von einem Metzgermesser. Da waren bestimmt Trichinen dran oder so was. Rotlauf, Schweinepest und so weiter … Kein Wunder, dass sich das so schwer entzündet hat.«

Anerkennendes Nicken von Scholz und Ditters. Latotzke grinst über beide Ohren. Bis Scholz sie alle wieder herunterholt: »In der Hand haben wir immer noch nichts. Bis wir den Handwerker hier zum Sprechen gebracht haben, ist es wahrscheinlich schon zu spät.«

Schweigen. Scholz liegt richtig. Und Scholz hat gerade einen Flashback. Zurück zur letzten Nacht und dem Anblick von Hamm, der sich ihm vor seinem Fenster bot. Der Fisch auf dem Trockenen ist jetzt ganz in seinem Element. Ein Fisch im Wasser. Wasser. Die Frage war doch die ganze Zeit, ob Horst in seiner eigenen Metzgerei ertrunken sein könnte. Unter gütiger Mithilfe von, sagen wir mal, Erich Wingert. Scholz beschließt, die Frage umzuformulieren. »Was mich schon länger beschäftigt: Gibt's hier eigentlich Wasser?«

Latotzke schaut ihn fragend an: »Wieso Wasser? Was für Wasser?«

»Terjung ist unter anderem ertrunken.«

»Da gab es doch ein Waschbecken.«

»Aber nicht genug Nitrat. Also ...« Scholz hebt den Finger und setzt Punkte hinter seine Worte. »Wo. Gibt. Es. Wasser. In. Hamm?«

Latotzke geht ein Licht auf. »Mann, Mann, Mann, Chef – Sie brauchen dringend ein wenig Nachhilfe. Noch nie vom Datteln-Hamm-Kanal gehört?«

»Nee, noch nie davon gehört. Datteln?«

»Datteln, genau. Und jetzt?«

Scholz macht eine kurze, aber nicht undramatische Pause. »Jetzt? Jetzt ist es so weit. Jetzt ruft Ditters seinen Freund, Bekannten, was auch immer beim LKA an. Und dann fangen wir an zu suchen. Ich will alles gesehen haben, was hier am Wasser liegt.«

Ditters scheint nicht begeistert zu sein. »Was soll das bringen?«

Scholz hat die Frage erwartet. »Das ist eine Strategie auf mehreren Ebenen. Wenn wir nicht langsam Gas geben, sehen wir schlecht aus. Wenn wir ordentlich Lärm machen – zynische Geister könnten das Aktionismus nennen –, sehen alle, dass wir arbeiten. Die Presse wird irgendwann Wind davon kriegen und wir können Erich vielleicht aus seinem Versteck scheuchen. Und wenn auch das nichts bringt, können wir den Fall hoch erhobenen Hauptes abgeben. Mir persönlich ist das Schicksal von Gerd Möhse mit H langsam ziemlich egal. Ich will den Fall vom Tisch haben und wenn wir an unserem Vorgehen nichts ändern, wird er da noch eine ganze Weile liegen bleiben. Außerdem gibt es noch eine weitere Ebene ...«

»Und die wäre?« Ditters klingt irgendwie skeptisch bis gar nicht überzeugt.

Scholz macht eine kurze, aber durchaus dramatische Pause. »Wir könnten Glück haben und Erich finden. Großfahndung, Männer. Alles, was Beine hat, soll sich auf die Socken machen.«

»Rheinland Eins an Irma Vierzehn.«

»Das sind wir.« Ditters fummelt am Funkgerät herum. »Irma war die Frau von irgendeinem Dortmunder Polizeipräsidenten. So läuft das hier in der Gegend.«

Scholz und Ditters haben sich entschieden, den Wagen zu nehmen. Ditters hat Flugangst und Scholz fürchtet sich davor abzustürzen.

»Irma Vierzehn hört.«

Keine Reaktion. Wahrscheinlich ein Funkloch.

»Wie heißt die Straße?«, will Scholz wissen.

Ditters muss kurz überlegen. »Kanalstraße.«

»Klingt doch vielversprechend.«

Wieder meldet sich das Funkgerät. »Rheinland Eins an Irma Vierzehn.«

»Hier Irma Vierzehn, Rheinland Eins bitte sprechen.«

Jetzt ist Latotzkes Stimme klar zu verstehen: »Das ist ja so was von geil. Das ist der Hammer. Da kommt Air Berlin nicht mit. Guckt mal, dahinten ist das Ruhrgebiet. Und alles leuchtet. Das brennt förmlich. Sagen Sie, Scholz, sind Sie schon mal mit so einem Hubi geflogen? ... Moment, ich muss mal was fragen.«

Ditters und Scholz werden Zeuge, wie Latotzke versucht, den Bordfunk des Hubschraubers zu umgehen und sich mit dem Piloten durch Brüllen zu verständigen. »Sagen Sie mal, heißt das ›Hubi‹ oder ›Heli‹?«

Scholz reißt der Geduldsfaden. »Latotzke ... Latotzke!!«

»Tschuldigung. Wir haben noch nichts entdeckt. Ich melde mich, sobald wir was haben. Aber erst mal fliegen wir noch ’ne Runde. Das ist so geil, das ist der Oberhammer ...

Sagen Sie mal, Pilot, was kostet so eine Maschine, so mit allem Drum und Dran? ... Der redet nicht mit mir ... Junge, dreh um, sonst landen wir in Herne.«

Funkstille.

Scholz und Ditters setzen sie eine Weile fort. Dann bricht Scholz das Schweigen »Mann, Mann, Mann«, murmelt er kleinlaut. »Vielleicht war das doch keine gute Idee mit dem Hubschrauber und dem LKA und dem großen Besteck ...«

Ein Funkspruch unterbricht seinen Gedanken. »Irma Eins an Irma Vierzehn.«

»Irma Eins – das ist Vorderbäumen«, ergänzt Ditters.

»Wäre ich jetzt nicht drauf gekommen«, entgegnet Scholz. »Vierzehn hört.«

»Was ist das für eine Scheißstaatsaktion?«

»Gefahr im Verzug. Wir vermuten, dass Erich Wingert Gerd Möhse an einem offenen Gewässer gefangen hält.«

»Wie kommen Sie denn auf den Scheiß?«

»Das Wasser in Terjungs Lunge. Da war Nitrat drin.«

»Das wissen Sie doch schon seit Tagen.«

»Wir haben jetzt aber auch ein Motiv.«

»Wenn das alles ist, was Sie haben, ist das aber nicht viel.« Und dann brüllt Vorderbäumen. Ziemlich laut. Man muss sich fast Sorgen machen. »Sagen Sie mal ... erst kommen Sie nicht in die Gänge und dann überstürzen Sie alles! Können Sie auch was im normalen Tempo?«

»Ich glaube, wir sind auf dem richtigen Dampfer.«

»Das will ich aber auch hoffen, Scholz. Sie sind vielleicht ein Kasper. Ende.«

Wieder ist es eine Weile still. Aber Scholz kann mit Stille nicht gut umgehen. »Ihr Kumpel beim LKA – wie heißt der noch mal?«

»Jens. Und mehr als ein Kumpel ist das auch nicht.«

»Jens also.«

»Ja, Jens. Und?«

»Nichts.«

Die Stille ist kaum auszuhalten. Scholz wird kribbelig. »Wenn ich mich vertan habe, kann ich einpacken.«

»Quatsch. Wer eine zweite Chance kriegt, kriegt auch noch eine dritte«, sagt Ditters.

Scholz erwidert trocken: »Aber wo?«

»Am Arsch der Welt ist überall. Vielleicht am Niederrhein.«

»Siegerland.«

»Emsland.«

»Münsterland.«

»Eifel.«

»Dann lieber Hartz IV«, beschließt Scholz.

Ditters hat noch einen: »Sauerland?«

»Genau. Da gehör ich hin. Da kann ich auf das Wetter wetten.«

»Setzen Sie alles auf Regen.«

Und dann, nicht unverhofft, aber doch plötzlich, wird Scholz erlöst. Erlöst durch den fliegenden Latotzke: »Ich hab ihn. Ich hab ihn. Scheiße … Rheinland Eins an …«

»Ist gut, Latotzke. Wen haben Sie und wo?«

»In Rünthe, zwischen Marina und Beversee. Der ist so doof, der steht vor seinem abgefuckten Bootshaus und starrt in den Himmel. Der ist so doof, der kommt gar nicht auf die Idee, dass …«

Es ist natürlich immer schön, wenn ein Doofkopp nach langem Suchen jemanden findet, der noch doofer ist, aber die Zeit drängt. Ditters greift zum Funkgerät. »Georg – woher willst du wissen, dass das Erich ist?«

»Zum Beispiel, weil der so panisch nach seinen Sachen sucht. Ich sag dir, der kriegt Panik.«

»Wo ist das, Georg? Wo?«

»Der denkt, das jüngste Gericht ist gekommen. Kennst du diesen Vietnamfilm, wo –«

»Wo, Georg?«

»Wenn du über den Kanal fährst, ist da rechts eine Tankstelle. Da gegenüber musst du reinfahren ... Ich weiß nicht, wie ich das erklären soll.«

Ditters weiß schon Bescheid. »Ich weiß schon. Ende.«

»Wirklich?«, will Scholz wissen.

Ditters druckst herum. Aber dann: »Im Sommer trifft Mann sich da in der Gegend.«

»Man?«

»Mann und Mann ... und manchmal auch ein dritter Mann. Noch Fragen?«

Kurze Zeit später kommen sie an der besagten Stelle an. Scholz nimmt den Abgang in die Schneise, brettert mit Kawumm über einen schmalen Waldweg geradewegs auf eine Lichtung samt Bootshaus zu, als Erich in seinem Sichtfeld auftaucht. Erich hat, abgesehen von einer Unterhose, Springerstiefeln und Scholz' SIG Sauer P6, nichts am Leib und fummelt gerade mit einer gewissen Nervosität an der Fahrertür seines Wagens herum, als Scholz auf ihn zurast. Dann hebt Erich die Waffe. Kurz bevor der Wagen die Lichtung erreicht, bremst Scholz stark ab, streift dabei einen Baum und knallt noch im Rutschen den Rückwärtsgang rein.

Im gleichen Moment senkt sich der Hubschrauber, wellt das Kanalwasser und Latotzke hat den Auftritt seines Lebens, als er den bekannten Schlachtruf ausstößt: »Hier spricht die Polizei –« Erich schwingt herum und ballert ein paar Mal in die Luft, worauf der Pilot hochzieht und seinen Eurocopter 155, Listenpreis inklusive Zusatzausrüstung wie Nachtsichtgerät et cetera um die achteinhalb Millionen Euro, aus der Schusslinie bringt.

Mit einer durchaus coolen Ironie, die man bei ihm so nicht vermutet hätte, winkt Erich dem Hubschrauber nach und dreht sich dann zu Scholz und Ditters um. »Das war wohl nix! Und jetzt zu euch.«

Ditters hat den Schalter für das Megafon gefunden. »*Ge-*

ben Sie auf, Wingert! Sie haben keine Chance und Verstärkung ist auf dem Weg.«

Scholz ist gerade dabei, die argumentative Wirksamkeit dieser Aufforderung zu begreifen, als Erich kurz im Bootshaus verschwindet und mit einem Bündel Mensch wieder herauskommt. Gerd Möhse scheint bewusstlos und falls er es noch nicht ist, wird er es gleich sein, so stahlhart wie Erich ihn am Kragen seines beige-hellblau quer gestreiften Freizeithemds packt. Erich geht Schritt für Schritt auf den Polizeiwagen zu, während er Möhse wie einen Sack hinter sich herschleift. Scholz und Ditters haben Mühe, die Situation angemessen einzuschätzen. Scholz ist als Erster so weit. »Raus, nichts wie raus.«

»Was?«

»Hier sitzen wir in der Falle. Los.«

Fast zeitgleich fliegen die Türen des Polizeiwagens auf. Scholz und Ditters schlagen sich nach rechts und links ins Holz. Erich stoppt. Dann fasst er Gerd Möhse noch fester und brüllt ihm aus kürzester Entfernung ins Ohr. »So, Möhse, wir müssen los. Wir setzen uns jetzt schön in die Bullenkarre und machen einen Abgang, du mieses Stück Scheiße!«

Nachdem er Möhse so weit instruiert hat, sind Scholz und Ditters an der Reihe: »Hört mir gut zu – eine falsche Bewegung und Gerdchen hier ist tot. Verstanden?«

»Es ist aus, Erich.« Scholz bemerkt, wie seine Stimme zittert. »Lass den Scheiß sein und gib auf. Wo willst du noch hin? Ronnie hat ausgepackt.«

Erich brüllt abwechselnd in den Wald und Möhses Ohr. »Ronnie? Was ist mit dem? Der Idiot lässt sich von zwei Vollpfosten ausnehmen! Damit das mal klar ist: Ronnie ist nur mein Halbbruder. Aber mit der Kohle, mit der war ich ganz eng verwandt!«

Scholz könnte sich ohrfeigen. In eine schlechtere Ausgangslage kann man sich gar nicht bringen. Scholz ist im

Wald rechts der Schneise, Ditters im Wald links der Schneise. Scholz ist hinter einem Baum in Deckung gegangen, der sein Blickfeld verengt. Keine Verständigung möglich. Scholz würde jetzt gern wissen, wo Ditters sich genau befindet. Vielleicht hat er sich schon aus dem Staub gemacht und Scholz ist allein. Er lugt hinter dem Baum hervor, um den Kollegen vielleicht zu entdecken.

Erich schießt sofort. Scholz hört, wie die Kugel in einem Baumstamm nicht weit von ihm einschlägt. Er wird wütend. »Jetzt lass die Scheiße sein. Wie viele Jahre Knast willst du eigentlich kriegen?«

»Sag mal … dich kenn ich doch!« Erich muss kurz seine Gedanken ordnen. »Du bist doch 'ne Pfeife. Wenn du so weitermachst, knall ich dich mit deiner eigenen Wumme ab, du Loser.«

Jetzt reicht's: Scholz entsichert seine Ersatzwaffe und ist bereit. Alles, was der Typ jetzt kriegt, hat er verdient.

Scholz springt hinter dem Baum hervor und erkennt, dass Erich genau in seine Richtung guckt. Bevor einer von beiden schießen kann, gellt plötzlich Ditters Stimme durch die beginnende Dunkelheit. »Aber mich kennst du nicht. Gib auf, sonst verpass ich dir was!«

Scholz hat sich wieder geduckt und sieht, wie Erich herumwirbelt. Dann hört er den Schuss.

»Ditters … Ditters!«

CORNELIA

Entgegen Scholz' schlimmster Befürchtungen hat das Marienhospital in Hamm einen guten Ruf. Scholz hat das im Internet recherchiert. Hat prima geklappt, weil das Krankenhaus besseres WLAN hat als beispielsweise die KFPB Hamm. Scholz hat Zeit, Ditters ist immer noch im OP. Vielleicht gibt es Komplikationen. Sie sitzen im Wartebereich und sprechen wenig. Vorderbäumen hat in der Tageszeitung die Beilage eines Möbelhauses entdeckt und kann sich kaum davon lösen. Latotzke spielt seit zwei Stunden ununterbrochen Tetris auf Scholz' Billighandy und hat Scholz erlaubt, sein Smartphone zum Surfen zu benutzen.

Die Tür geht auf und Tjien Liu kommt herein. »Hello.«

Latotzke springt so schnell auf, dass er vor lauter Schwung fast auf die Fresse fliegt. »Hello.«

Sie umarmen sich und Tjien Liu nimmt neben Latotzke Platz. Der reicht Scholz das Handy und nimmt sein Smartphone wieder entgegen. »Drei Stunden. Ich behaupte mal, der Sack ist ab.«

Scholz stimmt ihm zu: »Wahrscheinlich.«

Vorderbäumen hat alle Preise und Ausstattungen gründlich verglichen und wieder Lust auf menschliche Gesellschaft. »Ist das die Thailänderin?«

»Nee, das ist die Schwarzafrikanerin aus Nigeria.«

»Sehr witzig, Scholz. Und, Latotzke, wollen Sie mich nicht mal vorstellen?«

Also stellt Latotzke vor. Mit der ihm eigenen mehrsprachigen Eloquenz: »This is Vorderbäumen. Und das ist Tjien Liu, meine Zukünftige.«

»Na dann.«

»Was soll das denn heißen?«

»Nichts, gar nichts. Muss jeder selbst wissen.« Vorderbäumen reicht Tjien Liu die Hand. »Hübsch isse ja. Kann man ja nicht anders sagen.«

Latotzke grinst über beide Backen. »Na also. Und fleißig Deutsch lernt sie auch. Sie kann schon was sagen. Say it ...«

Tjien Liu ziert sich. Scholz ist die ganze Sache unangenehm. Latotzkes Stolz, Vorderbäumens Ignoranz und natürlich Ditters' Operation.

»Hie is da eeste deutse Fähnsinn mit di Tagechow«, radebrecht Tjien Liu und Latotzke macht ein Gesicht, als habe sie gerade das Radium entdeckt.

»Ist sie nicht großartig?«

Vorderbäumen wendet sich an Scholz. »Und, haben Sie es gefunden?«

»Was?«

»Na das, was da im Internet steht.«

»Ach so, ja, habe ich.«

»Dann lesen Sie mal vor.«

»Nee, lieber nicht.«

Der Alte ist nicht aufzuhalten. »Nun machen Sie schon, wir sind doch alle große Jungs hier. Und die Dame, wenn ich das richtig sehe, versteht ja noch nicht allzu viel.«

Scholz lässt sich von Latotzke das Smartphone zurückgeben. »Wenn Sie darauf bestehen.«

»Tu ich.«

Also beginnt Scholz, den Artikel vorzulesen.

Die Operation erfolgt meistens, indem zunächst ein Teil der Eichel mitsamt den Blutgefäßen und Nerven aus dem Penis herausgelöst wird. Die Hoden werden genau wie die Schwellkörper am Penisschaft restlos entfernt. Ein Rest der Eichel wird dann an der entsprechenden Stelle wieder eingenäht. Dadurch entsteht die neue Klitoris, die durch die erhalten gebliebenen Nervenenden später ein sexuelles Lustempfinden ermöglicht. Die Harnröhre wird ebenfalls herausgelöst und entsprechend gekürzt. Schließlich werden aus dem Hodensack die Schamlippen geformt. Normalerweise –

Die Tür geht auf und eine Krankenschwester schaut herein. »Sie können jetzt zu ihm. Aber nur kurz. Er ist noch ein wenig schwach.«

»The sister says we can see him now.«

Nachdem Vorderbäumen und Latotzke ihre Gesichtsfarbe wieder zurückerlangt haben, folgen sie Scholz ins Krankenzimmer.

Ditters liegt allein, ist bei Bewusstsein und lächelt schwach, als er seine Besucher eintreten sieht. Latotzke findet als Erster die Sprache: »Mensch, Ditters, was machst du denn für Sachen?«

Ditters klingt noch ein wenig schwach auf der Brust. »Siehst du mal.«

Jetzt ist Scholz an der Reihe. »Ich habe angefangen, mir Sorgen zu machen.«

»Das ist nett.«

»Die haben gesagt, die OP dauert normalerweise vier Stunden und Sie machen sechs draus.«

»Na ja …«

Bevor die Stille richtig unangenehm wird, zaubert Vorderbäumen eine Schachtel Pralinen aus den Tiefen seines Mantels hervor. »So, damit Sie wieder was auf die Rippen kriegen.«

Ditters lächelt. »Ich muss jetzt mehr denn je auf meine Figur achten.«

Mit dieser Bemerkung weicht die Spannung einem befreienden Lachen. Scholz reicht Ditters die Hand. »Glückwunsch. Außerdem … ›Cornelia‹, schöner Name.«

»Danke.«

»He has new name now. When we … was heißt ›Hochzeit‹?«

»›Marriage‹«, antwortet Vorderbäumen.

»When we marriage you have new name too. Tjien Liu Latotzke. He is now … Was heißt ›Frau‹?«

»›Woman‹, Blödmann.«

»He is now woman. He is Cornelia.«

»Oh, like ladyboy.«

»Exactly«, antwortet Scholz. Und dann macht er Latotzke ein dezentes Zeichen.

Latotzke versteht. »We go now. Bis die Tage. Ich warte mit der Hochzeit, bis du wieder auf den Beinen bist. Kannst die Brautjungfer machen.«

Und dann ist es eine dieser Situationen, aus denen das Leben besteht. Vorderbäumen schweigt, Scholz sagt kein Wort und Ditters hat nicht viel zu erzählen. Zu seiner Erleichterung findet Vorderbäumen ein Fenster, aus dem es ein bisschen Hamm zu begucken gibt, und man kann auch mit dem Finger auf der Scheibe herummalen. »Ja, das war ja was«, ist alles, was Vorderbäumen einfällt.

»Was meinen Sie jetzt?«, will Scholz wissen.

»Ja, alles so.« Vorderbäumen hat ein ihm noch unbekanntes Detail von Hamm entdeckt, das seine Aufmerksamkeit fesselt.

In diesem Moment klopft es und, ohne eine Antwort abzuwarten, steckt Kramski seinen Kopf durch die Tür. »Bin ich hier richtig auf der Neugeborenenstation?«

Kurzes Schweigen. Sie starren ihn alle an, wie einen Geist aus der Vergangenheit, und es bleibt Kramski überlassen, das Eis zu brechen. »Was ist, erkennt ihr mich nicht mehr? Ich dachte, ich schau mal vorbei, wenn eine unserer besten Mitarbeiterinnen Besuchszeit hat. Ich wollte eigentlich noch ein paar Blümchen besorgen, aber dann hatte der Laden schon zu.«

»Macht nix. Der Gedanke zählt.« Ditters ist die Vergebung selbst.

»Wo wir gerade beim Thema ›Gedanken‹ sind«, setzt Kramski hinzu, »der Gedanke lässt mich nicht los, dass ich nicht weiß, wann Sie wieder zur Arbeit kommen, und dann ist da auch noch die Frage, ob wir das Team aufstocken müssen, wenn es länger dauert.«

»Muss eh sein«, antwortet Vorderbäumen. »Wir pfeifen jetzt schon auf dem letzten Loch. Und wenn erst mal die Urlaubszeit kommt ...«

Kramski nickt. »Ja, stimmt, da müssen wir beizeiten mal drüber reden.«

Bislang hat Scholz noch keinen Grund gesehen, sich an diesem Austausch von Banalitäten zu beteiligen, aber langsam wird es Zeit herauszukriegen, was Kramski will und wann und warum. Niemals würde der Typ extra nach Hamm fahren, um Cornelia Ditters persönlich zur Geschlechtsumwandlung zu gratulieren. »Nun raus damit, Kramski. Was wollen Sie? Was treibt Sie nach Hamm?«

»Der Terjung-Fall. Was sonst?« Kramskis Antwort kam wie aus jener Pistole geschossen, die bei Erich Wingert gefunden wurde.

»Und was ist mit dem Terjung-Fall?«

»Das LKA macht Ärger. Die haben ein, zwei Projektile in ihrem *Eurocopter* gefunden und jetzt fangen die an, wegen läppischer hunderttausend Euro Schaden Fragen zu stellen. Das Projektil stammt aus einer Polizeidienstwaffe. Stichwort Fahrlässigkeit. Also brauchen wir eine neue offizielle Version, was Erich Wingert betrifft.«

»Was ist denn die alte offizielle Version?«, krächzt Vorderbäumen.

Scholz atmet tief durch. »Die alte offizielle Version ist schlicht und einfach die Wahrheit. Möhse hat ausgesagt, dass er und Terjung Ronnie Wingert um knapp zwölftausend Euro erleichtert haben. Sie haben den Zeitpunkt so gewählt, dass noch ein paar andere Kandidaten infrage kamen. Dann haben sie sich systematisch ruhig verhalten. Was ihnen schwergefallen sein muss, denn ein Zocker kann schlecht damit umgehen, wenn er Geld hat.«

»Müssen Sie ja wissen«, krächzt Vorderbäumen.

»Ja, muss ich.« Scholz lässt sich nicht aus der Ruhe bringen. »Und das ist der Punkt, der Erich den Hals gebrochen hat. Die Kohle ist weg und jeder weitere Tag lässt die Chance, sie wiederzusehen, weiter sinken. Ronnies Wunde entzündet sich und Erika macht Erich die Hölle heiß, weil sie Angst hat, dass Ronnie stirbt.«

Kramski hat interessiert zugehört. »Und wie geht es weiter?«

»Gar nicht geht es weiter. Das ist auch nicht so wichtig, wie es weitergeht. Wichtig ist Folgendes: Wir müssen uns Erich wie einen Kessel vorstellen, in dem sich immer mehr Druck aufbaut, ohne dass es ein Ventil gibt.«

Irgendwie haben sie es geschafft, Kramskis Interesse zu erregen. Er setzt sich auf einen Stuhl neben das Krankenbett und tätschelt kurz Ditters Hand. »Und dann?«

Vorderbäumens Atem rasselt schon wieder. »Dann kriegt Erich raus, dass Terjung und Möhse seine Kohle haben.«

»Und wie?«, unterbricht Kramski.

»Wissen wir nicht«, antwortet Scholz. »Wir vermuten, dass Erich entweder einen Tipp gekriegt hat oder dass der Kauf der Thaifrau Erichs Verdacht geweckt hat. Auf jeden Fall fanden sich Terjung und Möhse in Erichs Gewalt wieder. Nachdem die Befragung von Terjung in der Metzgerei ziemlich schiefging, weil Erich zwischendurch kalte Füße bekam, schnappte er sich Möhse und brachte ihn im Bootshaus eines Kumpels unter, der gerade in Werl einsitzt.«

Kramski nickt langsam und bedächtig.

Vorderbäumen hakt sich ein. »Erich sagt aus, dass er Terjung nicht final erledigt hat. Ertränken und Erhängen würden auf seine Kappe gehen, aber das Bolzenschussgerät will er nicht angerührt haben. Das ist aber wahrscheinlich nur eine Schutzbehauptung. Den Anruf hat er gemacht, weil er sich allen Ernstes Geld vom alten Terjung erhoffte, und als Scholz dann in der Spielhalle auftauchte, ist der Kessel explodiert.«

Kramski hat schon wieder diesen schläfrigen Blick. Wie damals auf der Autobahn. Wenn Kramski schläfrig oder gelangweilt aussieht, ist das kein gutes Zeichen. »Und die Dienstwaffe?«

Scholz spricht so klar und deutlich, wie er kann. »Da war nichts zu machen. Niemand wäre auf den Gedanken gekommen, dass Erich durchdreht.«

»Und wenn man mal zu zweit geht?«

»Das Team war mir noch fremd.«

»Das Team war Ihnen fremd und die Umstände auch und die Stadt sowieso ... Und ich muss das beim LKA ausbaden.« Zack – Kramski blickt Scholz aus hellwachen Augen an.

Scholz gibt nach. »War ein Fehler, tut mir leid.«

Kramski schaut Scholz prüfend an, glaubt ihm und macht eine wegwerfende Handbewegung. »Scheiß drauf, Schwamm drüber. Kann passieren. Ich bieg das hin.« Spricht's, steht auf, verabschiedet sich und verschwindet, wie er kam.

Feierabend. Wieder ein Tag in Hamm, der sich seinem unvermeidlichen Ende zuneigt. Man kann diese Tatsache begrüßen, verfluchen, aber nicht ändern. Scholz entscheidet sich dafür, dem Abend ein freundliches ›Hallo‹ zuzurufen und vielleicht eine Kleinigkeit essen zu gehen.

Er spaziert noch ein paar Meter mit Vorderbäumen zum Parkplatz. Es wird schon langsam dunkel und urplötzlich legt der Alte ihm die Hand auf die Schulter. »Sagen Sie mal ...«

»Ja?«

»Haben Sie mal fünf Minuten? Sozusagen privat?«

»Klar.«

Die Hand zieht Scholz eine Weile sanft mit und verschwindet dann wieder. »Das war gute Arbeit mit Erich.«

»Wollen Sie mich verarschen?«

»Ich meine, alles, was nach dem Verlust der Waffe kam.«

»Da war auch Glück mit im Spiel.«

Vorderbäumen muss sich räuspern. »Jede Menge sogar, aber Glück braucht man immer. Wem sag ich das? Aber trotzdem. Durchgebissen haben Sie sich. Drangeblieben sind Sie. Haben nie aufgegeben. Das hat mir imponiert.«

»Danke.«

»Was mir noch imponiert hat, ist ...« Wieder muss Vorderbäumen sich räuspern. »... dass Sie nicht wieder abgehauen sind, als Kramski Ihnen die Chance gegeben hat.«

»Das wissen Sie? Woher wissen Sie so was?«

»Ich kenn einen, der einen kennt.«

Scholz bleibt stehen. »Klar, hätte ich mir denken können.«

Vorderbäumen zieht ihn weiter. Sie gehen ein paar Schritte an der Reihe geparkter Autos entlang. »Nichtsdestotrotz. Was wollte ich sagen? Dass Sie einen Typen wie Erich zu zweit und ohne Blutvergießen in Gewahrsam nehmen ... Kompliment.«

»Danke. Ich werde das Kompliment bei Gelegenheit an Ditters weitergeben. Ohne ihn hätte ich nie –«

»Ja klar, das glaub ich.« Vorderbäumen lacht. »Aber wie Sie dem Arschloch den Ast über die Fontanelle gezogen haben ... Da wäre ich gern dabei gewesen.«

»Er hatte Angst.«

Vorderbäumen ist kurz irritiert. »Wer, Erich?«

»Ja«, antwortet Scholz. »Er ist da immer tiefer hineingeraten und hat irgendwann nicht mehr herausgefunden. Er macht ein paar krumme Geschäfte und hat plötzlich einen Mord am Hals. Dann kommt eine Geiselnahme dazu und plötzlich sitzt er mit Gerd Möhse in einem Bootshaus und fragt sich, ob es das wert war.«

Vorderbäumen lässt Scholz' Worte auf sich wirken und nickt dann.

Scholz war noch nicht fertig. »Er ist immer weiter und weiter und hat plötzlich begriffen, dass er zu weit gegangen ist. Das kann passieren. Ganz schnell. Und dann kommt das Gefühl, es gäbe kein Zurück mehr.«

»Da kennen Sie ja was von.«

»Kann sein.«

»Aber das mit dem Ast, nicht schlecht, Herr Specht.«

Scholz schweigt. Er könnte Vorderbäumen erzählen, dass Erich längst erledigt war, als nicht Scholz, sondern Ditters ihm einen Ast über die Rübe gehauen hat. Und nicht nur einmal.

Nachdem Scholz ihn mühsam wieder beruhigt hatte, gestand ihm Ditters, dass er schon öfters seine Aggressionen nicht ganz im Griff hatte. Das kryptische: »Das war ein Ditters, den es bald nicht mehr geben wird«, hatte Scholz damals nicht kapiert. Und, ehrlich gesagt, es hat bis zu diesem Moment auf dem schlecht beleuchteten Parkplatz gedauert, bis Scholz endlich begreift, was Ditters gemeint hat.

Sie haben das Ende des Parkplatzes erreicht. Vorderbäumen dreht sich zu Scholz und schaut ihn mit einem beinahe väterlichen Lächeln an. »Sagen Sie mal, haben Sie inzwischen ein Auto?«

»Nee. Aber das ist okay. Ich –«

Vorderbäumen schneidet ihm mit einer Geste das Wort ab. »Nix okay. Ein Mann in Ihrer Position braucht ein Fahrzeug.«

Scholz sieht sich um und bemerkt den rostroten Passat Kombi aus den frühen Neunzigern. Vorderbäumen lässt seinen Arm in weitem Bogen durch die Luft gleiten, als würde er Scholz den Himmel schenken. »Das soll Ihrer sein. Als Geste der Anerkennung und als Willkommensgruß. Das ist die 1,6-Liter-Dieselversion mit 86 PS. Ist unheimlich günstig im Unterhalt. Und …«, Vorderbäumen streckt Scholz den Daumen entgegen, »…keine Klimaanlage.«

Zum Daumen gesellt sich der Zeigefinger. »Keine elektrischen Fensterheber.«

Der Mittelfinger kommt hinzu. »Keine Zentralverriegelung.«

Vier Finger hält Vorderbäumen hoch. »Kein Airbag.«

Jetzt hat er alle Finger verbraucht. »Also völlig ohne Schnickschnack, den keine Sau braucht und der nur kaputt geht.«

Scholz kann das alles noch nicht ganz einordnen. »Wo haben Sie den Wagen her?«

»Den kennt jeder in Hamm, der hat jahrelang die Radarfalle beherbergt. Bestens gepflegt, kaum bewegt. Hat keine 20.000 Kilometer runter.« Vorderbäumen zaubert einen Autoschlüssel aus der Manteltasche. »Viel Spaß.«

Scholz blickt auf den Wagen und dann auf Vorderbäumen, der langsam in Richtung Straßenbahnhaltestelle verschwindet. »Soll ich Sie irgendwo absetzen?«

»Gott bewahre! Ich hatte auf der Hinfahrt schon Angst, dass mich jemand in dem Schrotthaufen sieht.«

Scholz steigt ein, zückt sein Handy und wählt Ditters' Nummer. Es dauert eine Weile, bis der Kollege sich meldet.

»Stör ich?«

»Nee. Ich habe gerade viel Zeit.«

»Vorderbäumen hat mir ein Auto geschenkt. Einen uralten Passat Kombi. Mein Opa hatte so einen. Wir haben den direkt nach der Wiedervereinigung in den Osten verscheuert.«

»Deshalb rufen Sie an?«

»Nein. Deshalb rufe ich nicht an. Ich rufe an, weil ich verwirrt bin.«

»Und?«

»Weil ich wissen will, warum sich ein gesunder Mann ohne Not seinen Penis weghobeln lässt.«

Ditters macht eine Pause und holt dann tief Luft. »Ohne Not? Was wissen Sie von meiner Not?«

»Okay, das nehme ich zurück. Erklären Sie's mir trotzdem?«

Ditters atmet lange aus. »Es hat Jahre gedauert, bis ich mir ganz sicher war. Ich glaube, ich werde glücklich sein, und darauf kommt es doch an.«

»Das stimmt.«

»Irgendein weiser Mann hat mal gesagt, dass es Momente im Leben gibt, in denen man tun muss, was man tun muss. Reicht das?«

»Es tut mir leid. Für mich ging das jetzt alles doch ein bisschen schnell.«

»Sie werden sich dran gewöhnen. Außerdem komm ich jetzt vielleicht in die Frauenquote, ich werde noch richtig Karriere machen … Sind Sie noch dran?«

Nein. Scholz ist nicht mehr dran. Scholz hat seinen Passat gestartet und ist auf dem Weg. Ihm ist urplötzlich etwas eingefallen. Oder sollte man sagen aufgefallen? Er tritt das Gaspedal durch und versucht, nicht an seinen letzten Wagen zu denken. Als er an einer Ampel hält, bemerkt er, dass sich die anderen Verkehrsteilnehmer gegenseitig mit Fernlicht anblinken, um sich zu warnen. Scheiße … aber egal.

Manchmal muss man tun, was man tun muss. Scholz klingelt und Moni öffnet.

»Ich …«

»Komm rein. Setz dich.«

Sie trägt wieder ein Katzen-T-Shirt. Nicht dasselbe wie letztes Mal. Silberner Flitter funkelt im Fell des Kätzchens, Strass glänzt in seinen Augen. Vielleicht wollte Moni noch ausgehen.

Ohne ein Wort zu sagen, löscht sie das Licht und zündet zwei Kerzen an. Scholz versucht, etwas zu sagen: »Moni …«

»Schschsch …« Sie schaltet die Stereoanlage ein. *Some people live for the fortune, some people live just for the fame. Some people live for the power, some people live just to play the game …*

Mit einer wunderbar tänzerischen Bewegung knöpft Moni ihre Jeans auf und kurz darauf blickt Scholz auf einen glänzend schwarzen Slip und feiert ein Wiedersehen mit Monis Schmetterling.

»Moni …«

»Was ist, soll ich mir noch etwas Spezielles anziehen? Worauf stehst du denn?«

Some people want it all. But I don't want nothing at all. If it ain't you, baby. If I ain't got you, baby.

»Situationen, Moni.«

»Was meinst du?«

»Viele verschiedene Situationen machen das Leben aus. Alles besteht aus Situationen. Das Leben, die Liebe …«

»Ist doch auch so.«

Moni zieht das Kätzchen hoch und Scholz erblickt zwei der schönsten Brüste, die er in seinem Leben gesehen hat. Und doch … er reißt sich zusammen und wird laut. »Du hast mir einen Mord gestanden. Und ich habe nicht zugehört.«

Sie braucht eine Weile, bis sie versteht. »Ich …«

»Du hast den beiden Pennern den Tipp gegeben. Und dann hörst du, dass Horst eine Fünftausend-Euro-Thai geheiratet hat und kannst es nicht glauben. Das ist dir in deinem ganzen Leben noch nicht passiert.«

Moni lächelt. Warum weiß niemand. Sie greift nach ihrer Jeans.

»Du bist ziemlich wütend geworden, oder? So wütend, dass du die beiden ans Messer geliefert hast. Nur ist Erich leider viel zu, sagen wir mal, ›unprofessionell‹, um Horst zu erledigen oder aus Gerd Möhse herauszuholen, ob noch Geld da ist und wo. Wenn Erich deine Waffe war, dann war sie ziemlich stumpf. Erich kann ganz prima in seinem Puff Freier verprügeln, die nicht zahlen, oder mit seinem Bruder Zeug hin und her verschieben. Aber zum Racheengel ist er nun mal nicht gemacht, der Gaspistolenträger.«

Moni antwortet nicht. Sie knöpft die Jeans zu und schaltet die Musik aus. »Willst du ein Bier?«

»Nein, ich will kein Bier. Ich will Antworten.«

Anstatt zu antworten, geht Moni zum Kühlschrank und nimmt sich ein Bier heraus.

Scholz bleibt dran. »Also willst du dich mal über den Stand der Dinge informieren und findest Horst halb bewusstlos in seiner Metzgerei an einem Haken hängend. War es nicht so?«

»Plopp« macht die Flasche. Und Moni macht: »Nun nimm schon, wer weiß, wann wir noch mal die Gelegenheit haben.«

Scholz lässt sich nicht beirren. »Du bist wütend geworden in dieser Lebenssituation. Sehr wütend … Also nicht sofort. Erst mal hat dir der Anblick von Horst gefallen, aber dann reichte das nicht mehr. Ertränken und Aufhängen war noch nicht genug. Und Gnade dir Gott, wenn Erich erfährt, wer Terjung und Möhse den Tipp gegeben hat … Wo war das Bolzenschussgerät?«

»Im Schrank.«

Endlich mal eine Antwort. Moni dreht sich von Scholz weg und starrt vorderbäumenmäßig aus dem Küchenfenster. Scholz mustert die anmutige Linie ihres Nackens und erkennt ein Zucken rund um ihre Schulterblätter. Vielleicht weint sie.

»Hör zu. Ich rechne dir an, dass du damals Reue gezeigt hast. Du hattest recht, ich wollte nicht verstehen.«

Wenn sie weint, weint sie ziemlich still.

»Vielleicht sagst du jetzt einfach, dass du ihm einen Schrecken einjagen wolltest.«

Jetzt schnieft Moni leise. Aber vielleicht hat sie auch einen Schnupfen.

»Oder du sagst, dass du nicht wusstest, dass das Gerät geladen war. Vielleicht hat sich der Schuss irgendwie gelöst … Hauptsache, du sagst was.«

Moni trinkt einen Schluck Bier. Scholz tritt näher an sie heran, weil er endlich ihr Gesicht sehen will. Er muss an die Metzgerei denken, an Terjungs Leiche und an die Tatsache, dass Moni einen Menschen wie ein Schwein geschlachtet hat.

Ohne ihn anzublicken, hält Moni Scholz jetzt die Flasche hin.

»›Das Leben besteht aus Situationen.‹ Ihr seid doch alle bekloppt hier in Hamm.«

Da dreht Moni sich plötzlich in einer katzenhaften Bewegung um und zieht Scholz die volle Bierflasche über den Schädel. Später wird er sich daran erinnern, dass es einen kurzen Moment gab, bevor alles schwarz wurde, einen Nicht-schon-wieder-Moment, einen Warum-immer-ich?-Moment.

Aber diese Erinnerung kommt später. Lange nachdem er geknebelt und mit seinen eigenen Handschellen gefesselt wieder aufgewacht ist und lange nachdem er zu seiner Erleichterung festgestellt hat, dass Moni seine Habseligkeiten samt Waffe netterweise auf ihren Küchentisch gelegt hat. Es dauert eine Weile, bis die Kopfschmerzen einigermaßen nachlassen, und dann hat Scholz noch lange Stunden Zeit, darüber nachzudenken, warum eine fast schöne, fast perfekt gebaute, fast blonde Frau, eine Frau, die so ziemlich jeden Mann haben kann, sich ausgerechnet in den einen verguckt, der auf kleine, zierliche Thais mit pechschwarzen Haaren steht. Viel später, nach einer gefühlten Ewigkeit, hört Scholz dann Latotzke im Hausflur und kurz darauf, wie er die Tür eintritt. Latotzke, der Treue. Er ist es auch, der Scholz irgendwann mitteilt, dass Moni es tatsächlich bis nach Punta Cana geschafft hat und sich ihre Spur dort verliert. Zu diesem Zeitpunkt ist Scholz längst so weit, Moni im Prinzip recht zu geben: Das Leben besteht aus Situationen – und viel zu viele davon sind echt scheiße.

Der Kommissar und der Reporter ...

Thomas Schweres

Die Abtaucher

ISBN 978-3-89425-445-2

Der 1. Fall für Schüppe & Balzack, auch als E-Book erhältlich

Eine Mordserie beginnt: Die Spuren weisen auf einen Albaner, der selbst schon tot ist. Kommissar Schüppe steht vor einem Rätsel. Derweil wittert Boulevardjournalist Tom Balzack seine große Chance, denn er kannte alle Opfer …

»Thomas Schweres präsentiert uns hier eine spannende, verwinkelte und wohl durchaus realitätsnahe Geschichte. Und das Protagonisten-Duo (...) macht ständig Laune auf das Weiterlesen.«
Andreas Kurth, Krimi-Couch.de

»Das pralle Ruhrkrimileben.«
Susann Rehlein, Das Magazin – Die Kulturzeitschrift

»Ein rasantes, geschickt konstruiertes Krimidebüt mit krachendem Ende, das Lust auf eine Fortsetzung macht.«
Bastian Pütter, bodo – Das Straßenmagazin

Thomas Schweres

Die Abräumer

ISBN 978-3-89425-456-8

Der 2. Fall für Schüppe & Balzack, auch als E-Book erhältlich

Michaela Schmidt überfällt erst eine Bank, wird aber dann auf der Flucht hinterhältig erschossen. Bei der Suche nach dem Mörder kommt Kommissar Georg Schüppe dubiosen Immobiliengeschäften auf die Spur. Mit den Drahtziehern hat auch Reporter Tom Balzack noch eine Rechnung offen ...

»Thomas Schweres' zweiter Fall für Schüppe kommt streckenweise launig daher, darf aber keineswegs mit den sich influenzaartig verbreitenden Humorkrimis verwechselt werden. In diesem Roman geht es erfrischend realistisch zu.« Joachim Feldmann, Am Erker

»Mit seinem ersten Dortmund-Krimi ›Die Abtaucher‹ hat Thomas Schweres viele Krimifreunde begeistert. Jetzt ist der zweite Fall für Kommissar Schüppe erschienen, und ›Die Abräumer‹ sind genauso spannend.« Julia Gaßmann, Ruhr Nachrichten

grafit